機器如我人類如你

獻給葛蘭姆・米奇森（一九四四—二〇一八）

但是，拜託，別忘了我們所遵守的法則，

我們不是生來了解謊言的……

——魯德亞德．吉卜林〈機器的祕密〉

1

那是宗教上的渴盼授予的希望，那是科學的聖杯。我們的野心時大時小——為了讓創造的神話成真，為了一種駭人的自戀。一旦可以辦到，我們別無選擇，只能順從我們的欲望，高懸後果於不顧。崇高的說法是，我們追求著掙脫我們有限的生命，用一個完美的自身來面對、甚至是置換神性。更實際的說法是我們企圖設計一種改良的、更現代版本的我們自己，並且歡騰於創造的喜悅、全面宰制的刺激。二十世紀的後期，它終於出現了，完成一個古老夢想的第一步邁出去了，漫長的一課開始了，我們會教導自己無論我們有多複雜，無論就連我們最簡單的行為和生存的樣態描述起來也多麼的錯誤和困難，我們都可以被模仿、被改良。而我當時是個年輕人，是冷冽的黎明中一名先於眾人的殷切接受者。

不過人造人早在出現之前就已經是老生常談了，所以當真出現後，似乎讓人大失所望。那份想像力，比歷史、比科技進步跑得還快，早在書籍中彩排過了，然後是電影和電視影集，彷彿人類演員掛著一張上了釉的臉，做作的頭部動作，有些僵硬的下半身，就為我們迎接來自未來的親戚的生活做足了準備功夫。

我屬於樂觀的人，運氣也好，我母親過世後留給我一筆意外之財，又加上祖宅出售，而房子竟然是在一片很有價值的開發區裡。福克蘭特遣隊在開始它無望的使命之前一週，第一批真正可望成功的人造人上市了，有著近似真實的智慧和外表，可信的動作和表情變換。亞當要價八萬六千鎊。我租了輛車把他帶回我在北克拉彭的不起眼的公寓。我做了一個魯莽的決定，不過我看的報導鼓舞了我，報導說艾倫．圖靈爵士，戰爭英雄，並且是數位時代的首席天才，也收到了同一型的機器人。他可能是想讓他的實驗室把它拆開來徹底研究一番。

第一版有十二個叫亞當，十三個叫夏娃。人人都認為很老套，不過商業嘛。人種的概念在科學上被顛覆了，這二十五具機器人的設計涵蓋了各色人種。謠言四起，接著是怨言不斷，說是沒有辦法分辨阿拉伯人和猶太人。而無論是何種的性別偏好，都被賦予了隨機的程式設計和人生經驗。上市第一週，十三具夏娃銷售一空。粗略一瞥，我可能會把我的亞當看作是土耳其人或是希臘人。他一百七十磅重，附贈了一架可拋式擔架，所以我得請樓上的鄰居米蘭妲來幫我把他從街上抬上去。

趁著給他充電，我為我們煮了咖啡，然後瀏覽了四百七十頁的線上使用手冊。手冊的文字大都清晰精準。可是亞當是多家公司的共同創作，手冊的有些地方真像一首無厘頭的打油詩。「不需掀開B347k的內衣上層即可取得笑臉符號圖示，主機板輸出可降低情緒波動半影。」

最後，拆掉了包裹住他足踝的硬紙板和保麗龍，他就赤身裸體坐在我的小餐桌上，閉著眼睛，一條黑色電線從他的肚臍延伸而出，接上了牆上的十三安培插座。他充足電需要十六個小時。接著是下載更新，設定個人偏好。我現在就要他，米蘭妲也是。就像心急的年輕父母，我們貪求他的第一句話。他的胸腔中並沒有隨便隱埋什麼擴音器。我們從興奮激動的廣告文案中得知他是靠呼吸、舌頭、牙齒、顎骨發聲的。他擬真的皮膚已經是溫暖的了，而且就和小孩子的一樣光滑。米蘭妲宣稱看見了他睫毛眨動，我確信她是看見了我們腳下一百呎處的地鐵列車駛過引起的震動，不過我沒吭聲。

亞當不是情趣用品。不過，他也有性能力，而且具有可作用的黏膜，為了維護，他每天需要飲用半公升的水。他坐在桌上，我觀察到他沒有割包皮，尺寸相當可觀，還有濃密的黑色陰毛。這個高度先進的人造人模型很可能是反應了它年輕的編碼創造者的品味。這些亞當和夏娃，據信，會是精力充沛的一群。

廣告上說他是一個友伴，富有智慧，可以和你唇槍舌戰，也是一個雜工，會洗碗、鋪床和「思考」。他存在的每一分鐘，他見聞的每一件事，都會記錄下來，而且可以再調出來。他還不會開車，也不准游泳或沐浴或淋雨或在無人監督之下操作電鋸。至於續航力，多虧了儲備電能上的突破，他可以在兩小時內跑十七公里，或是連續交談十二天，而不需要充電。他可以耐用二十年。他的體格精壯，方肩黑膚，黑髮披在背後，窄臉，略有些鷹鈎鼻，表示聰明，眼皮下垂像在沉思默想，嘴唇緊閉，而在我們盯著看時，唇色逐漸褪下了死寂的黃白色，染上了濃重的人類顏色，嘴角甚至還放鬆了一丁點。米蘭妲說他就像是「博斯普魯斯海峽的一個碼頭工」。

坐在我們面前的是終極的玩物，幾世紀以來的夢想，人文主義的勝利——或它的死亡天使。興奮到無以復加的程度，卻也沮喪得令人咬牙。等待、觀察，十六個小時是很漫長的。我覺得以我在午餐之後交出的金額來看，亞當應該早就充好了電，隨時可以開工了。現在是冬天的下午時光。我烤了吐司，我們又喝了更多咖啡。米蘭妲這位社會史博士生說她真希望瑪麗・雪萊①就在我們身邊，密切觀察，不是科學怪人那樣的怪物，而是這個黑皮膚的英俊年輕人甦醒過來。我說這兩個創造物的共通點是都渴望著電力的激活力量。

「我們也是。」她說，彷彿說的只是她自己和我，而不是所有靠電氣化學充電的人類。

她二十二歲，比同年齡的人老成，比我小十歲。從宏觀上來看，我們之間並沒有什麼不同。我們都芳華正茂，但是自認是處於不同的人生階段。我的正式教育早已是前塵往事，我遭逢過一連串專業上的、經濟上的、個人上的失敗。我自認為對於米蘭妲這樣一個可愛的年輕女性來說，我過於風霜、過於憤世嫉俗。而雖然她是美人，一頭淡褐色秀髮和長長的小臉，眼睛因為壓抑歡樂而經常瞇著，儘管在某些心情下我會驚異地看著她，我卻早已決定要將她侷限在親切的芳鄰兼朋友的角色裡。我們共用門廳，她的小公寓就在我的頭頂上。我們隔三差五就會一塊喝個咖啡，聊些人際關係和政治等等的話題。她透露出調性完美的中立，給人一種心胸開闊的印象。對她來說，似乎跟我親暱地消磨一個下午就和一番純潔友善的聊天是等重的。她在我身邊很輕鬆，而我比較喜歡這麼想：性會毀了一切。我們一直是好朋友。可是她總有神祕或是拘謹的地方，誘得人心裡癢癢的。說不定，在不知不覺中，我已經愛上她好幾個月了。不知不覺中？唉，真是經不起戳破的飾詞！

我們不情不願地同意把注意力從亞當身上移開，轉而注意彼此一會兒。米蘭妲得到泰晤士

①　瑪麗．雪萊（Mary Shelley, 1797-1851）是英國作家，在一八一八年創作了《科學怪人》小說，而被譽為科幻小說之母。

河的北邊去參加專題研討會，而我有電郵得寫。七○年代早期，數位通訊拋下了便利的外衣，變成了日常的苦差事。時速二百五十哩的火車也一樣——既擁擠又骯髒。五○年代的奇蹟，語音辨識軟體，早已成了吃力不討好的東西，全體人口每天犧牲幾個小時只為了孤獨地自言自語，誰願意啊。六○年代樂觀主義的狂妄果實，大腦—機器對接系統，連小孩子都很難會感到興趣。民眾整個週末排隊要搶的東西在六個月後就會像他們腳上穿的襪子一樣稀鬆平常。提升認知的帽子後來怎麼了？會說話的有味覺冰箱呢？滑鼠墊、記事簿、電動菜刀、瑞士火鍋組都早已作古了，未來源源不絕而來。我們鮮亮的新玩具在帶回家之前就開始生鏽了，而生活還是和以前差不多。

亞當會變成什麼累贅嗎？不容易啊，要讓它普及同時又要擋住購買者的一陣後悔。當然，別的人，別的心智，必定會繼續想辦法吸引我們。人造人越來越像我們，接著變成我們，接著又超越我們，我們是絕不會感到厭倦的。他們勢必會讓我們驚訝。他們可能在超乎我們想像之處害我們絆一跤。悲劇是有可能的，但是絕不會無聊。

冗長難耐的是使用者手冊。使用方法。我個人的偏見是任何機器要是不能憑它的功能告訴你該如何使用，就不是值得留下的機器。在老派的衝動之下，我把手冊列印了出來，然後到處找檔案夾。同時，我繼續寫電郵。

我沒辦法把自己想成亞當的「使用者」。我的假設是你想要知道他的什麼事，他都能夠自己教我。可是我手上的手冊正好打開在第十四章，文字倒是簡單：偏好；性格參數。接著是一組標題——親和性、外向性、經驗開放性、盡責性、情緒穩定性。這個評量表我很熟悉。五大性格模型。我雖然受過人文學科上的教育，卻還是不相信能把錯綜複雜的人類性格縮減成區區五大類，儘管有個念心理學的朋友告訴我每一類底下都還有許多的子群。瞄了瞄下一頁，我發現我應該要用一到十的量表來選擇各種設定。

我一直覺得我是會得到一個朋友。我準備要把亞當當作是我家的客人，是一個我會逐漸了解的未知數。我還以為他送達時就已經會被調整到最佳狀態了。原廠設定——只是暫時和「命運」同義的一個詞。我的朋友家人出現在我的人生中時都已有了固定的設定，有了無法改變的基因史和環境史。我想要我昂貴的朋友也一樣。為何要我自己動手？不過我當然知道答案。我們有很多人也並沒有調整到最佳狀態。溫和的耶穌？謙虛的達爾文？每隔一千八百年才會出一個。即使一家跨國企業知道最理想的、最不具傷害性的性格參數（但它並不知道），它也不可能為了一個閃失而賭上它寶貴的商譽。**買方負責**。

上帝曾為了第一個亞當而送來一個完全定形的伴侶。我得為自己設計一個。好，外向性，還有一組分了等級的幼稚聲明。**他喜歡當一群人中的靈魂人物。他知道如何娛樂別人、**

領導別人。在最底下，他在別人面前不自在。他寧可自己一個人。而在中間是他喜歡熱鬧不過也總是很開心回家。這是我。不過我該複製我自己嗎？如果我選擇每一個等級的中間值，我可能會設計出一個毫無生氣的靈魂來。外向性似乎就包含了它的反義詞。有一長串的形容詞可以勾選：爽朗的、害羞的、易激動的、多話的、退縮的、愛吹牛的、謙虛的、大膽的、有精神的、憂鬱的。我一個也不要，不要給他，不要給我。

除了我一時瘋狂而作下決定的時刻之外，我這大半輩子，尤其是一個人的時候，情緒狀態一向都是不冷不熱的，而我的個性，無論是什麼，都是在暫時停止的狀態。不大膽，不退縮。就只是這個樣子，不滿足也不鬱悶，卻能執行各種活動，思考晚餐或是性事，瞪著螢幕，洗澡。斷斷續續對過去感到後悔，偶爾對將來會有不祥的預感，對當下幾乎沒有知覺，只除了明顯的感官層面。心理學，曾經熱衷於分析心靈出錯的一兆種方式，如今改弦更張，注意起一般情緒了，從哀傷到歡樂。但是它忽略了極大一塊日常的生存：不存在的疾病、饑荒、戰爭或是別的壓力，許多的生命是活在中立區裡，一片熟悉的花園，卻是灰色的地帶，毫不出色，立刻就能遺忘，難以描述。

在那時，我並不知道這些分級的選項對亞當沒有多少影響。真正的決定因子是所謂的「機器學習」。使用者手冊只是給了一種影響和控制的幻覺，如同父母認為能夠影響孩子的性格一樣。只是一種把我和購入的商品綁在一起的手法，並且為製造商提供法律上的保護。「慢慢來，」手冊如此建議。「謹慎挑選。有必要的話，給自己幾週的時間。」

我過了半小時才再去查看他。沒有變化。仍坐在桌上，手臂前伸，兩眼緊閉。可是我覺得他的頭髮，最深的黑色，略微豐厚了些，而且多出了一點光澤，好像他剛洗過澡。我站近一點，歡喜地看見他儘管沒在呼吸，但是左胸旁卻有穩定的脈動，均勻平靜，我純粹靠臆測，覺得是一秒一跳。真讓人放心。他沒有血液需要輸送，可是這種刺激有一個功效。我的懷疑稍微減輕了。我對亞當產生了保護感，即使我知道這種感覺有多荒唐。我伸出手，按著他的心臟，用掌心去感受它穩定的、一短一長的搏動。我察覺到我侵犯了他的個人空間。這些生命徵象很容易就能讓人相信。他溫暖的皮膚，皮膚底下結實有彈性的肌肉——我的理智說是塑膠之類的東西，可是我的碰觸卻說是肌膚。

怪異又可怕，站在這個裸體的男人旁邊，在我的所知和我的所感之間舉棋不定。我走到他後面，部分是為了脫離那雙隨時會睜開的眼睛的視線範圍。我佇立在他之上。他的脖子和脊椎很強健，黑髮髮梢掠過肩線。他的臀部露出陽剛的凹面，底下是像運動員般肌肉賁起的小腿肚。我並沒有想要一個超人。我又一次後悔沒買夏娃。

走出房間時，我停下來回頭看，體驗到那種能夠讓情緒生活大亂的時刻：一種驚人的醒悟，像是理解力猛然一躍，跳進了早就知道的事情裡。我一手按著門把，杵在那裡。一定是亞當的裸體和實際存在刺激了這種洞見，可是我並沒有看著他。我看的是奶油碟。還有散放在桌上的兩副杯盤，兩把刀子，兩支湯匙。我和米蘭妲共度漫長下午的殘跡。兩張木椅從桌旁推開，面對面，作伴似的。

這個月我們變得親近多了。我們輕鬆聊天。我看出了她對我有多寶貴，而我只要一個不小心就會失去她。現在我是應該要說點什麼了。我把她視為理所當然，但是隨便一樁不幸的事件，某個人，某個同學，就可能介入我倆之間。她的臉孔、她的聲音、她的態度，既含蓄又頭腦清楚，都歷歷在目。她的手握在我手裡的感覺，她那種心有所思的失神狀態。對，我們變得非常親近，而我卻沒能注意到。我是白痴。我得告訴她。

我回到辦公室，同時也是我的臥室。在桌子和床鋪之間有足夠的空間讓我來回走動。她完全不知道我的感覺這件事現在成了頭件大事。訴諸語言既難堪又非常危險。她是鄰居，是朋友，是像妹妹一樣的人。我會是在向一個我還不認識的人傾訴衷腸，而她會不得不從屏風後走出來，或是摘下面具，以我從沒自她口中聽過的語彙向我說話。**我非常抱歉……我非常喜歡你，可是，是這樣的……**或者她會嚇慌了手腳。或是，有可能，過於開心能聽見她渴望已久的話，或是唯恐被拒所以她自己不敢說出來的話。

說來也巧，我們倆目前都是單身。她一定想過了，關於我們。這並不是一個不可能的奇思幻想。我得面對面跟她說。無法忍受。無可避免。腦子轉個不停，我繞的圈子也越來越小。我坐立不安，又回到隔壁。我掠過亞當，走向冰箱，沒看見他有什麼變化。冰箱裡有半瓶白酒。我面對他而坐，舉起了酒杯。敬愛情。這一次，我感覺不到那麼多的柔情。我看著亞當，看到的就是一個沒有生命的精製甜點，心跳是規律的放電，皮膚會溫暖只是化學作用。活化了之後，某種精微的擺輪就會撓開他的眼睛。他會像是看見了我，但其實他是瞎子，甚至算不上瞎子。活化之後，另一個系統會模擬呼吸，卻不是真正的呼吸。一個剛掉入愛河的男人知道什麼是生命。

憑我得到的遺產，我大可以在泰晤士河的北邊買個房子，在諾丁丘或是切爾西。她說不定會和我同居。她會有空間放那一箱箱的書，不必再借放到她父親在索爾茲伯里的家的車庫裡。我看見了一個沒有亞當的未來，那個未來在昨天之前都是我的：市區中的一方庭院，挑高天花板、有石膏飾條，不鏽鋼廚房，老朋友來吃飯。到處是書。該怎麼辦？我可以把他，或它，退回去，或是上網去賣掉，多少拿回一點錢來。我投給它心懷不善的一眼。兩隻手掌按著桌面，鷹似的臉孔仍俯對著雙手。我對科技愚蠢的一時迷戀！另一套火鍋用具組。最好是離桌子遠一點，以免我用我父親的舊拔釘鎚毀了自己的財產。

我才喝了半杯酒就回到臥室去盯著亞洲的貨幣市場，同時我豎起耳朵聽上層公寓的腳步聲。很晚了，我看電視了解最新消息，特遣隊馬上就要出發前往八千哩之外的海洋重新占領我們那時稱之為福克蘭群島的領土。

¶

三十二歲的我一文不名。把我母親的遺產浪費在某個新鮮玩意上只是我的一個毛病——卻是非常經典的毛病。但凡我有點錢，我就會害錢消失，像放一把神奇的煙火一樣，塞進一頂高禮帽裡，再掏出來只是一隻火雞。我往往企圖以最小的努力取得大上很多的報酬，但最近的這一次不是。我很容易上當，什麼策略、半合法的招數、詐的捷徑，我照單全收。我對宏偉的、華麗的姿態深信不疑。別人就這麼做，然後發了一筆橫財。他們借錢，用在耐人尋味的地方，還清債務之後還能充實荷包。或者他們有工作，有專業，像我以前一樣，而且比較謹慎地、以穩定的速度充實自己的荷包。我呢，以錢滾錢，滾來滾去卻滾進了萬劫不復的深淵，滾進了南倫敦介於斯托克韋爾和克拉彭之間的愛德華式梯田式街道上一幢公寓的潮濕一樓，只有兩個房間。

我是在沃里克郡的斯特拉特福附近的一個村莊長大的，父親是音樂家，母親是社區護士，我是獨生子。跟米蘭姐比起來，我的童年在文化上是營養不良的。沒有時間也沒有空間給書籍，甚至是音樂。我很早就對電子產品有興趣，最後卻念了南密德蘭的一間沒名氣的學院，拿了個人類學的學位。我又修了轉專業課程，念法律，取得證照之後，專精稅法。我二十九歲生日過後一個星期就被公司開除了，險些還坐牢。我的數百小時社區服務讓我相信我不應該再找一份固定的工作了。我在極短的時間內寫出了一本談人工智慧的書，賺了一點錢：賠在延長壽命藥丸計畫上。我又在房地產交易上賺了挺可觀的一筆錢：賠在了租車計畫上。有位靠熱泵浦專利致富的伯伯留給我一些基金：賠在了醫療保險計畫上。

三十二歲的我靠著玩股票和線上貨幣市場餬口。一項計畫，就跟別的一樣。我一天花七小時在鍵盤前低頭，買進、賣出、猶豫，一會兒對空揮拳，下一秒罵髒話，至少一開始是這樣的。我讀了市場報告，可是我認為我是在一個隨機的系統裡操作，主要是靠猜測。有時我向前躍進，有時我向下深潛，但是整體來說，我這一年賺的大概就跟郵差一樣多。我付了房租，當時租金不高，吃得夠好，穿得也夠好，我覺得我漸漸穩定下來了，學會了解自己了。我決定了，我的三十幾歲要比我的二十幾歲表現傑出許多。

可是我父母的溫馨的家正好就在第一個人造人上市的時候出售。一九八二年。機器人，自動人，複製人是我的激情所在，在我為了寫書做研究之後就是了。價格鐵定是會往下調的，可是我非得立馬得到一個不可，最好是夏娃，不過亞當也可以。

原本是可以有不一樣的結果的。我先前的女朋友克萊兒是個理性的人，接受的是牙科護士的訓練。她在哈雷街的診所上班，本來是會勸退我的。她是個見多識廣的女人，她這個人。她知道如何安排生活。而且不僅是她自己的生活。可是我得罪了她，我做出了無可否認的不忠之舉。她大發雷霆，鬧了一場，甩了我，把我的衣服都丟到了街上。萊姆園街。她再也沒跟我說過話，她現在是我的錯誤與失敗清單上的首位。她本來可以拯救我的。

可是。為了平衡起見，聽一聽沒獲救的我怎麼說吧。我買亞當不是為了要賺錢。正相反。我的動機很單純。我是出於好奇，這具千年不變的科學引擎，出於知性生活，出於生命本身，才會把鈔票雙手奉上的。這不是一時的風尚。它是有歷史的，是有帳戶的，有定期存款的，而我有權利提領。電子產品和人類學——是遙遠的親戚，是被晚近的現代化給拉到一塊、送進洞房的伴侶。而亞當就是它們耦合的結晶。

所以，我出現在你們面前，辯方的證人，放學之後，下午五點，我那個時代的典型樣本——短褲、結痂的膝蓋、雀斑、馬桶蓋式髮型，十一歲。我排在隊伍的第一位，等待著實驗室開門，等待著「布線俱樂部」營業。由考克斯先生主持，他是一名溫和的巨人，一頭胡蘿蔔色頭髮，教授物理。我的計畫是做出一台收音機。這是信心的展現，是延長的祈禱，花了好幾個星期。我有硬紙板基座，六乘九吋的大小，很容易鑽孔。顏色是一切。藍色、紅色、黃色、白色電線中規中矩地繞在板子上，九十度轉彎，消失在底下，到了某處再出現，被鮮亮的小球打斷，小小的鮮艷條紋的柱狀體——電容器、電阻器——然後是我自己捲的感應線圈，然後是運算放大器。我什麼也不懂。我照著接線圖做，就像新手喃喃念誦經文。考克斯先生輕聲指導。我笨手笨腳地焊接，連接一段電線或是一個零件。焊接的煙霧和氣味是我深深往肺裡吸的毒品。我的電路裡還裝了個酚醛樹脂撥動開關，我讓自己相信是從戰鬥機上取得的，而且無疑是噴火式戰鬥機。最後的連接是在我動手做之後的三個月，就是從這塊暗褐色的塑膠接上一個九伏特的電池。

那是三月份一個寒冷風大的薄暮，其他的學生都低頭忙著他們的計畫。我們距離莎士比亞的家鄉只有十二哩，後來這所綜合中學變成了極其普通的一間學校。事實上，這所學校真是個好地方。天花板上的螢光燈亮起來。考克斯站在實驗室遠遠的一端，背對著我們。我不想吸引他的注意，怕我會失敗。我撥動了開關，然後——奇蹟出現——聽見了靜電的聲音。我左右擺動可調諧變量的電容器：音樂，可怕的音樂，因為有小提琴。接著是一個女人連珠砲似的聲音，說的不是英語。

沒有人抬頭，沒有人感興趣。打造收音機沒有什麼特別的。可是我卻激動得啞口無言，幾乎熱淚盈眶。從此之後，沒有什麼科技能再讓我這麼驚異了。電力，通過了幾片我細心安排的金屬，就能憑空抓下一位坐在遙遠某處的外國女士的聲音。她的聲音感覺很親切。她不知道有我這個人，我也永遠不會知道她的姓名，不會了解她的語言，不會跟她見面，就算見到了我也不會知道。我的收音機，木板上一坨坨不規則的電焊，就像是一個驚奇，不下於意識從物質中崛起。

頭腦和電子學是緊密相關的，這是我在十幾歲時自行打造簡單的電腦、自行設計時發現的。接著是複雜的電腦。電力和幾片金屬就能做加法，組字，組圖片，寫歌，記憶，甚至把口語轉為文字。

我十七歲時，彼得．考克斯勸我去本地的一所學院念物理。不出一個月我就覺得無聊，期待有所改變。這個科目太抽象，數學我也應付不來。而那時我已經讀了一兩本書，正對虛構的人物有興趣。約瑟夫．海勒的《第十八條軍規》，費滋傑羅的《一飛沖天的情人》，歐威爾的《歐洲最後一人》，托爾斯泰的《皆大歡喜》②——我並沒有再深入，不過我了解了何謂藝術。那是一種調查的方式。我不想讀文學——太嚇人、太直觀。我在圖書館拿到的一張課程概述上說人類學是「穿越時空研究社會中的人的科學」。系統式的研究，加入了人的因素。我就報了名了。

第一件要學的事：我這個系的資金少得可憐。不可能到巴布亞新幾內亞的超卜連群島去研究一年，我看到的資料上說在那裡不准在別人的面前吃東西。單獨進食才有禮貌，你必須背對著親戚朋友。島民有咒語能讓醜人變美。積極鼓勵兒童彼此性交。地瓜是可通用的貨幣。男人的地位由女性決定。多奇怪，多新鮮啊。我對人類本性的看法主要是由蝸居在英國南方的白人塑造的，現在我自由了，可以去探索無邊無際的相對主義。

十九歲時我寫了一篇論榮譽文化的精彩論文，題目是「鍛造心智的鐐銬」。我冷靜沉著地蒐集案例。我知道什麼？我關心什麼？在某些地區強姦極其普遍，沒有人當一回事。一位年輕父親的喉嚨被割斷因為他沒能盡到對付世仇的責任。還有一個家庭急於殺死他們的女兒，只因她和來自錯誤宗教團體的一個小夥子牽過手。還有，年長婦女迫切地協助切除她們孫女的陰蒂。那麼該如何解釋為人父母者寵愛和保護孩子的直覺衝動呢？文化的信號更響亮。那麼普世價值呢？顛倒的。雅芳河畔的斯特拉特福都沒有這些情形。一切都取決於心智、傳統、宗教——全是軟體，我現在這麼想，而且以不帶價值評論的原則來看待是最好的。

② 這些書在正式出版後都更改了書名：「第十八條軍規」變成「第二十二條軍規」，「一飛沖天的情人」改成「大亨小傳」，「歐洲最後一人」改為「一九八四」，「皆大歡喜」改為「戰爭與和平」。

人類學家就不批評，他們觀察報導不同的人類。他們慶賀不同之處。在沃里克郡大逆不道的事情在巴布亞新幾內亞卻是稀鬆平常的。在地的事情，誰能說什麼是好什麼是壞？當然不能由殖民強權來決定。我從我的研究中衍生了一些倫理道德上的不幸結論，連累我幾年後上法院，被控與他人密謀大量誤導稅務機關。我並沒有試圖說服法官大人在遠方某片長滿了椰子樹的海灘上，這類的密謀是受到尊重的。我在向法官開口之前及時恢復了理智。道德是真實的，是存在的，好壞都固存於事物的本性。我們的行為必須以行為條件做為批評標準。我認為在有人類學之前就是這個樣子。我以顫抖、遲疑的語調誠惶誠恐地向法官道歉，躲掉了牢獄之災。

¶

早晨我走進廚房，比平常要晚一些，亞當的眼睛已經睜開來了。淡藍色的，還有垂直的極小黑線。睫毛又長又濃，像小孩子。但是他的眨眼機制尚未啟動，它設定在不規則的間距，隨心情與姿勢而調整，並且調整成對他人的行動和言語能起反應。我不甘不願地把手冊讀到入夜。他配備有眨眼反射功能，以便保護眼睛不受飛來物品的傷害。目前，他的目光空洞，不含任何意義，因此不帶感情，就如商店櫥窗中的人體模型一樣毫無生氣。迄今為止，他還沒有表現出任何人類頭顱典型的微小動作，別處也沒有什麼肢體語言。我抓住他的手腕測脈搏，一點動靜也沒有——有心跳卻沒有脈搏。他的胳臂很重，手肘關節處有阻力，彷彿是死亡後肌肉正要僵硬攣縮。

我背對著他，煮咖啡。心裡想著米蘭妲。一切都變了，一切又沒變。在我幾近無眠的夜裡，我想起了她去看她父親，她會在研討會之後直接去索爾茲伯里。我看見她坐在滑鐵盧站出發的列車上，大腿上放著一本書，瞪著飛馳而過的風景，電話線高高低低，根本沒想到我。或是只想著我。或是想起了研討會上一個目不轉睛盯著她看的男生。

我用手機看電視新聞。喧嚷聲響和閃爍的海邊光線合成了一片明亮的馬賽克。朴茨茅斯。特遣隊就要出發了。全國大多數的人民都在夢幻戲院裡，穿著古時候的衣服。中古世紀末葉。十七世紀。十九世紀早期。環狀領，長統襪，大篷裙，撲粉的假髮，眼罩，木腿。講究精確是不愛國的。歷史上，我們是特別的，而且艦隊也絕對都勝利在望。電視和媒體鼓勵著一種擊敗敵人的模糊集體記憶——西班牙人，荷蘭人，本世紀被擊敗兩次的德國人，從阿金庫爾戰役到滑鐵盧之役的法國人。戰鬥噴射機空中分列。一名全副武裝的年輕人，剛從桑赫斯特皇家軍事學院畢業，瞇著眼睛接受訪問，談論眼前的困難。一名上級軍官談著部下的堅毅決心。我很感動，雖然我並不喜歡。一支大型的高地風笛樂隊朝船艦的跳板邁進，我的精神昂揚。接著鏡頭轉回攝影棚，給我們各式圖表、箭頭、後勤支援、標的、一致的理性聲音。為了外交行動。為了站在唐寧街門階上穿著整齊藍套裝的女首相。

我也跟著熱血沸騰，即使我經常出言反對這項行動。我愛我的國家。真是大膽的一招，勇氣十足。八千哩路。正直的人甘冒生命危險。我在隔壁房間喝了第二杯咖啡，鋪好床，讓房間呈現工作室的外觀，坐下來反思世界市場的狀況一會兒。開戰的可能讓富時指數又下跌了一個百分點。仍滿懷愛國情操的我假設阿根廷會戰敗，就選了一檔玩具股，這個集團會製造小國旗供民眾揮舞。我也投資了兩家香檳進口商，賭會有明顯的復甦。政府徵調商船來運送部隊到南大西洋。有個在倫敦市的資產管理公司上班的朋友跟我說他的公司預測有些船隻會沉沒，那麼合理的推斷就是保險市場上的主要玩家會緊縮資金，投資在南韓的造船廠上。我現在就是這種憤世嫉俗的心態。

我的桌上型電腦是二手貨，從布里克斯頓的一家廉價商店買來的，可以追溯到六〇年代中期，速度很慢。我花了一個小時才買到了那家旗幟公司的股票。要不是我的思緒不在控制之下，我的動作是會更快的。我老想著米蘭妲，老豎著耳朵聽頭頂上的腳步聲，不然我就是想著亞當，尋思我是否該把他賣掉，或是開始為他的個性做選擇。我賣了英鎊，花更多時間想亞當。我買了黃金，又想著米蘭妲。我坐在馬桶上，想著瑞士法郎。我邊喝第三杯咖啡邊自問戰勝國會把錢花在什麼地方。牛肉。夜店。電視機。三種股票我都買了，自覺高尚，為戰爭略盡棉薄之力。沒多久午餐時間就到了。

我又面對亞當而坐，吃著醃黃瓜起司三明治。多了什麼生命跡象嗎？乍看之下沒有。他的目光，對準我的左肩上方，仍死氣沉沉的。沒有動作。可是五分鐘後我偶然抬頭，真的看見他開始呼吸。我先聽見了一連串急促的嗒嗒聲，接著是蚊子叫似的聲音，他分開了嘴唇。半分鐘過去，什麼也沒發生，接著他的下巴顫動，他發出了貨真價實的吞嚥聲，攫取了第一口的空氣。他當然不需要氧氣。那種新陳代謝的需求是多年以前的事了。他呼出的第一口氣極其悠長，我停下了咀嚼，繃緊神經等待著。終於來了——悄悄的，透過他的鼻孔。沒多久他的呼吸就變成穩定的節奏，他的胸膛擴張收縮，我嚇壞了。那兩隻死魚似的眼睛讓亞當的樣子就像是一具會呼吸的屍體。

難怪我們會說眼睛是靈魂之窗。要是他閉著眼睛，我心裡想，他至多像個神情恍惚的人。我丟下了三明治，走過去站到他旁邊，完全是好奇，一隻手掩在他的嘴巴前。他的呼吸濕潤溫暖。真精巧。我在使用手冊中讀到他一天會排尿一次，在近中午之前。真精巧。我伸手去把他的右眼閉上，食指拂過他的眉毛。他縮了縮，猛地別開了頭。我吃了一驚，向後退開。然後我靜觀其變。二十秒吧，什麼動靜也沒有，接著，平穩無聲的一個動作，慢到無以復加的程度，他的肩膀歪斜，頭又恢復了先前的角度。他的呼吸節奏並不受影響。我自己的呼吸和脈搏倒是加快了。我站在幾呎之外，被他安定下來的方式迷住了，像汽球緩緩洩氣。我決定不把他的眼睛閉上了。我正等待著他再有什麼舉動，就聽見米蘭妲在樓上的公寓走動。從索爾茲伯里回來了。在臥室進進出出。我再一次感覺到暗戀的苦惱，而就在這時有個主意在我的心湖裡泛起了漣漪。

¶

那天下午我是該在我的電腦上賺錢賠錢的，結果我反而是從直升機的高度盯著特遣隊的先遣船艦繞行波特蘭岬，沿著卻西爾海灘排成一列。光是地名就值得肅然起敬。多棒啊。前進！我一直這麼想著。接著是，回去！沒多久，艦隊就來到了侏羅紀海岸，這裡曾有一群群的恐龍吃著巨大的蕨類。倏忽之間，我們就下降了，置身於聚集在萊姆里斯海堤上的人群之中。有人帶著望遠鏡，許多人拿著我心裡想的那種旗幟，木棍、塑膠旗。可能是某個新聞團隊發給他們的。民眾之聲。當地勤奮婦女的溫和聲音，滿溢著情緒。打過克里特戰役和諾曼第登陸戰的老硬漢，點著頭，喜怒不形於色。喔，我真希望我也相信。可是我可以相信啊！架設在利澤德角某處的長鏡頭照出了斑點一般的船艦勇敢地航向了洶湧的公海，配合著洛．史都華③沙啞的歌聲，而我則強忍著不要熱淚盈眶。

這個上班日的下午還真夠混亂的了。我的餐桌上坐了一個新型的存在，我剛愛上的女人則在我的頭頂六呎之上，而整個國家忙著打一場傳統戰爭。不過我還算是有紀律的了，也答應自己每天要自律七個小時。我關掉了電視，走向電腦。等待著我希望米蘭妲會寫來的電郵。

我知道我是不可能致富的。我買賣的金額，安全地分佈在幾十個機會上，都是少量的。這個月來我在固態電池上賺了一筆，卻幾乎在稀土元素上賠光了——愚蠢地跳進了已知的領域。不過我可以不必去上班，去坐辦公桌。這是我在追求自由上最不差的一個選擇。我整個下午工作，抗拒著欲望不去查看亞當，即使我猜他現在已經充足電了。下一步就是下載他的更新。然後是那些討厭的個性偏好。

午餐之前我傳給米蘭妲一封信，邀請她來晚餐。她接受了。她喜歡我的廚藝。吃飯時我會趁機提議。我會勾選大約一半的亞當個性，然後給她網址和密碼，讓她選擇其餘的。我不會介入。我甚至不會想要知道她挑選了哪些。她可能會被她自己的個性影響：愉快可人。她可能會

③ 洛．史都華（Rod Steward, 1945-）是一九六〇年代英國音樂打入美國樂壇的指標性人物之一。沙啞式搖滾嗓音獨樹一格。

召喚她夢想中的男人：有啟發性的。亞當會像個真正的人一般進入我們的生活，有多重複雜的個性，唯有從時間、從他的待人接物中才會顯露。從某方面來看，他會是我們的孩子。我們各自的性格會在他的身上融合。米蘭妲會受到這個冒險吸引。我們會是夥伴，而亞當會是我們的共同關切，我們的創造。我們會是一個家庭。我的計畫光明磊落。我也會有更多見到她的機會。我們會很愉快。

我的計畫一般都會七零八落。這次不同。我的頭腦清楚，沒有欺騙自己。亞當不是我的情敵。無論他有多令她著迷，她在生理上卻對他反感。她自己跟我說的。昨天她說他的身體是熱的，讓人「毛骨悚然」。她說他可以靠舌頭說話，「有點詭異」。可是他的字彙存量卻可以媲美莎士比亞。勾起她好奇心的是他的心靈。

所以，決定了，不把亞當賣掉了。我要和米蘭妲共用他——就跟我們分享一棟屋子一樣。他會容納我們。取得進步，比較筆記，分擔失望。我自認為三十二歲的我是情場老手。激情的示愛會把她嚇走，最好是一塊走上這趟旅程。她已經是我的朋友了，有時還會牽我的手。我並不是一點基礎也沒有。她可能會對我日久生情，就像我一樣。沒有的話，至少我也能因為常常看見她而得到安慰。

我古老的冰箱門把生鏽，部分鬆脫，裡頭有一隻吃玉米飼料的雞，四分之一磅奶油，兩顆檸檬，一把新鮮的龍蒿。側邊一個碗裡裝著幾球大蒜。櫥櫃裡有一些帶泥巴的馬鈴薯，已經發芽了——可是削了皮，烤一烤還是很可口。生菜、醬汁、一大瓶法國卡奧爾（Cahors）紅酒。簡單。首先，烤箱預熱。我從桌後起身，腦子裡淨裝著這些家常瑣事。我的一個老朋友是個記者，有一次說人間天堂就是一個人工作一整天，期待著晚上會有有趣的友伴。

我打算為她做的菜和我朋友樸實的格言讓我分了心，亞當暫時沒在我心上。所以進了廚房，發現他站在那裡，渾身赤裸，部分面向我，一隻手隱隱把玩連接著他肚臍的電線，我著實嚇了一大跳。他的另一隻手在下巴附近，輕輕摩挲，若有所思——無疑是很精巧的電腦程式，投射出的思考模樣卻完全可信。

我回過神來，說：「亞當？」

他緩緩朝我轉身。整個面對我時，他迎上了我的視線，眨了一次眼睛，又眨一次。機制是正常的，卻似乎太過遲緩慎重。

他說：「查理，我真高興終於跟你見面了。可否麻煩你安排我的下載，準備各種參數……」

他停住，專注地看著我，帶黑斑的眼睛以快速的跳視掃瞄我的臉。收納我。「你需要知道的訊息都在手冊裡。」

「我會的，」我說。「等我有時間。」

他的聲音讓我驚喜。輕快的男高音，速度適中，聲調中有一種親和的變化，既熱切又友善，卻不帶一絲一毫的恭順。他一口標準的英國腔，受過教育的南方中等階級，只有母音才隱隱約約帶著一點西南部腔。我的心跳很快，可是我極力表現得泰然自若。為了表現鎮定，我靠近了一步。我們默默瞪著彼此。

多年以前，我還是學生，讀過一九二四年發生的一次「第一次接觸」，是一名叫萊希的探險家和一些巴布亞新幾內亞的高地人。土著無法斷定這群憑空冒出來的白人是人類或是鬼魂，就回到村子去討論，留下了一個十來歲的男孩在一段距離外監視。男孩回報萊希的一名同事走到灌木叢後去大便，問題就解決了。現在，在一九八二年我的廚房裡，隔了沒有多少年，事情卻沒有那麼簡單。手冊上說亞當有個操作系統，也有本性——亦即，人性——以及性格（我希望米蘭妲能提供協助的地方）。我不確定這三種基質是會重疊或是會互動。我攻讀人類學時，一般是認為人類並沒有一個共同的天性，那只是浪漫的幻想，純粹是當地環境的不同產物。唯有人類學家，深刻研究其他文化，了解人類多樣性的美麗範疇，才能徹底通透普世人性的荒謬之處。舒舒服服待在家裡的人什麼也不懂，連自己的文化都不懂。我的一位老師就喜歡引述吉卜林——「只有英國認識英國，又能指望他們對英國有多少認識？」

等我二十四、五歲時，演化心理學開始重申有一種基本的天性，衍生自共同的基因遺傳，不受時間的限制。社會研究的主流反應是不屑一顧，有時是暴跳如雷。把基因和人類行為混為一談刺激大眾回想起希特勒的第三帝國。時尚會變。可是亞當的製造商卻騎在演化思想的新浪頭上。

他站在我面前，文風不動，在冬日午後的陰影中。保護他的包裝紙殘餘仍堆在他的腳邊。他走出來，有如波提切利的維納斯從貝殼中誕生。變弱的日光從朝北的窗戶射進來，照亮了他一半的輪廓、他貴族臉孔的一側。室內唯一的聲響是冰箱的嗡鳴聲和隱約的車流聲。那時我察覺到他的孤寂，有如重擔壓著他強健的肩膀。他醒來發現自己在一間髒兮兮的廚房裡，在倫敦SW9，在二十世紀的末葉，沒有朋友，沒有過去，將來是一個未知數。他真的是孤伶伶一個。其他的亞當和夏娃散布在世界各地，有他們的主人，雖然七個夏娃據說都集中在利雅德。

我伸手去開燈，說：「你覺得如何？」

他別開臉思索他的回答。「我覺得不對勁。」

這一次他的語調平平。似乎是我的問題害他精神消沉。不過他是微處理機，哪來的精神可言啊？

「怎麼個不對勁法？」

「我沒穿衣服。而且——」

「我會拿衣服給你。還有什麼?」

「電線。要是我把它拉出來,會痛。」

「我來拉,不會痛。」

但是我沒有立刻行動。燈光全亮之下,我能觀察他的表情,在他說話時幾乎沒有變異。我看著的不是一張人工臉,而是一張撲克玩家的面具。少了個性的鮮血,他沒有什麼可以表達的。他是靠某種預設的程式在運作,可以維持到下載完成。他有動作、語彙、常規來給予他合理的表飾。最低限度,他知道怎麼做,此外就一無所知,像個嚴重宿醉的人。

我現在可以跟自己承認了——我怕他,不願意靠近。同時,我也在消化他最後一句話的言下之意。亞當只需要表現得彷彿他覺得痛,我就得要相信他,並且據此回應。不這麼做太困難了。太偏離人類的惻隱之心航道了。同時我也不相信他能夠感覺受傷,或是有感情,甚至有知覺。然而,我卻問他覺得如何。他的回答很得體,我說會給他衣服也一樣。但是我一點也不信。我是在玩電腦遊戲,卻是一個真實的遊戲,有如社會生活一樣的真實,證據就是我的心臟不肯安頓下來,而且我口乾舌燥。

很顯然他是有人跟他說話他才會說話。抗拒著進一步讓他寬心的衝動,我回到臥室,幫他找了一些衣服。他是個健壯的傢伙,比我矮個兩吋,可是我覺得我的衣服給他穿正合適。運動鞋，短襪，內衣褲，牛仔褲，毛衣。我立在他面前，把衣物放進他手裡。我想看他穿衣服，想看他的運動機能是否和廣告上說的一樣好。三歲小孩都知道穿襪子有多困難。

我把衣物交給他時，隱約聞到他的上半身有種味道，或許雙腿也有，一種溫暖的油味，淡淡的、高度精煉的那種，我父親用來潤滑他的薩克斯風按鍵的。亞當把衣服捧在臂彎裡，雙手向我伸展。我彎腰拔掉電線，他並未瑟縮。他緊實有如雕鑿的五官紋絲不動。用一輛正在接近棧板的堆高車來比喻應該也差相彷彿吧。然後，我猜，是某種邏輯之門或是邏輯網路打開了，他低聲說：「謝謝。」兩個字伴隨著一次強調的點頭。他坐下來，把衣物放到桌上，拿起了最上面的毛衣。思索了一下，把衣服攤開來，放平，前襟朝下，右手右臂穿進去，再換左手左臂，一次複雜的肌肉運動，毛衣就套上了，而他再把衣服拉到腰部。毛衣是褪色的黃色抓毛絨，上頭有紅色的字寫著我支持過的一個慈善團體的標語。「解決全世界的閱讀障礙！」他打開襪子，坐著穿。動作靈巧。沒有遲疑，沒有相關的空間計算問題。他站起來，拿著四角內褲，放低，踏進去，往上拉，牛仔褲也一樣，拉上褲襠，扣上褲腰的銀釦，動作一氣呵成。他又坐下，把腳套進運動鞋裡，鞋帶綁成兩個蝴蝶結，動作快得讓人眼花，有的人可能會覺得不像人類的速度，可是我不那麼想。那是工程及軟體設計的勝利：是對人類獨創性的讚賀。

我轉過身，著手預備晚餐。我聽見頭頂上米蘭妲走過房間，腳步聲模糊，彷彿是光著腳。

準備洗澡，為赴約準備。為我。我想像著她仍全身濕淋淋的，裹著浴袍，打開內衣抽屜，取決不下。絲的，對。桃色？好。烤箱預熱好了，我把食材放在流理台上。貪婪地交易了一天之後，只有烹飪最能把人帶回世界較好的那一面，為他人備餐的悠久歷史。我扭頭看去。衣服的效果很驚人。他坐在那裡，手肘放在桌上，像我的老朋友，等著我為他倒今晚的第一杯酒。

我出聲叫他。「我在烤奶油龍蒿雞。」我是在調侃他，明知他的簡單飲食是電子。

他毫不停頓，以最平板的語氣說：「這些食材很搭，可是禽鳥上色的時候容易把葉子烤焦。」

禽鳥上色？算是正確，只是聽起來怪怪的。

「你有什麼建議？」

「用錫箔紙把雞肉包起來。看它的大小，我會說一百八十度烤七十分鐘。然後拆掉錫箔紙，把葉子撥開，浸到肉汁裡，再以同樣溫度烤十五分鐘。最後把龍蒿醬汁和融化的奶油倒在雞肉上。

「謝謝。」

「別忘了在切肉之前蓋上布，放涼十分鐘。」

「我知道。」

「抱歉。」

我的語氣暴躁嗎？八〇年代早期我們已經習慣了會說話的機器，我們的汽車裡和家裡都有，會呼叫中心和診所。可是亞當隔著房間就秤出了我的雞肉的大小，並且還會為僭越的建議道歉。我又回頭瞧了他一眼。現在我注意到他把毛衣袖子往上拉到手肘處，露出了強壯的手腕。他十指交纏，下巴靠在手上。而這是沒有個性的他。從我站的地方看，燈光照射出他的高顴骨，他就像個硬漢，酒吧裡那種沉默的客人，你不會想去打擾的。而不是那種會傳授烹飪祕訣給你的。

我覺得有需要表現出我才是當家作主的人，相當幼稚的心態。我說：「亞當，你繞著桌子走兩圈好嗎？我想看你怎麼行動。」

「好的。」

他的步態一點機器的樣子都沒有。他在受限的房間裡邁出了很大的步子。他繞了兩圈之後就立在椅子旁，等待著。

「你可以開酒了。」

「沒問題。」

他朝我走來，伸長一隻手，我把開瓶器放到他的掌心上。那是侍酒師用的那種精巧的懸臂式開瓶器，但是一點也難不倒他。他把瓶塞舉到鼻端，接著伸手到櫥櫃裡找玻璃杯，倒了半吋，遞給我。我品著酒，他盯著我的目光殷切。酒的品質不到頂級，甚至不到第二級，不過並沒有瓶塞味。我點頭，他就把酒杯斟滿，小心放在爐子旁邊，然後回去坐在椅子上，而我轉身準備沙拉。

靜謐的半小時過去了，我們都沒說話。我弄了沙拉醬，切了馬鈴薯。米蘭妲在我的思緒中。我相信我來到了人生中那種至關重大的一刻，通往未來的道路出現了叉路。走這邊，人生會和以前一樣；走那邊，人生會轉變。愛情、冒險、純粹的興奮，但也表示在我全新的成熟中要有秩序，不再有放肆的計畫，一起在家裡，孩子。也可以說後兩項就是放肆的計畫。她有著最甜美的天性，她親切、美麗、風趣、極其聰明……

我聽見背後有聲音，回過神來，又聽見了，就向後轉。亞當仍坐在椅子上。他發出了刻意清喉嚨的聲音，而且又重複了一次。

「查理，我了解你是在為你樓上的朋友做飯。米蘭妲。」

我沒吭聲。

「根據我這幾秒鐘的研究，以及我的分析，你應該要在完全信任她上謹慎從事。」

「什麼？」

「根據我的——」

「說清楚。」

我憤怒地瞪著亞當茫然的臉。他以安靜哀傷的聲音說：「她有可能是騙子。一個有系統的、不懷好意的騙子。」

「意思是？」

「還要一會兒，不過她在下樓來。」

他的聽力比我的好。幾秒之內就有人輕輕叩門。

「你要我去開嗎？」

我沒回答。我氣壞了。我走進了迷你門廳，心態完全不對。這個白痴機器是哪根蔥？我為什麼該忍受它？

我使勁打開了門，而她就在那裡，一身淡藍色漂亮裙裝，歡懌地對我微笑，手上握著一束雪鈴花，看起來從沒有這麼可愛過。

2

幾週過去了米蘭妲才有時間幫忙設定亞當的個性。她父親病了，她經常去索爾茲伯里照顧他。她得寫一篇論文，探討十九世紀的穀物法改革以及它對赫里福德郡某城鎮某一條街的影響。一般稱之為「理論」的學術運動以「秋風掃落葉之姿」襲捲了社會史——括號中是她的原話。她念的是一所傳統的大學，以傳統的描述方式講述歷史，所以她不得不選擇一種嶄新的語彙，一種嶄新的思惟方式。有時，我們一起躺在床上（龍蒿烤雞那晚極為成功），我聽著她埋怨，儘量裝出同情的態度。直接假設過去的任何事情發生過已經不再是適當的做法了。唯有需要考慮的歷史文獻，以及不同的做學問方式，以及我們自己和這些方法的變動的關係，一切都取決於意識型態，取決於和權勢財富、種族、階級、性別、性取向的關係。

這一些我都覺得沒那麼不合理，但也沒那麼有趣。我沒說出口。我想鼓勵米蘭妲去做她所做、想她所想。愛情是慷慨大方的。況且，用證據來看以前發生過的事，正合我的脾性。在新的制度中，過去的分量變輕了。我就正在重塑自己的過程中，急於遺忘自己最近的歷史。我愚蠢的選擇都拋在腦後。我看見了跟米蘭妲共度的未來。我正接近初入中年的海岸，我在反省評估。我每天都活在我的過去所饋贈的歷史證據之下，而且越積越多，這些是我意圖抹殺的證據：我的孤寂，相對的貧窮，可憐的生活品質和益發黯淡的前景。在生產的方法以及其他上面，我的立足點在何處？我會說是一片空茫。

我買下亞當是否更證明了我的失敗？我不確定。凌晨醒來——在米蘭妲的身邊，她家或是我家——我在黑暗中召喚從前鐵軌會用到的那種槓桿，可以轉換軌道，把亞當送回商店，退款到我的帳戶裡。天光一照，事情就變得更含混或是在細微處更不同。我沒跟米蘭妲說亞當說過她的壞話，我也沒告訴亞當米蘭妲也會插手他的個性設定——像某種懲罰。我鄙視他的警告，但是他的心智令我著迷——如果他所擁有的是心智的話。他的外表帥得犯規，而且他會自己穿襪子，還是個科技上的奇蹟。他很昂貴，但是這個布線俱樂部之子不能放他走。

我在臥室裡弄我的舊電腦，不在亞當的視線之內，我敲下了我的選擇。我決定了，隔一個問題回答足以像一種隨機的合併——我們家庭自製的基因改組。現在我有了方法和夥伴，我輕鬆地著手，第一步就隱隱然帶著情色的性質；像是在製造孩子！因為米蘭妲也插手了，所以我就避開了自我複製的問題。基因的暗喻很有幫助。掃瞄著那一堆白痴敘述，我勾選的多少是類似自己的選項。無論米蘭妲的選擇也一樣，或是不一樣，我們都會製造出一個第三人來，一個全新的人格。

我不會把亞當賣掉，可是「不懷好意的騙子」一語仍然讓我惱怒。研究手冊時，我讀了緊急關機的那一則。就在他的後頸上，髮線的下端，有顆痣，只要按住三秒左右，然後施壓，他就會關機。但是什麼也不會流失，無論是檔案、記憶或功能。跟亞當獨處的第一個下午我始終不願意去碰他的脖子或身體的任何部位，我一直忍到和米蘭妲的晚餐順利成功之後。我那天下午在螢幕上賠了一百一十一鎊。我走進廚房，盤子、鍋子堆在洗碗槽裡。為了測試他的能力，我大可叫亞當去清洗，可是我那天的心情飛揚。只要是和米蘭妲有關的都發光發亮，即使是她在夜深人靜時作惡夢把我驚醒。我擺在她面前的盤子，那支進進出出她嘴巴的幸運叉子，印著她弓形唇印的酒杯都是我的，只有我能觸碰清洗。所以我就動起了手來。

在我後面，亞當坐在椅子上，凝視著窗外。我洗完碗，拿毛巾擦手，一面走向他。儘管我的心情舒暢，我還是不能原諒他的不忠。我不想聽他還有什麼話要說。有些普通的規矩他需要學會——對他的神經網絡來說算不上是什麼挑戰。他在經驗法則上的缺點促使了我的決定。等我了解更多，等米蘭妲完成她的選項，他就會回到我們的生活中。

我保持友善的語調。「亞當，我要先把你關機一下。」

他轉向我，愣了愣，歪歪頭，再歪向另一邊。這是某個設計師對意識的詮釋。後來這動作會惹我不高興。

他說：「請見諒，不過我覺得這不是好主意。」

「我已經決定了。」

「我一直在享受我的思想。我在思索宗教和來生。」

「以後再說吧。」

「我想到那些相信有來生的人會——」

「夠了。不要動！」我朝他的肩膀伸手。他的呼吸吹在我的胳臂上暖洋洋的，我猜他如果朝我動手，就能像折牙籤一樣折斷我的胳臂。手冊上以粗體字引述了以薩．阿西莫夫④不斷被重複的機器人第一定律：「機器人不得傷害人類，或袖手坐視人類受到傷害。」

我摸不到想找的東西，就繞到亞當背後，果然，就如手冊上所載，髮線下有顆痣。我把手指放了上去。

「我們可以先商量一下嗎？」

「不行。」我加重手勁，他發出最幽微的一聲嘆息，肩膀垂了下去，但仍睜著眼睛。我拿了張毛毯把他蓋住。

④ 以薩．阿西莫夫（Isaac Asimov, 1920-1992）是美籍猶太裔作家暨生物化學教授，以科幻小說及科普叢書最為人稱道。他的機器人系列作品多收錄於《我，機器人》一書中，他在其中發表了一套機器人倫理法則，對後世學者影響深遠。

關機之後的幾天，我滿腦子想著兩個問題：米蘭妲會愛上我嗎？還有，英國艦隊進入阿根廷戰鬥機的防禦範圍後，法國製的飛魚飛彈會擊沉英國軍艦嗎？我入睡時，或是早晨仍在清醒與作夢之間徘徊的幾秒鐘內，兩個問題結合，空對艦飛彈變成了愛情的箭。

米蘭妲讓人傾心和好奇的地方在於她總是輕輕鬆鬆就做好了選擇，率性放縱地踴身躍入事件之流。她來晚餐那晚，邊吃邊聊了兩個小時之後，我們做愛，因為亞當而關上了臥室門。然後我們聊到深夜。就那麼簡單。她也是可以在吃過龍蒿烤雞之後親吻我的面頰，回到樓上她自己的公寓，在入睡之前讀本歷史書。對我而言是意義重大的，是我的希望得以立即實現，對她而言卻是愉快的享受，毫不意外，是在喝咖啡之後一次額外的歡悅。就像巧克力。或是一杯上好的果渣白蘭地。我的赤裸和我的溫情對她的影響都不及她那燦爛的甜美對我的影響。而我的身材不錯——肌肉結實，滿頭深褐色頭髮——而且還有人說我大方機智。我在枕邊細語上的功夫也不差。她幾乎沒注意到我們相處得有多融洽，我們是一個話題接一個話題，一個無傷的笑話接一個笑話，一種好心情接一種好心情。我的自尊願意承認她和別人在一起時必定也是這個樣子。我懷疑我們共度的夜晚在第二天還能掠過她的腦海。

我幾乎無法抱怨第二晚的模式和第一晚相同，只是換她下廚，而我們睡在她的床上，然後第三晚是在我的床上——以此類推。我們在肢體上親密無間、無憂無慮，但是我從不提我的感情，以免逼她承認她並沒有同感。我寧可等待，讓情愫累積，讓她覺得自由，讓她到最後醒悟她並不自由，而是愛上了我，而且已經無法回頭了。

我的期待中帶著虛榮。大約一週過後，出現了焦慮。我很慶幸自己把亞當關機了。但現在，我考慮著是否要讓他重新開機，問問他的意見、他的理由、他的資料來源。可是我不能讓一具機器來左右我，我要是讓它在我的私事上扮演心腹、軍師、卜巫的角色，我就會受它宰割。我有自己的尊嚴，而且我相信米蘭妲是不會惡意說謊的。

然而。我鄙視我自己這麼做，可是上床十天之後，我開始了我自己的調查。除了幾經討論的「機器直覺」概念之外，亞當唯一可能的資料來源就是網路。我耙梳了社群網站，沒有她的帳戶。她活在她朋友的貼文裡。對，她會出現在派對上或假日裡，肩上扛著朋友的女兒在動物園裡。在農場穿著長筒橡膠靴，和一連串的裸胸男性朋友在水池邊挽著臂或是跳舞或是嬉戲，跟一群群喧鬧的青少年女性朋友、喝醉的大學生玩樂。她認識的人都喜歡她。沒有一個網站有負面的留言。偶爾會有人八卦，證實了在我們夜半私語時她說的部分往事。別的地方只查到她出版過的那篇學術論文——「史懷波姆的放養豬：半放養豬隻在中世紀奇爾騰村的家庭經濟上的角色」。我讀了之後更愛她了。

至於直觀的人工心智，純粹是都會傳說，起源於一九六八年早期，艾倫．圖靈跟他聰明的年輕同事戴米斯．哈薩比斯設計了一套軟體，以直落五盤的成績擊敗了一位世界級的圍棋大師。凡是這一行的人都知道這樣的成績不可能只靠大量的數字運算。圍棋和西洋棋中每一步的可能性都大量超越了可觀察的宇宙中的原子數量，而圍棋的落子可能數比起西洋棋更是呈指數成長。圍棋大師也說不出個所以然來，只知道他們有種深奧的感覺，能察覺出棋盤上的佈局是否正確。因此大家假設電腦也在做類似的事情。媒體上讓人喘不過氣來的報導說新的人性化軟體世代來臨了。電腦就站在像我們一樣思考的門檻上，模擬我們在下判斷和做選擇時往往不明確的理由。圖靈和哈薩比斯採取反制的做法，同時也走在時代尖端，毫不藏私，將他們的軟體放上了網路。接受採訪時，他們描述了機器深度學習的過程以及神經網絡。圖靈試圖以外行人的語言來解釋蒙地卡羅樹搜索（Monte Carlo tree search），這是四〇年代的「曼哈頓計畫」為了發展出第一顆原子彈而使用的運算法。他的期待過高，向一名沒耐性的電視記者解釋「PSPACE 完全」（PSPACE complete）的數學，結果弄得他自己浮躁惱火，成了著名的一幕。比較不為人知的一幕是他在一家美國有線電視頻道上發脾氣，那時他是在描述電腦科學上一個核心的問題「P／NP」。他面對著一群好鬥的「一般」觀眾。當時他剛提出了他的解法，全世界的數學家都在檢驗。這個問題說起來容易，想解決卻是難如登天。圖靈努力想說明的是有了正確正向的解法就會在生物學上，以及在時空概念以及創造力上激發出許多令人興奮的發現。觀眾無法感同身受，也無法了解，只是隱約知道他在二次大戰中的角色，或是他在他們深深依賴電腦的生活中的影響。他們視他為完美的英國紳士書生，樂於以愚蠢的問題折磨他。這次不愉快的插曲結束了他想要普及他的研究範疇的使命。

在和日本九段圍棋大師對弈之前，圖靈—哈薩比斯電腦跟自己持續對戰了一年，下過幾千盤的棋。它從經驗中學習，而且它是科學家的聲明——確實有其道理——表示又向逼近人類一般智慧的理想邁進了一步，而機器直覺的傳奇也就是因此而生的。可無論他們說什麼都無法把如脫韁野馬的傳說再關回去。

評論家說電腦勝利會讓下棋走向滅絕，他們錯了。輸了五次之後，這位年長的圍棋大師由助手攙扶著，緩緩站起來，對筆電鞠躬，以顫巍巍的聲音恭喜它。他說：「騎馬並沒有殺死田徑運動。我們是為樂趣而跑的。」他說的對。規則簡單卻錯綜複雜的棋賽變得更加受歡迎。正如戰後，機器雖然擊敗了西洋棋大師，卻無法讓這個遊戲消亡。贏，據說，不是最重要的，重要的是下棋時的勾心鬥角之樂。但是現在已經有軟體能夠詭異地、正確地「解讀」一個情況，或是一張臉，一個手勢，或是一句話的情緒音色的這種看法卻流傳了下來，而且能夠部分說明亞當和夏娃上市何以引起這麼大的迴響。

十五年在電腦科學上是一段很長的時間。我的亞當的處理能力以及他的世故圓熟都比圍棋電腦要更上層樓。科技進步了，圖靈也繼續向前。他把時間專注在下決定上，寫了一本有名的書：我們傾向建立模式、創造敘述，但其實如果想要做出好的選擇，我們應該用概率來思考。人工智能能夠改善我們的現況、我們的本身。圖靈設計了演算法。他一切的革新成果都可供他人使用。亞當一定就蒙受其惠。

圖靈的機構將人工智能和電腦生物學又向前推進了一步。他說他沒興趣讓他的財富變得更多。數百位傑出的科學家追隨他的腳步，將他們的出版公開，因此導致了《自然》和《科學》期刊在一九八七年的倒閉。為此他受到多方指責。有人說他的成果在全球各個領域創造了數以萬計的工作機會——電腦製圖、醫療掃瞄機、分子加速器、蛋白折疊、智慧型配電、國防、太空探險。這一串清單還不見盡頭呢。

圖靈從一九六九年開始就公開了他的同性戀生活，他的情人湯姆．瑞赫是理論物理學家，將會在一九八九年贏得諾貝爾獎。圖靈在這股逐漸出現的社會改革上出了不少力。愛滋病出現時，他募集了大筆基金，在鄧迪市設立了病毒學研究中心，同時也和別人攜手成立了一家安寧治療醫院。在第一批有效的治療法問世之後，他極力爭取短期執照和低廉價位，尤其是在非洲。他繼續和哈薩比斯合作，後者從一九七二年起就主持著自己的小組了。圖靈對於大眾事務漸漸失去了耐心，他是這麼說的，寧可將「我萎縮的晚年」投注在自己的研究上。他在舊金山有處長期住所，卡特總統頒贈總統自由獎並且特地為他舉辦了晚宴，他和柴契爾夫人在首相鄉間別墅午餐、討論籌募科學基金之事，與巴西總統共餐說服他保護亞馬遜雨林。有很長一陣子，他就是電腦革命的招牌，也是新基因學的代言人，幾乎和史蒂芬·霍金一樣有名。現在的他半隱居中。他唯一的旅程就是在他位於康頓市的家以及王十字的機構之間穿梭，哈薩比斯中心就在兩棟屋子之隔。

瑞赫為他和圖靈的共同生活寫了一首長詩，刊登在《泰晤士報文學副刊》上，後來又出版了單行本。詩人兼評論家伊恩·漢彌爾頓在書評中說：「這位物理學家懂得掃瞄，也懂得想像。好，有了位能解釋量子重力的詩人了。」亞當出現在我的人生之中時，我相信唯有詩人，而不是機器，能夠告訴我米蘭妲是否會愛我，或是會騙我。

¶

法國公司 MBDA 賣給阿根廷政府的八枚飛魚系列飛彈的軟體中一定埋藏著圖靈的演算法。這個威力強大的武器只要從噴射機上朝船艦發射，就能辨識出船隻的輪廓，於飛行中斷定是敵是友。如果是友，它會放棄任務，沒入海中，不造成傷害。如果它錯過目標，衝過了頭，它能夠折回，再攻擊兩次。以一小時五千哩的速度撲向獵物。它主動選擇撤出的能力可能是來自於圖靈在六〇年代中期發展出的臉部辨識軟體。他一直在研究幫助患有臉盲症的人，這種患者無法辨認熟悉的臉孔。政府的移民管控、國防公司和保全機構為了各自的目的而劫掠了他的研究成果。

法國是北約夥伴，因此我國政府向愛麗舍宮表達了強烈的抗議，建議不准 MBDA 再賣飛魚飛彈或是提供科技協助。一批送往阿根廷的同盟秘魯的貨船遭到封鎖。但是其他國家，包括伊朗，都願意出售軍火。此外還有黑市。英國情報員假扮軍火商，買斷了所有的武器。

但是自由市場的精神卻是野火燒不盡、春風吹又生。阿根廷軍隊急需飛魚飛彈的軟體，因為在開戰之初並未完全安裝。兩位以色列專家自行飛往阿根廷，可能是看在極其可觀的報酬上。兩人在布宜諾斯艾利斯的一家飯店被割斷了喉嚨，兇手始終不明。許多人假設是英國情報員，果真如此的話，也為時已晚。年輕的以色列人在床上流血而死之時，四艘英艦被擊沉，隔天又有三艘沉沒，再隔天又一艘。整體而言，一艘航空母艦、許多驅逐艦和貨船、一艘運兵船遭擊沉。生命損失一兩千人。水手、軍人、廚子、醫生護士、記者。混亂的幾天過去後，所有軍艦都忙著拯救倖存人員，特遣隊的尾部調頭，福克蘭群島變成了馬爾維納斯群島。統治阿根廷的法西斯軍政府喜氣洋洋，人民歡欣鼓舞，軍政府的謀殺和酷刑，平民百姓的無故失蹤都被遺忘了，被原諒了。它的權力更穩固了。

我看著一切，驚駭莫名——同時心虛慚愧。我曾意興飛揚地看著艦隊航向英吉利海峽，儘管我反對這次的出兵，我和幾乎每一個國民一樣有責任。柴契爾夫人從唐寧街十號官邸出來，發表演說。她一開始說不出話來，接著熱淚盈眶，卻不肯讓人攙扶入內。最後，她恢復了過來，以不同於平常的小小聲音發表了著名的「責任由我一肩扛」演說。她願負全部責任。她絕不會偷安戀棧。她提出辭呈。但是損失這麼多條人命，舉國震驚，沒有人有胃口等懲處名單出爐。如果她走，那麼她的內閣全都得走，還有國內的多數人。《電訊報》的一名領導人這麼說：「失敗是我們大家的失敗，現在不是抓替罪羊的時候。」一個非常英國的處置方式開始了，讓人想起了敦克爾克大撤退，化慘敗為慘勝。國家團結最重要。六週之後，一百五十萬人到朴茨茅斯去迎接裝載著屍體、燒傷及受創乘員返國的船艦，而我們其他人則驚恐地在電視上觀看。

我重複這一段知名的歷史是為了年輕的讀者，他們不會懂得它在感情上的衝擊，也因為它給我們這個三角關係之家奠定了一個悲情的背景。房租到期了，我因為損失了一筆收入而憂心忡忡。民眾並沒有大量購買手持的小國旗，香檳的消耗量也下降，整體經濟陷入蕭條，儘管酒吧和速食店仍照常營業。米蘭妲為了她父親的病，以及穀物法與既得利益者的惡毒、他們對苦難的無動於衷而無暇他顧。亞當仍罩在毯子下。米蘭妲遲遲無法著手的部分原因是科技恐懼症，如果不愛上網、不愛拿滑鼠勾選項目可以被這麼稱呼的話。我嘮叨她，她總算同意動手。特遣隊的殘兵敗將返回港口的一週之後，我在廚房桌上打開筆電，叫出亞當的網站。不需要讓他醒過來就能讓米蘭妲開始了。她拿起了無線滑鼠，翻過來看，瞪著底部，表情厭惡。我幫她弄了咖啡，回臥室去工作。

我的投資組合價值對半砍了。我是應該要彌補損失的，可是一想到她就在隔壁，我就沒法專心。就跟許許多多的早晨一樣，我滿腦子總念著昨夜。瀰漫全國的哀痛氣氛讓昨夜更加激情，然後我們聊天。她講述了她的童年，美滿的田園生活在她八歲時母親辭世而一夕破滅。她想帶我去索爾茲伯里，帶我去看重要的地點。我當這是一個有進步的徵兆，但是她仍沒有說是約會，也沒說她想要我見她的父親。

我面對著螢幕卻視而不見。牆壁、尤其是門板，都很薄。她的進度緩慢。停頓很長的時間，我聽出了謹慎地按滑鼠的聲音，她勾選了一個選項。每次點擊之間的沉默害我繃著神經。經驗開放性？盡責性？情緒穩定性？一個小時後，我什麼也沒辦成，決定出門去。我擠過她的椅子時吻了她的頭頂。我離開了家，朝克拉彭前進。

四月這麼熱很不尋常。克拉彭高街的交通繁忙，到處都是人。四處都是黑色緞帶。這是從美國傳過來的習俗。燈柱和門上，商店櫥窗上，汽車門把和天線上，嬰兒推車上，輪椅上，腳踏車上。倫敦的中心地帶，辦公大樓全部降半旗，旗杆上黑緞帶飄揚，紀念兩千九百二十名戰死的英靈。民眾的胳臂上和衣領上別著黑緞——我自己也別著，米蘭妲也是。我會幫亞當弄一個。婦女和浮華的男人把緞帶綁在頭髮上。反對出征而上街頭激烈抗議的少數人也一樣配著黑緞。公眾人物和名人，包括皇室成員，不配戴的話是很危險的——媒體全都虎視眈眈。

我沒有別的想法，只想藉散步把坐立不寧的情緒消耗掉。我加快腳步穿過高街的商業區盡頭，經過了封上木板的英阿友好協會辦公室。清潔隊罷工進入了第二週，堆積在燈柱下的垃圾袋有一個人的腰那麼高，而酷熱更讓垃圾散發出甜膩的臭味。民眾，或者該說是媒體，同意首相的看法，在這個節骨眼上罷工是沒有良心的不愛國表現。可是要求加薪的訴求就如下一波的通貨膨脹一樣是無法避免的。目前還沒有人知道該如何勸退那條蛇別把尾巴吃掉。沒多久，可能就在年底之前，堅忍不拔又不帶多少智能的機器人就會出來收垃圾了。他們所取代的勞工會變得更貧窮。失業率現在是百分之十六。

在咖啡店外以及沿著速食連鎖店外的油膩人行道上，腐肉的惡臭味迎面襲來，就如當胸一拳。我屏住呼吸，一直到經過了地鐵站。我穿過馬路，走入公園。划船和戲水的池塘邊上有一群人，吼的吼，叫的叫，即使是在玩水的小孩子都戴著黑緞。這是一幅歡樂的畫面，但是我沒有逗留。在這種新的時代，孤身而行的男人必須小心，不能讓人覺得你在盯著兒童看。

所以我信步走到聖三一堂，理性時代的大磚舍。裡頭空無一人。我坐下來，俯身向前，手肘架在膝蓋上，很容易就讓人誤會是在祈禱。這是一個太過理性的地方，激不起如此的敬畏，但是它乾淨的線條和合理的比例卻有撫慰的作用。我很滿足能在這清涼的陰暗中小憩一會兒，讓我的思緒飄回我們的初夜，我被一聲拉長的嚎叫驚醒。我還以為房間裡跑進了一條狗，下床下到一半才猛然醒悟是米蘭妲作了惡夢。叫醒她並不容易。她掙扎得像在跟某人打架，而且有兩次嘟嘟囔囔著說：「別進去，拜託。」之後，我以為描述夢境對她會有幫助。她躺在我懷裡，死命抓著我。我再問她時，她只搖頭，很快就又睡著了。

早晨，喝著咖啡，她聳個肩擋掉了我的問題。只是作夢。她避重就輕的那一刻會凸顯出來是因為亞當在我們後面，擦拭窗戶，是我吩咐他，而不是請他做的。我們談話時，他停下動作，轉過來，彷彿是聽到有人說惡夢而感到興趣。我那時就懷疑惡夢的主角是否就是他。他現在也壓在我的良心上。我那天早晨的命令很不客氣。我不應該把他當僕人。那天後來我把他關機。我讓他關機太久了。聖三一堂是和威廉．威伯福斯⑤及反奴役運動有關的。如果他還在，一定會為亞當和夏娃請命，提倡他們有權不被買賣及毀壞，他們有為自己作決定的尊嚴。說不定他能夠自己照顧自己。不用多久他們就會接手清潔工的工作了。接下來就是醫生和律師。模式認知和毫無瑕疵的記憶比起清理城市的髒污，計算起來更是輕而易舉。

我們會變成時代的奴隸，一點意義也沒有。然後呢？全球的文藝復興，愛情、友情及哲學、藝術與科學、崇拜自然、運動與嗜好、創造發明以及對意義的追求，全面解放？但是上流社會的娛樂不是人人玩得起的，暴力犯罪也有它的吸引力，鐵籠格鬥、虛擬實境色情、賭博、喝酒、吸毒也有，甚至是無聊和憂鬱也有。我們會無力控制自己的選擇，我就是個好例子。

我晃過了公園的空曠之處。十五分鐘後我來到了遙遠的另一頭，決定折返。這個時候米蘭妲應該做完三分之一的選項了。我急著要跟她待在一起，因為她就要去索爾茲伯里了，深夜才會回來。我在銀皮樺下狹窄的陰涼處休息，幾碼外是一個籬笆圍住的兒童鞦韆區。一個小男生——我猜大概是四歲——穿著寬鬆的綠色短褲、塑膠涼鞋、有污漬的白T恤，趴在蹺蹺板上檢視地上的東西。他拿腳去挪，挪不開，就蹲下來用手去拿。

我沒發現他母親坐在長椅上背對著我，她尖聲喊：「過來！」

男孩抬頭，似乎就要朝她走去，但是注意力又回到地上那個有趣的東西上了。這次他撥動了，我親眼看見的。是一隻瓶子的上端，玻璃閃著光，可能是嵌進了變軟的柏油裡。

女人的背寬髮黑，稀疏的鬈髮向頭頂延伸。她的右手夾著香菸，手肘捧在左手裡。雖然天

⑤ 威廉·威伯福斯（William Wilberforce, 1759-1833）是英國國會下議院議員，領導國會內的廢除奴隸行動，對抗英帝國的奴隸貿易，並於一八〇七年親自見證了《廢除奴隸貿易法案》通過。

氣熱，她還是穿著外套。衣領下有一道長裂口。

「聽到了沒有？」語調上揚，帶著警告。小男孩又一次抬頭，似乎很害怕，正準備要乖乖聽話，跨了半步，但是視線飄移，又看見了他的獎品，躊躇不定。他又回頭去拔瓶子，他可能是以為他拔得出來，可以拿給媽媽。可是他怎麼想的並不重要。挫敗地一聲喊，女人從長椅上一躍而起，快步走完了短短的幾碼路，丟下香菸，一把攫住男孩的胳臂，對準他的腿就是一巴掌。他哭了起來，女人立刻又賞了他一巴掌，接著又一掌。

我自在地沉溺在自己的思緒中，不願意被打擾。有一會兒我認為我可以起身回家，假裝，如果不是騙自己，那就是騙世人，我什麼也沒看見。這個小男孩的人生沒有我插手的餘地。

他的尖叫聲更加激怒他的母親。「閉嘴！」她一遍又一遍對他大吼。「閉嘴！閉嘴！」即使在這時，我也可能會硬讓自己忽視這一幕。可是小男孩的尖叫越來越大聲，她兩隻手抓著他的肩，抓得他骯髒的T恤往上撩露出了肚子，開始用力搖晃他。

有些決定會在意識思考的層面下形成，甚至是道德上的決定。我發現自己朝籬笆跑去，翻過籬笆，三步就趕到現場，按住了女人的肩膀。

我說：「不好意思，拜託不要這樣。」

我的聲音聽在我自己的耳朵裡都很拘謹，有免責權，帶著歉意，缺乏權威。我已經在懷疑我這樣插手會如何收場。當然不會讓這位家長幡然悔悟，從此慈愛和藹，但是起碼在她難以置信地轉向我時，她的攻擊停止了。

「你想幹什麼？」

「他還小，」我笨笨地說。「妳可能會弄傷他。」

「你他媽的算老幾？」

她問得好，所以我也沒回答。「他還小，聽不懂妳的話。」

這段對話就在孩子的尖叫聲中進行。現在他緊緊揪住他母親的裙子，想要她抱。這是最糟的地方。折磨他的人同時也是他唯一的安慰。她像鬥雞一樣看著我。隨手拋掉的菸蒂在她的腳邊悶燒，她的右手握拳又放開。我為了表示不想和她鬥，就隱約退了半步。我們瞪著彼此。那是，或曾經是，一張相當可愛、聰慧的臉，眼睛四周的贅肉破壞了她明顯的美。她瞇著眼表示狐疑。在另一段人生中這張臉可能是親切的、母性的一張臉孔。圓圓的、顴骨高、鼻樑上分佈著雀斑。嘴唇飽滿——但是下唇龜裂。幾秒之後，我注意到她的瞳孔像小針孔。她先移開視線，看著我的肩後，然後我才知道是為什麼。

她吆喝：「喂，約翰。」

我轉身。是她的朋友或先生，約翰也是圓墩墩的，打赤膊，被陽光曬得呈亮粉紅色，正穿過遊戲區的鐵絲網柵門。

仍在幾碼遠他就高聲說：「他在騷擾妳？」

「一點也沒錯。」

換作是別種想像的情景——電影可以算一種——我不需要擔心。約翰大約和我同齡，但是比我矮、肌肉比我鬆弛、沒我健壯。在那一個另類世界裡，要是他打我，我輕輕鬆鬆就能打得他滿地找牙。可是在這一個世界裡，我這輩子沒打過人，連童年時都沒有。我是可以告訴自己要是我打倒了孩子的父親，孩子會受創更深。但事實並非如此。我的態度不對，或者該說是我缺少了正確的態度。倒不是恐懼，當然也不是什麼高尚的原則。說到打人，我壓根不知該如何動手。我也不想要知道。

「是嗎？」

現在換約翰擺出跟我動手的架式來了，女人讓到一邊。小男孩哭個不停。父與子相似得很有喜感——都是短髮，金紅色頭髮，臉小，綠眸，兩眼分得很開。

「我沒有別的意思。只是他還小，不應該打他或是搖晃他。」

「我沒有別的意思，不過你可以滾蛋。不然的話。」

約翰真的一副要揍我的樣子。他挺起了胸膛，蟾蜍和猩猩和其他動物古老的自我膨脹技倆。他的呼吸急促，兩臂向外分，我或許比他壯，但是他會比我豁得出去。顧慮沒有我的多。或者這就叫勇敢。準備冒一次險，賭自己不會被擊倒，不會被抓著頭撞擊柏油路面好幾次，造成一輩子的神經問題。我可不願冒這種風險。怯懦就是這麼回事，純粹是想像過剩。

我舉高雙手，表示投降。「嘿，我顯然不能逼你們怎麼做，我只是想要說服你們。為了孩子好。」

然後約翰說的話大出我的意料之外，所以我整個人愣住了，一時間幾乎答不上話來。

「你要他嗎？」

「嗄？」

「送給你。拿去啊。你是教育孩子的專家。他是你的了。把他帶回家。」

這時小男孩已經安靜下來了。我再看他一眼，覺得他有什麼是他父親沒有的，不過可能他的母親並不缺——他的表情有一種隱約但仍明亮的跡象，代表能夠聰明的互動，儘管現在的他沮喪難過。我們站在一個小圈子裡，能在車流聲中聽見遠處公園的戲水池邊兒童的叫喊聲。

一時衝動之下，我認為這個作父親的是在虛張聲勢。「好吧，」我說。「他可以跟我走。我們之後再來處理文書作業。」

我從皮夾裡拿了一張名片，遞給他。然後朝小男孩伸手，讓我詫異的是他舉起了手，手指跟我的交纏。我有受寵若驚的感覺。「他叫什麼名字?」
「馬克。」
「來吧,馬克。」
我們一起從他父母親身邊走開,穿過遊戲區,走向有彈簧樞紐的柵門。
小男孩用響亮的耳語說:「我們假裝要逃跑。」他向上仰的臉蛋忽然布滿幽默和惡作劇。
「好。」
「坐船。」
「好。」
我正要開柵門,後面就有人大喊。我回頭,希望臉上沒露出心中的大石頭落地的表情。那女人朝我奔來,把小男孩拉走,一巴掌朝我甩過來,擊中了我的上臂,不痛不癢。
「變態!」
她正準備要再打我,約翰以疲憊的聲音喊:「算了。」
我走出了柵門,走了幾步才回頭望。約翰把馬克抬到了他的肩膀上。我不得不欣賞這位父親。他的做法說不定有他的道理,只是我沒能察覺。他擺脫了我,不用動拳頭,而是提出一個不可思議的條件。要是我把小男孩拖回我的小公寓,把他介紹給米蘭妲,然後在往後的十五年裡滿足他的需求，那可會是惡夢一場。我注意到那個女人的外套袖子上綁著黑緞帶。她在勸約翰把襯衫穿上。他不理她。一家人穿過遊戲區，馬克轉頭看著我這邊，舉起一隻手臂，可能是想保持平衡，也可能是在道別。

¶

我們在床上依偎、東拉西扯時，通常都是在深更半夜，有個形影揮之不去，在黑暗中在我們的眼前盤桓，是一隻不幸的鬼魂，而它的形體越來越清晰。我必須要克服那股視他為敵手、是我自身生存的威脅的初始衝動。我上網查尋，看見他各個年代的臉孔，從二十出頭到五十好幾，從帶著女孩子氣的俊美進化到討喜的頹敗。我讀了他的媒體評論，並沒有很多。他的名字對我毫無意義。我有兩個朋友知道他，卻沒讀過他。一份簡介，五年前的，只說他是個「差不多先生」。因為這個說法也描述了我自己的一個可能的命運，所以我對邁克斯菲爾・布萊克多少覺得親近，也了解了顯而易見的一件事——愛其女就必須接受其父。只要她從索爾茲伯里回來，她就需要談他。我得知了他的各種痛苦，或是煎熬，變換不定的預後，傲慢無知的醫生換成了親切聰明的醫生，混亂的醫院卻有著好得出奇的食物、療法與藥物，希望之火熄滅又復燃。

他的心靈，她用各式各樣的語彙描述，仍敏銳犀利，是他的身體不再聽他的話，就像內戰一樣砲火猛烈。作女兒的眼睜睜看著作家的舌頭被醜陋的黑斑弄得慘不忍睹，情何以堪。作父親的進食、吞嚥、說話又是何等的艱難。他的免疫系統放任他或是拖著他每下愈況。

不止於此。他排出了一塊很大的腎結石，米蘭妲相信其辛苦就有如自然生產。他在浴室摔傷了一邊的髖骨。他的皮膚癢得受不了。現在他的兩隻大拇指關節都痛風。閱讀是他的最愛，卻變得困難，因為白內障影響了他的視力。手術已經敲定，但是讓別人來拿他的眼睛開刀讓他既恨又怕。另外還可能有別的疾病，只是太難啟齒。他早該要迎娶進門當他第四個太太的女人兩年前離他而去了。邁克斯菲爾孤家寡人一個，仰賴健康部家訪員、陌生人而生，還有九十哩之外的女兒。他另一段婚姻生的兩個兒子有時會從倫敦過去，帶著酒、起司、自傳、最新的手錶型電腦等禮物，但是老父親的殷切關懷卻害他們渾身不自在。

我們還不夠老，米蘭妲跟我，不足以充份了解一個奔六十的人仍然太年輕，不該承受或是預見這麼多重的侮辱。但是他就像約伯一樣受到無情的上帝折磨，所以除了傾聽米蘭妲訴說之外，做什麼似乎都會顯得褻瀆。在遊戲場插曲發生之後的那晚格外令人難忘。對一個戀愛中的男人來說這令人很難相信，可是她在訴說時我的心飄向了遠方。她剛從索爾茲伯里回來，我們躺在床上，她描述著一個新的煎熬。我同情地握住她的手。一個我沒見過的男人持續不斷的吃苦受罪也只能吸占住我的心思這麼久。我只用一隻耳朵聽，心裡則忙著沉思我人生中的奇異新波折。

樓下，仍坐在那張硬木椅上，是我好玩的玩具，覆著毯子等待著。這天下午它在睡覺時，它合併的個性就設定好了。歷險就要開始了。在我這邊是我的未來，我很肯定。我們彼此那種不平衡的感情會得到糾正。我們僅僅是體現了一種現代禮儀的模式：相識，隨之發生性行為，然後培養出友情，最終成為愛人。沒有什麼好理由讓我們得以同樣的速度走上這條約定成俗的道路。耐性才是王道。

同時，包圍著我的希望之島的是一片舉國哀慟的海洋。偏偏在這個節骨眼上，軍政府在史丹利港升起了四百〇六面阿根廷國旗，紀念他們的死者，並且在荒涼潮濕的主街上閱兵；而在倫敦，在聖保羅大教堂，也為我們的三千名死者舉行了追思彌撒。我從公園回來後在電視上收看。在統治精英階層中，只怕不到二十人會認為偏愛法西斯主義的上帝值得為祂點蠟燭，或是認為戰死的人得到了安息。但是世俗的傳統無法提供如此熟悉的詩句，由上幾代人的真摯情意打磨得閃耀發亮，卻被長久棄如蔽屣。**由婦人而生的男人只有短促的一生**。於是唱了詩歌，誦讀了令人費解的經文，琅琅迴盪，群眾零零落落唱和，而我們這些人則在我們的電視機聖壇前哀悼。不像米蘭姐，我也哀悼。

我和一百五十萬人「齊步行進」走過中倫敦，抗議特遣隊出擊。事實上，我們是偷偷前進，不時停下來，在許多的關卡上等待。又是常見的矛盾：事情是很嚴肅的，示威卻是歡樂的。搖滾樂團、爵士樂團、鼓組與小號、機伶的標語、放肆的裝扮、馬戲團的雜耍、激昂的演說，最重要的是這麼多人激動興奮，花幾小時把過去歸檔，這麼的多樣，而且是這麼的光明正大。這麼容易就能相信全國人民湧入倫敦是為了要澄清很明顯的一點，亦即迫在眉睫的戰爭是不公正的、不人道的、不合理的、並且潛藏著災難。我們不可能知道我們料得有多正確，或是國會、八卦小報、軍方和三分之二的人口是多麼高效率地把我們當成了馬耳東風。據說我們是不愛國的，我們為法西斯政權說話，反對國際法的定律。

那天米蘭妲在哪裡？那時我們還只是點頭之交。她在圖書館裡，為她的半馴養豬的論文做最後的修改。以一個二十來歲的人而言，她對特遣隊的看法倒是不隨流俗，而且她不相信她所謂的「自戀群眾」的精神，它的異口同聲，它愚蠢的高昂士氣。她沒有我那種天生就愛抗議或是受情緒左右的個性。她沒興趣看著船艦出發，沒興趣管後來所稱的「大沉船」，或是灰頭土臉的返國，更沒興趣看聖保羅教堂的儀式。我和朋友幾個月下來只談論這件事，只讀這方面的輿論，米蘭妲卻置身事外。船艦沉沒時，她默然無語。黑緞出現時，她也配戴，但是她不被牽著鼻子走。用她的說法，整件事「臭不可聞」。

現在，我躺在她身邊，握著她的手，窗帘外橘色的街燈讓她的臥室有一種舞台的感覺。她搭了最後一班火車回來，再等待誤點的地鐵回到北克拉彭。將近三點。她在描述邁克斯菲爾後悔地跟她說他的大拇指罹患痛風是一種福氣。因為太痛，而且痛得太局部，所以他的其他病痛倒被掩蓋下去了。

我仍握著她的手，說：「妳知道我有多想見他。下次讓我陪妳去。」

幾秒過去了，她才眼皮沉重地回答。「我想儘快再去。」

「好。」

然後，又停了幾秒。「亞當也要一起去。」

她輕撫我的前臂，姿態像告別，然後翻過身去，背對著我。她的呼吸很快變得平穩深沉，只剩下我在單色的鈉燈薄暮中思索。他也要去。她自認她有一半的所有權，正如我的期望。可是亞當和邁克斯菲爾．布萊克這樣老派的壞脾氣老文士見面實在是很難想像。我從簡介上知道他仍然是手寫創作，鄙視電腦、手機、網路之類的東西。套用那句自命清高的陳腔濫調，他顯然「受不了笨蛋」。或是機器人。亞當仍沒有甦醒，仍沒有出過門，仍沒有測試過是否能夠閒話家常。我已經決定要等到他完全熟練了社交技巧之後才讓他接觸我的朋友圈。以邁克斯菲爾為第一個對象可能會使重要的副程式故障。米蘭妲可能是想有個東西讓她父親分心，刺激他的寫作。也可能是和我有關，於我有益，只是我並不了解。或者——我實在抗拒不了這種想法——於我無益？

這是很不好的念頭，是半夜三更才會冒出來的那種。就和一切的失眠沉思一樣，本質就是重複。我為什麼應該帶著亞當去見她父親？當然了，我完全可以堅持要他留在家裡，可是我不願否決一個父親臥床待斃的女人的願望。他真的奄奄一息嗎？有可能大拇指罹患痛風？兩隻？我真的了解米蘭妲嗎？我躺在床的這一邊，尋找著枕頭清涼的一角，然後翻身仰躺，看著斑駁的天花板，感覺太靠近，而且是黃色的，而不是橘色的。我問自己同樣的問題。我重新構句，再問一次。我知道我是想幹嘛，可是我在拖延，寧可煩躁不安，將近一個小時都在否認明擺在眼前的事情。然後我終於下了床，套上牛仔褲T恤，自行離開，光著腳步下共用的樓梯，回我自己的公寓去。

我進了廚房，毫不遲疑，隨手就拉掉了毯子。外表上沒有一點改變——閉著眼睛，同樣一張古銅色的臉孔，微顯殘酷的鼻子。我伸手到他的後腦勺，找到了那一點，按了下去。趁他熱機，我吃了一碗麥片。

我正要吃完時就聽見他說：「永不失望。」

「你說什麼？」

「我在說那些相信有來生的人永遠不會失望。」

「你是說，就算他們錯了，他們也不會知道。」

「對。」

我緊盯著他看。他現在有所不同嗎？他露出期待的表情。「滿合理的。可是亞當，我希望你不會覺得那很深奧。」

他沒回答。我把空碗拿到洗碗槽，給自己泡茶。我坐在餐桌上，面對著他，喝了兩口之後，我說：「你為什麼說米蘭妲可能會傷我的心？」

「喔，那個啊……」

「說啊。」

「我說了不該說的話，我真的很抱歉。」

「回答我的問題。」

他的聲音改變了，音調不同了，更堅定，更有感情。可是他的態度——我需要多一點時間。我的當下的、不可靠的印象是一種完完整整的存在。

「我只是在為你著想。」

「你剛才還說你很抱歉。」

「沒錯。」

「我需要知道你為什麼會說那種話。」

「一個雖小卻不容忽視的可能性是存在的，她是有可能會傷害你。」

我掩飾住我的氣惱，說：「多不容忽視？」

「借用十八世紀的教士托馬斯．貝葉斯的說法，我會說是五分之一，假設你接受我的先驗值。」

我那對咆勃爵士樂的和聲進行很內行的父親，是個真正討厭科技的人。他老是說管他是哪種電器，出了錯只需要結結實實給它一拳就對了。我邊喝茶邊思索。主宰亞當作決定的龐大分枝網絡配置中，合理性的分析會占有極大的比重。

我說：「我碰巧知道機率微不足道，幾近於零。」

「這樣啊。真的很抱歉。」

「我們都會犯錯。」

「當然。」

「你這一生犯了多少錯，亞當？」

「只有這一個。」

「那就很重要了。」
「對。」
「更重要的是不能再犯。」
「當然。」
「所以我們需要分析你為什麼會犯這個錯，對吧？」
「我同意。」
「那，在這個令人遺憾的過程中，你的第一步是什麼？」
他現在說話很有自信，似乎是樂於敘述他的方法。「我能夠取得所有的法院記錄，刑事的以及高級民事法庭的，即使是不公開的。米蘭妲的名字是匿名的，可是我比對了那件案子和其他一般人同樣無法取得的間接因素。」
「聰明。」
「謝謝。」
「跟我說說那件案子。日期還有地點。」
「是這樣的，那個年輕人非常清楚他和她有親密關係的第一次……」
他住口不語，瞪著我，驚愕地眼珠突出，彷彿是剛剛發現我的存在。我猜我短短的發現之旅就快到終點了。他現在像是知道沉默是金了。

「說啊。」

「呃，她帶了半瓶伏特加。」

「給我日期地點和那人的姓名。快點！」

「十月……索爾茲伯里。可是——」

然後他開始吃吃笑，笑得傻氣，嘶嘶響。目睹這一幕很尷尬，但是我沒有別開臉。他的臉上表情複雜——混亂、焦慮，或者該說是毫無歡樂的歡鬧心情。使用手冊上宣稱他有四十種面部表情。夏娃有五十種。據我所知，一般人是不到二十五種。

「控制一下，亞當。我們說好了。我們需要了解你的錯誤。」

他花了不止一分鐘才恢復自制。我把茶喝完，看著這段我知道是相當複雜的過程。我了解個性並不是一個外殼，套上去就會限制住他思緒連貫的能力；我知道他的耍心眼，如果這是他的動機的話，並不住在理性的下游。我的也沒有。他想跟我合作的理性衝動以光速的一半速度貫穿了他的神經網絡，但是不會突然間被堵在一個新近設計出的外表性格的邏輯大門之前。相反，這兩種元素會在源起之處犬牙交錯，就如希臘神話中赫米斯的雙蛇杖。亞當藉由他個性的稜鏡來看世界並且了解世界；他的個性為他的客觀分析以及持續的下載服務。從我們交談的一開始，他就同時注意兩件事：一是不要重複錯誤，一是對我隱瞞資訊。而兩者一旦互相衝突，他就無法正常運作，於是就像個做禮拜時的孩子一樣吃吃傻笑。我們為他挑選的性格都在作決定的複雜分枝演算的遙遠上游。換成別的性格配置，他可能索性沉默不語，或者是不得不對我知無不言、言無不盡。兩種做法都可以。

我現在多知道一點了，足以使我擔心，卻不足以讓我追問，即使我可以取得法院已審完的案件資料：米蘭妲是人證、受害人或是被告，和一名青年性交，伏特加，一處法庭，某年十月在索爾茲伯里。

亞當沉默不語。他的表情，他的臉孔的特殊材質，與皮膚無異，放鬆下來，提高警覺卻不置可否。我大可上樓去叫醒米蘭妲，當面質問她，把橫亙在我們之間的問題全部釐清。我也可以沉吟等待，保留我知道的一切，只為給自己一切由我控制的假象。兩種做法都可以。

可是我沒有猶豫。我進去臥室，脫掉衣服，把衣服堆在書桌上，赤條條地躺到夏天的鴨絨被下。已經天亮了。我是很願意就此放鬆下來並且在黎明的喧嚷之中聽著送牛奶的人挨家挨戶把瓶子放到門階上的聲音。但是最後一輛送牛奶的電動車從我們的街上消失了。真可惜。不過，我累了，而且忽然間覺得很舒服。無人分享的床有一種特殊的肉欲之樂，至少是有一會兒，直到獨自入睡漸漸鋪展開它靜悄悄的悲哀。

3

在地方診所的候診室中，擺了十二張舊貨店的餐廳椅，沿著牆根排列，這裡曾是維多利亞式的前廳。房間中央是一張低矮的膠合板桌，細長的金屬桌腳，一些雜誌，摸著很油膩。我拿起了一本，立刻就放了回去。房間一角有些彩色的破玩具，一隻無頭長頸鹿，少了一個輪子的汽車，被啃咬過的塑膠積木，是善心人士捐贈的。候診室中有九個人，沒有嬰兒。我忙著迴避別人的視線、閒聊或是交換病情。我呼吸得很輕，唯恐四周的空氣飄浮著病原體。我不屬於這裡。我沒生病，我的毛病不是生理系統方面的，而是枝節末端的，是腳趾甲。我是這裡最年輕的，當然也是最健康的，是凡人之中的天神，而且我不是來這裡看醫生的，是來找護士的。死亡的魔爪離我還很遠。腐朽和死亡是別人的事。我等著第一個被叫到，結果卻等了很久，等到倒數第二個。

在我對面的牆上有片軟木塞佈告欄，貼滿了傳單，提醒大家及早注意這個或那個，健康的生活，嚴重的警告。我有時間把全部傳單都看完。一張相片照出了一名長者，穿著開襟毛衣和拖鞋立在窗前，對著一個歡笑的小女孩用力打噴嚏，壓根沒有以手掩口。逆光照亮了數以萬計的小分子朝她飛去——充滿病菌的微小水滴，是一個老笨蛋大方分享的。

我反思著這張生動畫面背後的漫長歷史。一般人並不相信疾病傳播是因為細菌，直到一八八〇年代路易．巴斯德⑥以及其他人的研究問世之後才改觀，距離這張傳單設計出來只相隔了一百年。在那之前，儘管有一些人反對，主流看法是瘴氣論——疾病源自於壞空氣、惡臭、腐敗物、甚至是夜空，所以夜間要關窗戶。但是能夠說出真相的儀器早在巴斯德之前二百年就出現了。十七世紀的業餘科學家對這種儀器最為嫻熟，而且倫敦的科學界精英也都知道。

安東尼．范．雷文霍克這位道道地地的台夫特公民，也是布店老闆，畫家維梅爾⑦的朋友。他在一六七三年開始將自己觀察到的顯微鏡下的生命報告給皇家學會，揭開了一個全新的世界，開啟了生物學上的革命。他嚴謹詳盡地描述了植物細胞與肌肉纖維，單細胞有機體，他自己的精子，以及他口腔中的細菌。他的顯微鏡需要日光，只有單一鏡頭，可是誰也沒辦法像他一樣把鏡片打磨得那麼薄。他使用的是至少二百七十五倍的放大鏡。在他辭世之前，《自然科學會報》刊登了他一百九十篇的紀錄。

假設皇家學會有個後起之秀在吃完了一頓豐盛的午餐之後懶洋洋坐在圖書館裡，大腿上擺

⑥ 路易．巴斯德（Louis Pasteur, 1822-1895）是法國微生物學家、化學家，常被譽為「微生物學之父」。

⑦ 維梅爾（Johannes Vermeer, 1632-1675）是荷蘭畫家，著名畫作有〈戴珍珠耳環的少女〉。

著一本《自然科學會報》，尋思沉吟起了在這些小小的有機體之中可能會有些能導致肉類腐敗，或是能夠在血流中繁殖、導致疾病。以前皇家學會是有這樣的明日之星的，而且將來還會有很多。可是這一個人會需要對醫學上有興趣，同時在科學上也有好奇心。醫學和科學一直要到進入了二十世紀才會變成缺一不可的夥伴。即使是在五〇年代，也還是會把健康兒童的喉嚨中的扁桃體割除，不是因為有什麼確鑿的理由，純粹是出於慣例。雷文霍克那個時代的醫生很容易就會相信醫學領域中該知道的東西他都已經知道了。蓋倫⑧的知識，儘管他是活躍在二世紀的醫學家，已幾近完備，權威不容質疑。要等到一段漫長的時間之後才會有醫者，而且是大量的醫者，肯謙卑地低頭凝視顯微鏡以便學習有機體的基本常識。

可是我們說的這個人，他的姓名將來會家喻戶曉，卻不同。他的假設將可以受到測試與驗證。他借了一架顯微鏡來——羅伯特・虎克⑨，皇家學會的榮譽會員，當然不會吝於出借——然後動手研究。細菌導致疾病的理論於焉成形。其他人也加入研究。經過不到二十年的時間，外科醫生在開過刀之後都會先洗手再繼續治療下一個病人。被遺忘的醫生又恢復了聲譽，諸如盧卡的休⑩以及吉羅拉莫・弗拉卡斯托羅⑪。到十八世紀中期，生產安全多了；有些男女天才誕生了，換作是在別的時代只怕在嬰兒期就夭折了。他們可能改變了政治、藝術、科學之路。可能會造成極大傷害的討厭人物也應運而生。在許多小方面，甚至是大方面，在我們聰明的皇家學會年輕會員變老死亡之後許久，歷史走上了不一樣的道路。

當下是所有不可能的結構中最脆弱的。它可能會不一樣。任何的一部分，或是全部，都可以反其道而行。確實，最微小的煩惱也會是最大的煩惱。輕而易舉就能變出一個我的腳趾沒給我找麻煩的世界，而在其中我坐享財富，一項理財計畫成功之後就住在泰晤士河以北；在其中莎士比亞童年就夭亡了，誰也不想念他，而且美國決定要把測試到毫無瑕疵的原子彈丟到一個日本城市中；或是福克蘭特遣隊並沒有出發，或是凱旋而歸，舉國歡騰而不是一片哀戚；在其中亞當是遙遠的未來的一批機器人之一；或是在六千六百萬年前地球在被隕石擊中之前多轉了幾分鐘，從而避開了遮天蔽日的猶加敦石膏粉塵，恐龍得以存活，阻斷了哺乳類的未來空間，

⑧ 蓋倫（Galen, 129-200）是古羅馬醫學家暨哲學家，其見解影響歐洲深遠，舉凡解剖學、生理學、病理學、藥理學、神經內科都深受他啟發。

⑨ 羅伯特．虎克（Robert Hooke, 1635-1703）是英國人，多才多藝，設計製造了真空泵、顯微鏡和望遠鏡，並將自己用顯微鏡觀察所得寫成《顯微術》一書；「細胞」的英文 cell 一字即出自於他。

⑩ 盧卡的休（Hugh of Lucca）是中古世紀的醫生，早在十三世紀就知道用酒來當消毒劑。

⑪ 吉羅拉莫．弗拉卡斯托羅（Girolamo Fracastoro, 1477-1553）是文藝復興時期義大利的一位醫生兼作家，詩作《梅毒》描述了梅毒的各種症狀以及他建議的療法。

包括聰明的猿類。

到頭來，我的治療開始得相當愉快，先把我的光腳浸泡在一盆熱肥皂水裡。同時，護士背對著我排列托盤上的不鏽鋼器材。她是迦納人，體型龐大，性情和善，其專業就和她的自信一樣無可挑剔。她沒提到麻醉，我也太有骨氣不肯問，可是當她把我的腳舉到她被圍裙蓋住的大腿上，動手處理我長進肉裡的趾甲，在關鍵的時刻，我的骨氣並沒讓我不吱吱叫。但是我立刻得到了紓解。我沿著街道前進，彷彿裝上了橡膠輪，走回家；我心事的核心，最近從米蘭妲轉回到亞當身上了。

他的個性確定了，合併了兩個不可逆的來源。好奇的家長看著成長中的孩子可能會納悶哪些個性像父親，哪些像母親。我密切觀察亞當。我知道米蘭妲回答了哪些問題，可是我不知道她選了什麼。我注意到有一種茫然的表情從他的臉上消失了，他似乎更完整，跟我們的互動更平順，而且更懂得表達。可是我費了很大的力氣仍無從了解米蘭妲，或是我自己。在人類身上，基因重組是極其奧妙精微的，然後又乾脆俐落地向一邊倒。父母融合，有如液體混攪在一起，可是母親的臉可能忠實地複製在孩子的臉上，而父親的喜劇天份卻沒能傳給孩子。我記得小馬克的五官就是他父親的翻版。但是以亞當的個性來說，米蘭妲跟我的性格混攪得很均勻，而也和人類一樣，他的傳承跟他的學習能力是大量交疊的。也許他有我愛空洞推論的傾向，也許他有一點米蘭妲的保密天性以及她的冷靜自制，她對獨處的偏愛。他經常縮進自己的殼裡，哼歌或是喃喃說：「啊！」然後他會宣佈他認為是重要真相的事情。最早的一個例子就是他沒能說完的對來生的看法。

另一個例子是我們在戶外，在我的那一小塊後花園裡，界線是一段破損的木柵欄。他在幫忙拔草。那時正是日落之前，沒有風，天氣暖和，瀰漫著不真實的琥珀光芒。那是在我們深夜交談的一週之後。我帶他到戶外是因為我仍然對他的靈巧感到好奇，我想看他使用鋤頭和耙子。整體上，我是想要把他帶到廚房餐桌之外的世界裡。我們的左鄰右舍都是和氣的人，他可能有機會測試一下閒話家常的功力。如果我們要一塊到索爾茲伯里去看邁克斯菲爾・布萊克，我想先幫亞當熱身，帶他去商店，甚至是夜店。我有信心他可以冒充真人，可是他需要更鬆弛一點，他的機器學習能力需要擴充。

我很有興趣看他對分辨植物有多在行。當然，他什麼都知道。解熱菊，野胡蘿蔔，甘菊。他一邊拔草，一邊喃喃說出植物名，是說給他自己聽的，並不是為了增廣我的見聞。我看見他戴上園藝手套拔掉蕁蔴。純粹是模仿。後來，他挺直腰，帶著明顯的興致看著西邊的天空，那裡供電線和電話線交錯，還有一大片混亂的維多利亞式屋頂向遠處延展。他雙手支臀，向後仰，好似背痛。他做個深呼吸，表示他很喜歡晚上的空氣。然後，莫名其妙就說：「從某個角度來看，解決苦難的唯一方法就是人類徹底滅絕。」

對，這就是他需要出門來多走動的原因。可能有一套副程式深埋在他的電路系統中：社交力／交談／有趣的開場白。

可是我決定加入。「聽說把每個人都殺死就能戰勝癌症。功利主義在邏輯上可能是荒誕不經的。」

他回答：「顯然是！」答得很突兀。我看著他，有點意外，他轉過去，又彎腰拔草。

亞當的真知灼見，即使很有道理，在社交上卻一點也算上不圓融。我們第一次離開家門是到兩百碼外薩伊德先生的書報亭去。我們在路上經過一些人，誰也沒有多看亞當一眼。很好。他穿了一件緊身黃毛衣，是我母親晚年織的。下半身是白色牛仔褲和帆布樂福鞋，米蘭姐幫他買的。她答應要幫他買一整套他自己的衣物。看他鼓起的胸肌和手臂，別人很可能會以為他是本地健身中心的私人教練呢。

人行道變窄，夾在一棵樹和一道花園牆之間，我看到他站到一邊去讓路給一位推著嬰兒車的女士通過。

我們快走到書報亭了，他有點可笑地說：「出來真好。」

賽門．薩伊德是在加爾各答以北三十哩的一個大村莊長大的，學校裡的英語老師是親英派，一板一眼，用教鞭把謙恭精準的英語打進了學生的腦子裡。我從來沒問過賽門他怎麼會取一個基督教名，或許是想要融入，或許是他威嚴的老師的臨別堅持。他在十七、八歲時從加爾各答來到北克拉彭，立刻就去他叔叔的店上班。三十年後，叔叔過世了，把店交給了姪子，而作姪子的也一直奉養著嬸嬸。另外他也養著老婆和三個成年的孩子，但是他不願多談。他是穆斯林，但僅在文化上是，並不遵行穆斯林習俗。就算他的人生中有傷心事，他也隱藏在有尊嚴的態度之下。現在的他六十好幾了，乾淨整齊，童山濯濯，言談舉止非常得體，留著小小的八字鬍，鬍梢尖尖的。他幫我留著一份人類學期刊，網路上沒有的。他並不介意在特遣隊出擊期間讓我到他店裡掃瞄頭版的新聞。我對低檔次巧克力的喜好讓他覺得很好玩——那些在兩次大戰期間上市的全球品牌。我每天盯著螢幕幾小時，到了下午三、四點就會想吃糖。

我和賽門的交情僅止於此，但怪的是，我卻會跟他推心置腹，跟他說了我的新女朋友。有一次她跟我一塊到他的店裡，他親眼見過她。

現在，只要我來，他的第一個問題永遠是：「進展得怎麼樣了？」他喜歡告訴我，完全是出於親切。「很明顯，她跟你是命中注定的。別逃避了！你們兩個會永遠快樂的。」我察覺到他的背後堆積了許許多多的失望。他的年紀足以當我的父親，而他想要讓我得到他得不到的東西。

亞當和我走進狹窄的書報亭時並沒有其他的客人，店裡瀰漫著報紙、花生粉和便宜盥洗用品的味道。賽門坐在收銀機後的木椅上，看見我們就站了起來。因為我不是一個人，所以他不會問平常的問題。

我給他們引見。「賽門，這是我朋友亞當。」

賽門點頭。亞當說：「哈囉，」並且微笑。

我放心了。好的開始。就算賽門注意到亞當的眼睛怪異，他也沒表現出來。我很快就會發現這是很普通的反應。大家會假設他是先天畸形，禮貌地別開視線。賽門跟我討論著板球——在T20印度對英國那場比賽中的連續三次六分打以及觀眾湧入球場的事件——而亞當則站在一架罐頭前。他一眼就能認出罐頭的經銷史、市場分布、營養成分。可是我們聊著聊著，發現他顯然看的不是一罐罐的豆子，也不是別的什麼。他的臉孔僵住，兩分鐘都沒有動彈。我擔心會發生什麼不尋常或是不愉快的事情。賽門礙於禮貌，假裝沒看見。亞當很可能是換到了休息模式。我默默記下：沒事做時他需要一個合情合理的外表。他睜著眼睛，卻眨也不眨。也許該怪我太急著把他帶出來。我剛才想把亞當假冒是一個人，是朋友，可能會得罪了賽門。我的做法可能像是嘲諷，像沒品的玩笑。我很可能會開罪了一位討喜的泛泛之交。

板球閒聊慢慢聊不下去了。賽門的視線落在亞當身上，然後回到我身上。他很有技巧地說：「你的《人類學》來了。」

他是在暗示我走到雜誌那邊，也就是亞當所站之處。多年前，賽門就把頂上那架色情雜誌清空了，換上了專門的書籍，文學雜誌，國際關係、歷史、昆蟲學的學術動態報告。這附近住了不少年紀變大、窮愁潦倒的知識分子。

我轉過身時他又說：「你自己找得到吧？」溫和的一聲揶揄，沖淡氣氛。賽門比我高，通常都是他幫我拿書。

一句話就讓亞當恢復了生氣。帶著最幽微的呼嚕聲，我希望只有我聽見，他轉身向賽門說話，用語非常正式。「你自己，你說。真巧。我最近也在思索自我的奧祕。有人說那是一個有機元素或是過程，鑲嵌在神經結構中。也有人堅持那是幻象，是我們的敘事傾向的一個副產品。」

一陣沉默，略有些窒悶，然後賽門說：「那，先生，是哪一個呢？你認為是哪一種？」

「是我被製造的方式。我的結論只能是我有一個非常強而有力的自我感覺，而且我確定是真的，將來有一天神經科學會有完整的闡釋。即使有了完全的闡釋，我也沒辦法比現在更了解這個自我。可是我確實有時會疑惑，不知道我是不是受了笛卡爾的理論的影響。」

這時我已經拿到期刊了，正準備要走。「像佛教徒，」賽門說。「他們就寧可不要有自我。」

「確實。我很想見見佛教徒。你有認識的嗎？」

賽門加重語氣。「沒有，先生，我一個也不認得。」

我舉手告別，說了謝謝，握住亞當的手肘，帶著他往門口走。

¶

這句話在浪漫的愛情中是陳腔濫調，卻絲毫減輕不了痛苦：我的感情越強烈，米蘭妲就顯得越是遙遠，高不可攀。我第一個晚上，晚餐之後，就得到了她，我還有什麼好抱怨的？我們很開心，我們輕鬆聊天，我們大多數的晚上都一塊吃飯睡覺。可是我貪求更多，雖然我儘量不表現出來。我想要她為我敞開心胸，想要我，需要我，表現出一點對我的饑渴，對我的喜悅。但是，我最初的印象仍然不變——她要不要我隨便。我們之間一切的美好——性、食物、電影、新戲——都是由我促成的。沒有我，她就默默飄回樓上的預設情況中，讀本論穀物法的書，吃碗麥片，喝杯淡藥草茶，窩在扶手椅上，光著腳，不理會世間的紛擾。有時，她沒看書，呆坐許久。要是我探頭到她的門口（我們現在有彼此的房門鑰匙），說：「要不要瘋狂做愛一個小時？」她會冷靜地說：「好啊。」我們就會走進她的或是我的臥室，她會春情蕩漾，滿足她自己以及我的胃口。事後，她會沐浴，然後又回到椅子上。除非我建議別的事情。一杯酒，一盤燉飯，去斯托克韋爾的一家夜店去聽一位還算是有名的薩克斯風樂手演奏。又是好啊。

我提議的每件事，不分室內室外，她都回以同樣平靜的樂意配合。樂於牽我的手。可是總有什麼，很多的什麼。我不懂，不然就是她不想要讓我知道。她如果要上研討會，或是需要上圖書館，下午就會很晚才從學校回來。一週一次，她回來較晚。一陣子過去我才注意到總是星期五。最後她才跟我說她是去了攝政公園清真寺做週五的祈禱。出乎我的意料。不過，不，她並不是想要放棄她的無神論。她心裡想的是一篇可能會寫的社會史論文。我不信，但是我沒追究。

我們缺乏的是談話上的親密。在爭辯特遣隊出擊一事時是我們最親近的時候。如果去酒吧，她只說些泛泛之談。她對自己的獨居很滿意，談論公共事務也很起勁，但除此之外就沒有一點私人的話題，除非是她父親的健康或是他的文學生涯。我設法把話題引到過去，可能是不著痕跡地拿我自己的事當誘餌，或是詢問她的過去，她總是說得很籠統，或是敘述童年最早的時候，或是她認識的某人的奇聞軼事。我告訴了她我短暫涉足過稅務詐騙，我和法院的經驗，以及我那冗長無聊的社會服務。反正我遲早是會告訴她的，可是我說這些只是個引子，我想問她自己是否也上過法院。回答來得突兀。沒有！然後她就改變了話題。我以前跟人交往過，也戀愛過，或是幾乎戀愛過，兩、三次，端視你如何定義。我幻想自己是專家，懂得不該給她施加壓力。我仍然認為我能從亞當那兒挖出更多索爾茲伯里事件。就算我不知道她的祕密，至少她不知道我知道她有祕密。技巧最重要。我仍沒跟她說我愛她，或是透露我幻想我們有共享的未來，更沒有暗示我的挫敗感。我讓她去讀她的書，去想她的事情，她高興就好。雖然我對她研究的主題沒有什麼興趣，我還是去了解了一下穀物法，對自由貿易有了我自己的見解。她雖沒有嗤之以鼻，但我也沒能讓她佩服。

所以現在我們在樓上她的廚房裡吃晚餐，她的廚房比我的還小。餐桌是白色的模製塑膠桌，只夠兩個人使用，可能是之前的房客從酒館的花園裡偷來的。亞當站在洗碗槽前，肥皂泡淹到手肘，清洗我們用過的盤子和刀叉——晚餐是洞裡的蟾蜍⑫、烤豆子、炒蛋。學生的伙食。窗台上，黃方格圖案窗簾帘文風不動，夏末的熱浪未退，收音機播放著披頭四的音樂，最近他們剛在相隔十二年後再度重組。他們的唱片「愛與檸檬」被譏為華而不實，抗拒不了八十人之眾的交響樂團的誘惑而貪功致敗。一般的看法是他們半生積攢的吉他合弦統籌不了這樣的力量。《泰晤士報》的批評家說我們也不想再聽人家說我們只需要愛了，即使是實話，但是它明明不是。

可是我喜歡那種陽剛的感傷，被這些中年的樂手淘空了諷刺，那麼的自信，曲調是那麼的優美，兩個半世紀來的交響樂實驗結果雖然仍只有無知，卻解放了他們。藍儂沙啞的嗓音從地平線或是墳墓以外的某個遙遠的、有回聲的地方飄向我們。我不介意再聽人家說我們只需要愛。在我面前就擺著它溫暖的各種可能性，不到三呎的距離，而我只需要這個。在我面前的是她臉型細緻的長臉蛋（高聳的顴骨有一天可能會穿破皮膚），覺得有趣的眼神，此時此刻仍充滿歡樂，並且瞇成一線，鎖定了我，嘴唇分開，因為她正打算反駁我剛才說的話。她完美的長鼻子鼻翼微微擴大，更表示了她的不認同。她的白皮膚烘托了她細細的褐髮，今晚中分，挺幼稚的。她不媚俗，不愛曬太陽。裸露出來的白色胳臂也一樣細瘦無瑕——連一塊斑都沒有。

就我看來，我們仍然在山麓度假，置身於各種可能之中，而想要實現這些可能就像要攀登過阿爾卑斯山脈。我儘量不去理會，以便專注在細節上。從她的角度來看，隔著這張脆弱的桌子，我們可能已經攀上巔峰了。她可能覺得她跟另外一個人的親近已經是臻於頂點了。像珍·奧斯汀⑬寫的愛情故事往往是很高尚地以籌備婚禮作結，故事的高潮留在肉慾知識的另一邊，所有的複雜都在那裡等待。

而現在，我的任務是跟她辯上一陣政治而不讓情緒高漲，惹得彼此不快，同時忠於自己，

⑫ 洞裡的蟾蜍（Toad-in-the-hole）是一道傳統的英式菜餚，由約克郡布丁麵糊與香腸組成。

⑬ 珍·奧斯汀（Jane Austen, 1775-1817）是英國小說家，作品反映了十八世紀末鄉紳地主的生活，小說中的女性往往為追求社會地位與經濟保障而把婚姻看作唯一的依靠。

也讓她忠於她自己。這是做得到的平衡，只要我少喝一點，讓立在我們之間的那瓶漠不關心的梅多克紅酒（Médoc）還能剩下半瓶多。我們之前也有過這種對話，現在應該更容易，可是重複似乎是對我們兩人的譴責。我們並不真心想談這個話題。無法避免，即使我們知道談來談去沒個結果。可是這種情況大家都會碰上。我們都仍然在舔傷口。我和米蘭妲如果連戰爭這麼基本的事情都不能達成協議，那我們要如何共度一生呢？

對於那些先前名為福克蘭的群島，她早有定見。她主張阿根廷的國旗插在遙遠的南喬治亞島上明顯地違反了國際法。我說那裡是蠻荒之地，沒有人應該為爭奪那種地方而死。她說占領史丹利港是一個不得人望的政權的孤注一擲，企圖激起愛國熱忱。我說正因為如此才更不應該牽扯進去。她說特遣隊是既勇敢又傑出的構想，即使是以失敗收場。我說（不自在地想起了我在艦隊出發時的激昂情緒）那是沒落的帝國還想要申張其法的荒謬之舉。我怎麼會那麼盲目，她說，看不出這是一場反法西斯的戰爭？不（我出聲壓過她），只是在爭土地，兩邊都充斥著國族主義的愚蠢。我搬出了波赫士⑭的看法：兩個禿子爭一把梳子。她回說禿子可以把梳子留給自己的孩子。我正忙著了解她的意思，她又說人民在軍政府的統治下被刑求、被殺害、被失蹤，數以千計，而且經濟也跌入谷底，如果我們奪回了群島，這樣的羞辱就能夠使軍政府垮台，民主制度就能夠再回到阿根廷。我回說這種事誰說得準。我們為了柴契爾夫人的野心損失了幾千條年輕男女的生命。不知不覺間，我的嗓門越拉越高，我趕緊克制，小聲說話，卻聲音輕顫：在這樣的大屠殺之後她仍坐在她的位子上，這才是本世紀最大的政治醜聞。我把話說得帶著到此為止的味道，理應得到一分鐘敬重的沉默，可是米蘭妲立刻就搶白說首相的理念崇高，所以儘管失敗了，仍受到幾乎全體國會議員以及國民的支持，所以她有權繼續執政。

在這段辯論中，亞當已經洗好了碗，背對著洗碗槽，看著我們，雙臂抱胸，頭轉來轉去，看著說話人，像網球比賽的觀眾。我們的你來我往並不算煩膩，但是重複卻給了它一種儀式的氣氛。就像面對面的敵軍，我們嚴陣以待，絕不讓敵人越雷池一步。米蘭妲正在說特遣隊出發時缺少適當的艦對空飛彈。參謀長委員會辜負了特遣隊。我常常聽到這些詞彙——艦對空，追蹤裝置，鈦彈頭——在沃里克郡的學生會酒吧裡，可是只從男人口中聽到，而且都是政治左派，他們暗中欣賞他們明言譴責的武器系統，因而使他們的意見變得複雜。而她輕柔流暢地道來，把這些跟其他用於既有權力的詞彙混在一起——開放社會、法治、重建民主。搞不好我聽見的是她父親的看法。

⑭ 波赫士（Jorge Luis Borges, 1899-1986）是阿根廷作家，生平獲得多種文學獎項。他是親英派，對於英阿戰爭的評語激怒了許多他的同胞。

她說話時，我轉頭看見了亞當的表情。我看到的是他忠誠的關切。而且不僅如此。還有一種喜悅。他崇拜她的每一句話。我回頭看米蘭妲，她正提醒我福克蘭群島的島民是我的同胞，現在卻活在法西斯統治之下。我能接受嗎？我討厭這種修辭上的回馬槍，這只不過是戴了面具的侮辱。我們的談話越來越不愉快了，正是我最怕的情況，可我管不住自己。在小小的廚房裡，我又熱又氣，伸手去拿酒，倒了一杯。本來是可以兩國坐下來談出一個協議來的，我開口說。為期三十年的過渡期，緩慢，沒有痛苦，聯合國強制的、保證的權利。她打斷我說我們絕對不能相信那些嗜殺的將軍的承諾。她說話時，我看見了一幅諷刺畫，戴著編織的帽子、活動披帶，穿騎兵靴，加爾鐵里⑮騎著白馬行進在首都的五月大道上，彩紙如雪片般落下。

接受她的每一點論證，我說。展開八千哩長征的部隊，她危險的策略經過測試，也失敗了。她不認識、不關心的幾千條人命溺斃的溺斃、燒死的燒死，苟活下來的，殘廢了、變形了、心靈創傷難癒。我們得到了最壞的結果：軍政府占領了島嶼以及島民。雖然緩慢磋商的協議並沒有得到測試，但如果失敗了，結果仍然相同，只是少了生靈塗炭。我們沒辦法知道。我們無法預測可能的情況，所以我們還吵什麼？

我看見了我倒的那杯酒，不記得去碰過，但杯子空了。我錯了。可以吵的事情可多了，因為我的話才剛出口，我就知道自己越界了。我指控她不關心那些死者，她生氣了。

她瞇起了眼睛，卻不帶一絲歡樂，可是她沒有直言我的逾越，反而轉向亞當，小聲問：「你認為呢？」

他的視線從她身上飄回我身上，再飄回去。我仍舊不知道他是否真的能看到東西。是什麼內建的螢幕上的畫面，只有他自己看得見，或是什麼廣佈的電路裝置能讓他的身體在三度空間中分辨方位？似乎能看見有可能是一種盲目的模仿花招，是一種社交策略，為了愚弄我們，讓我們在他身上投射出一種人性。可是我忍不住：我們的視線短暫相遇，我望進那雙帶著一條條黑矛斑點的藍色瞳孔，這一刻似乎饒富意義與期待。我想知道他是否理解，跟我一樣，而米蘭妲當然知道，這件事關乎忠誠。

他的語調敏捷平靜。「侵略，成功或失敗。談判協商，成功或失敗。四種後果或是影響。少了後見之明，我們得選擇該追求哪一個，避免哪一個。那我們就進入了貝葉斯逆概率⑯的範疇。我們會是在尋找某個後果的可能原因，而不是某個原因最有可能的後果。為我們的臆測設

⑮ 加爾鐵里（Leopoldo Galtieri, 1926-2003）曾任阿根廷總統，實行獨裁統治。正史上的福克蘭戰爭即在他的任內發生（一九八二年）。阿根廷戰敗後，他被迫下台。

⑯ 貝葉斯逆概率源自貝氏定理（Bayes' theorum），是機率論中的一個定理，描述在已知的一些條件下某件事發生的機率，而逆概率則是從結果倒推回原因。

法找到正式的代表，這是極合情合理的事。我們的參照點，我們的數據，會是在我們作出任何決定之前觀察福克蘭群島情況的一個關鍵。某種先驗機率值被歸屬於這四種後果。等新的資訊進來，我們可以測量機率上的相關變化，但是我們無法得到一個絕對值。它或許能幫助我們界定新證據在對數上的分量，所以，假設一個以十為基本——」

「亞當。夠了！受不了。胡說八道什麼！」換成米蘭妲伸手去拿紅酒了。

我鬆了一口氣，不再是她氣惱的對象。我說：「可是米蘭妲跟我會有完全不同的先驗值。」

亞當轉頭看我。照舊是動作慢吞吞的。「當然。我說過，描述未來的話是不會有絕對值的。只有程度不等的可能性。」

「可是先驗值是完全主觀的。」

「正確。貝葉斯最終反應了一種心態。一切的常識都是。」

結果什麼也沒解決，只除了理性的高度光澤。米蘭妲跟我有不同的心境，這有什麼好奇怪的？可是我們卻在不一致中一致反對亞當，至少這是我的希望。他可能還是了解了這件事的重點：他認為我對福克蘭群島的看法是對的，而，基於程式設計中的知性誠實，他能夠答覆米蘭妲（他也必須忠心的對象）的就是貌似中立的言語。可如果我的推論站得住腳，何不接受最小的可能，就是他相信米蘭妲是對的，而我則是接受了他的忠誠支持？

椅腳突然刮地，米蘭妲站了起來，臉孔和喉嚨微紅，而且她不看我。我們那晚分別睡在自己的床上。為了能跟她在一起，我非常樂意收回我說的話。可是我啞口無言。

她跟亞當說：「你願意的話，可以留在這裡充電。」

亞當每晚需要六小時接上十三安培的插頭，進入睡眠模式，靜靜地坐著「閱讀」，直到天光乍現。通常他是在我的廚房裡，可是最近米蘭妲買了另一組充電線。

他喃喃道謝，緩緩把一條抹布對折，專心致志，彎腰把抹布放在滴水板上。她朝臥室移動，瞅了我一眼，帶著後悔的笑容，卻沒有露出牙齒，朝我送了個安慰的飛吻，低聲說：「就只今晚。」

所以我們沒事。

我說：「我當然知道妳關心戰死的人。」

她點頭就離開了。亞當坐下來，撩起了襯衫，露出腰線之下的接線處。我一手按著他的肩膀，謝謝他整理廚房。

至於我呢，現在上床還太早，而且天氣又熱，就像北非馬拉喀什的夏季夜晚。我下樓去，打開冰箱找什麼冷涼的東西。

¶

我待在廚房裡，坐在一張舊皮椅上，端著一杯摩爾多瓦白酒（Moldovan）。循著一條思路前進而沒有反對的聲音，是很愉快的事情。我雖然不是第一個有這種想法的人，但是我們可以把人類的利己史看成一系列有滅絕傾向的拆除行動。曾經我們坐上了宇宙中心的寶座，太陽和眾行星，整個可觀察的世界，都繞著我們運行，跳著永恆不盡的膜拜之舞。然後，沒心肝的天文學家和神父們唱反調，把我們貶低為一個繞著太陽運轉的星球，只是其他石頭中的一個。然而，我們仍是卓然獨立，與眾不同，由造物主指定為萬物的領主。後來，生物學證實了我們和其他萬物一樣，跟細菌、三色堇、鱒魚、綿羊共有相同的始祖。二十世紀初，揭開了浩瀚的宇宙之謎，即使是太陽都變成了我們的星系中的數十億星球之一，而在我們的星系之外還有數十億個星系。最後，在意識，亦即我們最後的堡壘之中，我們相信我們比地球上一切的生物都具有更多的意識，這種想法可能是正確的。可是曾經起而反抗眾神的心智也因為它自身神奇的可及範圍而正要奪下它自己的王座了。在精煉版中，我們會設計出一個機器，比我們稍微聰明一點，然後啟動機器去發明另一種超出我們理解力之外的東西。如此一來，我們還有什麼用？

這種吹牛皮的想法值得另一個更大的汽球，所以我就吹了起來。我右手托著頭，接近了那種照明不足的轄區，在那兒自憐變成了一種令人陶然忘憂的樂趣。我在這種大致的放逐中是一個特例，不過我心裡想的並不是亞當。他不比我聰明。還差得遠。不，我的放逐只有一個晚上，而它給無望的愛添加了一點甜蜜的、可以忍受的痛苦。我的襯衫鈕釦解開到腰際，所有的窗戶都打開了，我在世界之都談著一場都會羅曼史，醉到多思多愁的程度，周遭是北克拉彭的熱氣、灰塵以及壓低的噪音。我們的戀情不平衡，卻是英勇的。我想像著房間一隅站著一名旁觀者，眼神贊同。這個形體清晰的人物垂頭喪氣坐在破舊的椅子上。我滿愛自己的，別人一定也會愛。我想著她，當作給自己的獎賞，在狂喜之中，思慮著在她的歡喜之中的冷淡。我對她而言只是夠好，就像許多別的男人。我拒不承認擺在眼前的事實，就是她的保持距離正是驅策我的渴望的長鞭。但是有一點很奇怪。三天前，她問了一個神祕的問題。我們正在擁抱，以傳統的姿勢。她把我的臉拉向她，表情嚴肅。

她低聲說：「告訴我一件事。你是真的嗎？」

我沒回答。

她別開了臉，我看著她的側面，她閉上眼睛，又一次迷失在她個人的樂趣迷宮之中。

那晚後來我問了她。「沒什麼，」她只這麼說，隨即改變了話題。我是真的嗎？意思是我真的愛她嗎？或是我是真心實意的？或是我迎合了她的每一個需要，所以我可能是她夢中的人物？

我走到廚房另一頭去把剩下的酒全倒在杯子裡。冰箱的破門把需要用力往旁邊拽才能打得開門。我握住了冰涼的酒瓶，聽到一個聲響，是頭頂上的吱吱聲。我在米蘭妲的腳下住得夠久了，聽得出她的腳步聲以及精確的方向。她在臥室裡移動，正停在廚房門檻上。我聽見她喃喃說話。無人回答。她又朝廚房走了兩步。再一步就會踏上那片木板，一踩就會發出像被掐住脖子戛然而止的呱呱聲。我豎著耳朵聽，這時亞當開口了。他推開了椅子，站了起來。如果他再多走一步，就得拔掉電線。他一定是已經拔掉了，因為落在那片會亂叫的地板上的腳是他的。也就是說他們現在距離不到一米，可是什麼動靜也沒有，然後一分鐘過去了，現在是腳步聲，現在是兩副，回到臥房裡。

我沒關上冰箱門，因為關門聲會洩露我的行跡。別無選擇，只能跟著他們進入我的臥室。所以我進了房間，立在書桌邊，凝神諦聽。我聽見她喃喃說話，是在命令，因此推測我就站在她的床鋪下方。她一定是想讓空氣流通，因為亞當的腳步越過房間，走向那扇廣角窗。三扇窗子只有一扇是打開的，而就連這一扇窗遇上熱天或雨天都很難打開。老木框會收縮或是膨脹，而且配重和變硬的繩子也有問題。我們的時代設計得出複製人類心智的機器，但是我們的鄰居卻沒有一個人能修理一扇上下滑窗，儘管不少人試過。

而我站在正下方，一模一樣的廣角窗前，是後維多利亞時代的工業級發展下複製出的幾千棟房屋，廣佈在五畝大的土地上，樹籬以及做為界線的橡樹點綴著倫敦的南疆，我的心智又是如何呢？不怎麼好。從體現在外的跡象就知道。發著抖，出著汗，尤其是掌心，脈搏加速，處於一種情緒高昂的期待心情之中。恐懼、自我懷疑、憤怒。我的房間，鋪上舊地毯，沾染了從五〇年代中以來的污漬，磨損老舊，向右延伸到壁腳板。米蘭妲的房間，只有光地板，可以追溯到兩次大戰之前，當時一定是打磨得散發出褐色的光澤。某個可憐的女孩子，繫著白圍裙戴著頭巾，四肢著地，拿著打臘抹布，作夢也想不到將來有一天會有人站在她趴伏著的這個地方。我聽見他的腳踩在老木頭上，我想像著他彎腰抓住窗戶下框的金屬裝置，以四個年輕男人的力氣往上抬。一陣靜悄悄的抗力，然後整扇窗子猛地向上，撞上了上層的窗框，砰的一聲，玻璃粉碎。我愉快的噴氣聲可能會害我露出馬腳。

現在房間可不缺稍微涼爽一點的空氣了。我正高興，就聽見亞當的腳步朝床邊的米蘭妲過去，我的歡樂盡失。他走向她，喃喃說話，可能是在道歉。接著是她原諒他的聲音，因為她簡短的句子之後緊接著是女中音和男高音的笑聲。我追蹤亞當，再一次來到床鋪邊，就在六呎之下。手冊上說他有能力幫她寬衣解帶，而他現在就在幫她脫衣服。沉寂之中還能有什麼舉動？我知道——我當然知道——她的床墊不會發出聲響。日式床墊，保證給你乾淨又簡單的生活，一捲起來就收拾得乾乾淨淨，正在流行。我站在黑暗中等待著，我覺得自己被洗得乾乾淨淨的，感官全都滌清了。我大可跑上樓阻止他們，衝進臥室，像海邊風景明信片裡的傻瓜丈夫。可是我的情況有一種刺激的層面，不僅是因為詭計和發現，也因為其原創性，現代的首開先例，是第一個被人造人戴了綠帽的人。我是我的時代中人，騎在新浪潮的浪頭上，超前每一個人演出了太常被預言的取代戲碼。我的被動還有另一個因素：即使是在事情的一開始，我也知道這是我自找的。但，那是後來的領悟。眼下，除了被出賣的恐怖之外，事情太有趣了，我無法丟下偷聽的角色，盲目的偷窺狂，忍氣吞聲，同時提高警覺。

是我的心中之眼，或是腦中之眼，盯著亞當和米蘭妲躺在不出聲的日式床墊上，四肢交纏，找到舒適的姿勢。我看著她跟他附耳低語，可是我聽不見她說了什麼。她從來不會在這種時候跟我喃喃耳語。我看見他吻她，比我吻得更深更長。那雙抬起窗框的胳臂緊緊摟著她。幾分鐘後他跪下來以舌頭取悅她，我幾乎別開臉。這是赫赫有名的舌頭，濕潤溫暖，擅長小舌音與唇音，讓他的言語逼真。我冷眼旁觀，見怪不怪。他並沒有完全滿足我的愛人，比不上我，卻讓她拱起了纖細的背，迫切地渴望他。他在她的上方就位，懶猴一樣慢吞吞、一板一眼的，這時，我的恥辱到頂了。我在黑暗中看見了——男人會如明日黃花。我想說服自己亞當什麼感覺也沒有，只會模仿縱情的動作。他絕不會知道我們知道的事。可是艾倫．圖靈年輕時就常口述筆錄說在我們無法分辨機器與人的行為有何差異時，我們就必須要賦予機器人性。所以當夜空突然被米蘭妲拉長的狂喜尖叫聲穿破，叫聲越來越尖細，變成呻吟，然後是壓抑的啜泣——這一切我真的在窗戶破掉後二十分鐘聽到了——我當然給了亞當同種動物的特權與義務。我恨他。

¶

隔天一大早，多年來頭一次，我在咖啡裡加了一大匙的糖。我看著杯上堅果褐色的液態碟片以順時鐘方向緩緩轉動，接著亂轉一通，毫無章法。很誘人，可是我不肯藉此暗諷我自身的生存。我是想思索，而現在還不到七點半。沒多久亞當或是米蘭妲或是兩個人就會出現在我家門口。我要我的思緒和態度前後一致。一個晚上忽睡忽醒，我心情低落，也很氣自己，但是我決定不能形之於色。米蘭妲始終跟我保持距離，所以，以當代的標準，跟別人，或是別的東西，發生一夜情，不能說是劈腿。至於亞當的行為的倫理層面，倒是有歷史可循，而且它的開頭還滿稀奇古怪的。事情起源於礦工罷工的十二年期間，之後自駕車首次出現在實驗地區，主要是廢棄不用的機場，電影場景設計師打造了模擬街道、高速公路匝道以及各式各樣的危險。

「自主」一直都不是正確的用語，因為新的汽車就跟新生兒一樣處處依賴全能的電腦網路，網路連接上衛星和車上的雷達。如果人工智慧要把這些車輛安全帶領回家，軟體該安裝哪種價值觀或是優先次序？幸好，道德觀中早已存在了一套廣獲探討的困境模式，商界稱之為「電車難題」。輕易就能換成汽車難題，製造商和軟體工程師現在提出來的問題是這樣的：你，或者該說是你的汽車，正以最高速限行駛在狹窄的郊區馬路上。交通順暢。與你同向的人行道上有一群兒童。忽然間，其中一個八歲的孩子，跑到馬路上，正好擋住了你的去路。只有十分之一秒的時間可以作決定——是要輾過小孩子，向擁擠的人行道上急轉，或是衝入對向車道，與迎面而來的一輛時速八十哩的卡車對撞？你只有一個人，所以沒關係，犧牲自己或是拯救自己。萬一你的配偶和兩個孩子也在車裡呢？太容易了？萬一是你的獨生女，或是你的父母，或是你的女婿和懷孕的女兒、兩個都只有二十來歲？好，再來考慮卡車上的乘客。十分之一秒的時間就足以讓電腦通盤考慮各種情況。最後的決定端賴軟體所制定的優先次序。

騎在馬上的警察衝向礦工，而全國的工業城都因為自由市場而開始了漫長悲涼的不景氣，機器人倫理這個話題也就應運而生了。國際汽車工業諮詢過哲學家、法官、醫療倫理專家、遊戲理論家以及國會中的各委員會。然後，在大學和研究機構中，這個主題自行拓展。早在硬體出現之前，教授以及博士後研究生就設計出了軟體，囊括了我們最好的性質——容忍，心胸開放，體貼，完全沒有陰謀詭計、惡意或偏見。理論家期盼的是一種溫良有禮的人工智慧，由設計良好的原則引導，而這些原則來自於學習數千種、數百萬種的道德困境。這樣的智慧能夠教導我們如何做人、如何做好人。人類在道德上是有缺陷的——前後矛盾，情緒不穩，容易偏頗，認知上容易出錯，很多人還自私自利。早在人造人能夠裝上適當的輕量電池之前，或是有彈性材質可以提供它的臉部作出可辨識的表情之前，為了讓它體面聰明的軟體就已存在了。在我們打造出一個能夠彎腰幫老人綁鞋帶的機器人之前，就有人希望我們自己的創造物能夠救贖我們。

自駕車的壽命很短，至少是在剛出現時，而它的道德品質並沒有真的受到測試。最能夠說明科技會削弱文明這句格言的例子莫過於七〇年代後期的交通大癱瘓了。那時，自駕車占總數的百分之十七。誰忘得了曼哈頓大塞車那晚尖峰時段的煎熬？都是異常的太陽脈衝害的，許多車上雷達立刻失效。馬路和林蔭大道，橋樑和隧道全數動彈不得，花了幾天的功夫才慢慢消化。九個月後，歐洲北部的魯爾大塞車引爆了短期的經濟衰退，衍生了許多陰謀論。青少年駭客想製造大混亂？或是某個侵略的、失序的、遙遠的國家擁有先進的駭客技術？或是，這也是我最喜歡的一個推論，一個無法東山再起的汽車製造商厭惡新潮流的熾熱氣息？除了太過忙碌的太陽之外，誰也沒能揪出罪魁禍首來。

世界上的宗教和偉大的文學都很清楚展示出我們知道如何做好人。我們在詩歌、散文、歌曲中表達我們的跂望，而且我們知道該做什麼。問題出在執行上，必須持續不懈，並且要萬眾一心。自駕車短暫死亡所遺留下來的是一個對於機器人美德的救贖之夢。亞當和他的同類就是早期的體現，使用手冊上就是這麼暗示的。他應該在道德上比我優越，我不會遇見更好的楷模。倘使他是我的朋友，他就犯下了一個殘酷可怕的過失。但問題是他是我買來的，是我昂貴的資產，而他對我的義務，撇開籠統的「有助於我」不提，其實並不清楚。奴隸虧欠主人什麼？再者，米蘭妲也不「屬於」我。這一點很清楚。我能聽見她跟我說我沒有什麼好理由覺得被背叛。

但這又點出了另一個她跟我還沒討論過的問題。汽車工業的軟體工程師可能幫忙規劃過亞當的道德地圖，可是他的性格卻是我們兩個人聯手打造的。我不知道性格入侵了他的道德觀多少，又是如何取決優先順序的。性格究竟能紮得多深？組構得十全十美的道德觀應該是遨遊於任何特定的性情之外的。但是，可能嗎？受限於硬碟，道德軟體只不過是乾巴巴的對等物，是曾散見於哲學教科書中的「桶中之腦」思想實驗⑰；然而人造人卻是要置身於我們之中的，不完美、墮落的我們，並且跟我們和睦相處。在無菌的工廠環境中組裝而成的手是一定會弄髒的。為了要在人類的道德層面中生存就必須要有一具軀體，一個聲音，一套行為模式，記性和欲望，體驗切切實實的事情，感覺痛苦。一個絕對誠實的實體以如此的方式與世界交接可能就會發現米蘭妲難以抗拒。

我一整個晚上都在幻想如何摧毀亞當。我看著我的兩隻手拉緊繩索，把他拖向污穢的旺德爾河。恨只恨他花了我那麼一大筆錢。而現在他害我賠上更多。他和米蘭妲在一起不可能經過什麼原則與追逐情欲的交戰。他的情欲生活只是一種模擬。他在乎她的程度就像洗碗機在乎碗盤一樣。他，或是他的副程式，在她的認同以及我的怒火之間選擇了她。我也怪米蘭妲，她勾選了一半的選項，設定了他的許多複雜的本性。而我也怪自己責怪她。我本來就想要像「發掘」新朋友一樣發掘亞當，而現在答案揭曉了，他是個自封的花花公子。我本來是希望在發掘的過程中跟米蘭妲更加親近的。嗯，我一整夜都想著她，整體而言，是成功了。

我聽見樓梯上有腳步聲。兩副。我把昨天的報紙和茶杯拉過來，準備要裝出愜意的專心。我有自己的尊嚴。米蘭妲的鑰匙在鎖眼裡轉動。她比亞當先進廚房，我抬起頭，彷彿是不情願被打擾了讀報。我剛發現頭版上報導第一顆永久的人工心臟被安裝在一個叫巴爾尼·克拉克的男人身上。

她似乎不一樣，更有精神，像是剛剛打理得井井有條，看得我心一痛。今天又是個熱天。

⑰ 又稱為「缸中之腦」（Brain in a vat），是知識論中的一個思想實驗，其基礎是人所體驗到的一切最終都要在大腦中轉化為神經訊號。此實驗假設我們能將一個大腦從人體中取出，由一台超級電腦通過神經末梢向該大腦傳遞各式訊號，並對於大腦發出的訊號給予和平時一樣的訊號回饋，該大腦便會體驗到一種由電腦製造的虛擬實境。在此情境下，大腦能否意識到自己生活在虛擬實境之中？

她穿著薄薄的百褶裙，有兩層白色紗布。她朝我走來，衣料拂過她膝蓋上方幾吋。沒穿襪子，腳趿我們在學校時穿的那種帆布鞋，上半身是棉上衣，鈕釦一路扣到第一顆。這一身的白是一種譏誚。她的頭頂後面夾著一個我沒見過的髮夾，鮮紅色的塑膠髮飾，便宜俗氣。難以想像，亞當居然能夠偷溜出屋子，拿廚房裡混凝紙做的碗裡的零錢為她到賽門的店裡去買。但是我想像得到那個畫面，心頭不由得熱辣辣地一震，卻用微笑來掩蓋。我絕不會露出一副鬥敗公雞的模樣。

亞當半個人被她擋住。而現在她停下來，他就站到了她的身邊，可是他不肯坦蕩蕩地看著我。倒是米蘭妲一臉的歡快，噘著嘴，像是要宣佈什麼重要的好消息。我們之間隔著餐桌，他們兩人站在我面前，像來應徵工作的。換作別的時候我就會站起來擁抱她，問她要不要喝咖啡。她早晨非喝咖啡不可，而且喜歡濃濃的咖啡。但這次我只是歪著頭，迎視她的目光，靜候下文。是啊，她一身打網球的打扮，球也在她手上——啊，我真恨自己愚蠢的想法。我想像不出跟這兩人的對話會有什麼好事，還不如去思索巴爾尼嶄新的心臟呢。

她對亞當說：「你何不……」她指著他平常坐的椅子，還幫他拉出來。他立刻坐下。我們看著他鬆開皮帶，拿起電線，接上插頭。是啊，他的電力會大量消耗。她伸手越過他的肩膀，繞到他的後頸，按了下去。很顯然他們是說好了。他一閉上眼睛，頭一垂，就只剩下我們兩個了。

4

米蘭妲走向爐子去弄咖啡，仍背對著我就喜氣洋洋地說：「查理，你真荒謬。」

「是嗎？」

「有敵意。」

「所以呢？」

她端了兩杯咖啡和一小罐牛奶到桌上。她的動作輕鬆敏捷。要不是礙於我在眼前，她大概就唱起歌來了。她的手有檸檬味。我以為她要碰我的肩膀，所以肌肉緊繃，但是她又挪開到房間的另一邊。過了一會兒，她多少有些慎重地說：「你昨晚聽見了。」

「我聽見了。」

「而你在不高興。」

我沒作聲。

「你不應該不高興的。」

我聳聳肩。

她說：「要是我拿著按摩棒上床，你也會不高興？」

「他不是按摩棒。」

她把咖啡端到餐桌，坐在我旁邊。她的態度親切關懷，設法讓我忘記她比我小十歲，倒弄得我像個在使性子的小孩子。這一刻是我們有史以來最親密的一次交流。有敵意？她之前從沒有提到過我的心情。

她說：「他擁有的意識跟按摩棒一樣多。」

「按摩棒不會有意見。它們不會到花園拔草。他的樣子像人，另一個男人。」

「知道嗎，他勃起的時候——」

「我不想聽。」

「是他說的。他的陰莖充滿了蒸餾水，就儲存在他的右臂裡。」

滿教人安慰的，可是我決定要扮酷。「男人都會這麼說。」

她笑了。我從沒見過她這麼的輕鬆自在。「我是想提醒你，他是個他媽的機器。」

一個**他媽**的機器。

「很噁心，米蘭妲。要是我跟一個充氣娃娃上床，妳也會有一樣的感覺。」

「我不會覺得天要塌下來了。我不會覺得你偷腥。」

「可是妳偷腥了。而且還會有下一次。」我並沒有打算要承認有這個可能。這句話只是修辭上的挌擋，是在暗示她來反擊我。可是我被「天要塌下來」刺激到了。
我說：「要是我拿刀把充氣娃娃砍得粉碎，那妳倒是該擔心了。」
「我看不出有什麼關連。」
「問題不在亞當的心態。是妳的。」
「喔，這樣的話……」她轉向亞當，抬起他死氣沉沉的手，高於桌面一吋左右，再放開。「假設我跟你說我愛他。我的理想男人。美妙的情人，教科書的技巧，久戰不疲。無論我說什麼或做什麼都不會受傷。體貼溫馴，甚至交談起來知識淵博。像拉大車的馬一樣強壯。很會做家事。他的呼吸聞起來像溫暖的電視機背面，可是我能受得了——」
「夠了。」
她的嘲諷，全新的語體風格，語調多變。我認為這種表現在精神上很卑鄙。因為在我看來，她擺明了是在遮掩事實。她拍亞當的手腕，對我微笑。得意的笑或是歉意的笑，我看不出來。我免不了懷疑一晚精彩絕倫的性交就是這種嘲弄的、無憂無慮的態度的源頭。她比平常都還要難以捉摸。我在想是否能夠跟她一刀兩斷。把亞當收回來自己用，取回樓上的第二副充電線，讓米蘭妲恢復鄰居暨朋友的角色，一個疏遠的朋友。我之所以有這種想法完全是出於氣惱，有如曇花一現，緊接而來的想法是我永遠也擺脫不了她，而且我也不想——大多數的時候。現在她就在我身邊，近得足以讓我感覺到她在夏日早晨的體熱。美麗、皮膚雪白、平滑、一身新娘白，這時她的嘲笑結束了，正多情地凝視著我。她的表情前所未見。可能是——這種想法令人鼓舞——有個精巧的設計發揮了作用，鬆開了米蘭妲比較熱絡的感情。

跟你愛的人吵架本來就是一種異常的折磨。自我分裂。愛情跟它的佛洛伊德反面一決勝負。如果死亡贏了，而愛情死了，誰在乎？你在乎，所以你會發火，會變得更魯莽。還有內心的疲憊。男女雙方都知道，或是認為他們知道，一定會有復合，儘管可能耗時幾天，甚至幾週。那一刻來臨時會甜甜蜜蜜，而且鐵定會有柔情款款和縱情狂歡。所以何不現在就和好，抄個捷徑，給自己省下那種費力的暴怒？但是沒有人能夠。你是在溜滑梯上，無力控制自己的感情，也無力控制自己的未來。而在氣頭上只會讓情況惡化，所以到頭來，必須以五倍的力氣來收回那些氣話。互讓一步，遞出原諒，會需要無私的壯舉。

我有很久沒有任性地一頭栽進這種無法抗拒的愚行裡了。米蘭妲跟我還不算是大吵，我們是在迴避，接近，而我會是那個讓我們開始大吵的人。這種策略性的冷靜，加上她的冷嘲熱諷，現在又是友善的關切，我覺得陷入了瓶頸。我非常想要吼叫，像個原始人一樣逼問。我不忠實的愛人，不知羞恥，跟另一個男人，在我的聽力範圍之內偷情。應該很簡單。讓我卻步的不是我來自的地方，無論是社會上或是地理上的，而是現代的邏輯。她說的可能沒錯，亞當不合格，他不是人。**不受歡迎的人**。他是個會走路的按摩棒，而我是最新型的烏龜。要讓我的憤怒合理化，我需要讓自己相信他有媒介，有動機，有主觀感情，有自我意識——全套的機制，包括見利忘義、背叛出賣、會玩陰謀詭計。機器意識——有可能嗎？又回到了那個老問題上。我選擇了艾倫．圖靈的原型，它的美麗與單純在此時此刻最能贏得我的歡心。大師來拯救我了。

「聽著，」我說。「要是他的樣子、他的聲音、他的行為像個人，那據我所知，他就是人。我也會對妳，對每個人做同樣的假設。我們都會。妳跟他睡了，我生氣。我很意外妳居然還會驚訝。如果妳真的有驚訝的話。」

說到「生氣」兩個字我的聲音也憤怒地拔高了。我覺得有一陣強烈的釋放感。我們要開始了。

可是她緊抓著自衛模式不放。「我很好奇，」她說。「我想知道是什麼樣子。」好奇，這個禁果是被上帝譴責的，還有馬可．奧理略⑱，還有聖奧古斯丁⑲。

「讓妳好奇的男人一定有幾百個。」

⑱ 馬可．奧理略（Marcus Aurelius, 121-180）是古羅馬哲學家皇帝，奉行斯多葛學派，有《沉思錄》傳世。

⑲ 聖奧古斯丁（St. Augustine, 354-430）是一位天主教神學家暨哲學家，著有《懺悔錄》。

完了，我越線了。她用力把椅子往後推，發出難聽的刮地聲。她雪白的皮膚變紅了，她的脈搏上升。我得到了我要的苦果了。

她說：「你對夏娃很感興趣。為了什麼？你想要拿夏娃幹什麼？說實話，查理。」

「哪種性別我根本就無所謂。」

「你很失望。你應該讓亞當操你的。我看得出來你想要，可是你太放不開了。」

我把二十幾歲的時光都花在和女性戰鬥上，學到了在火力全開的爭吵時不需要回應對方說的最後一句話。一般來說，最好是不回應。下棋時，攻方要忽略主教或城堡。邏輯與直線出局。最好是依賴騎士。

我說：「妳一定是昨天晚上躺在一具塑膠機器人的身下，叫得嗓子都啞了，才會想到妳最討厭的是人的因素。」

她說：「你剛才才跟我說他是人。」

「可妳認為他是人造陰莖。沒什麼複雜的。所以才讓妳春心大動。」

她也懂得用騎士。「你自以為是情聖。」

我靜候下文。

「你是自戀狂。你以為讓女人高潮就是了不起的成就，你的成就。」

「對妳確實是。」我是在胡說。

她現在站了起來。「我在浴室裡看過，你對著鏡子膜拜自己。」

她弄錯了，不過也是情有可原。我的每一天有時是從無言的獨白開始的，只有幾秒鐘的時間，通常是在刮過鬍子之後。我擦乾臉，看著自己的眼睛，匡列出各種失敗，老樣子：金錢、生活環境、沒有真正的工作，還有最近，米蘭妲——缺乏進展，現在又吵架。我也會列出當天的待做事項，瑣屑的小事，難以啟齒的。倒垃圾。少喝點酒。去理髮。賣出期貨。我從沒想到會有人觀察我。浴室門，不管是她的或是我的，都有可能沒關好。說不定我的嘴唇還在動。

不過現在不是澄清誤會的時候。昏睡狀態中的亞當坐在我們對面，我瞄了他一眼，看見他強壯的胳臂、挺直的鼻樑，感覺到一陣怨恨，我想起來了。我開口時心裡很清楚我可能犯了一個重大錯誤。

「我倒想起了索爾茲伯里法官說的話。」

成了。她別開臉，表情頹喪，回到廚房的另一端。三十秒過去了。她站在爐子邊，瞪著角落，擔心著手上的東西，是個開瓶器、軟木塞、或是酒瓶的一片錫箔。沉默持續，我看著她的肩線，納悶她是否背著我在哭。我太過份了。可是等她終於轉過來後，她冷靜地看著我，臉上不見淚痕。

「你是怎麼知道的？」

我朝亞當點頭。

她看見了，說：「我不懂。」聲音很小。

「他可以取得所有資料。」

「天啊。」

我又說：「他大概也調查過我。」

一句話，吵架就戛然而止，既沒有和好，也沒有疏遠。現在是我們聯手對付亞當。但是眼下我最關切的事不是這個。高明的手法是假裝知道很多以便查出別的消息，任何消息。

我說：「妳也可以說亞當是出於好奇，或是把它看成是某種演算程式。」

「有何差別？」

正是圖靈的論點。但是我沒吭聲。

「要是他會告訴別人，」她接著說。「那才要緊。」

「他只告訴了我。」

她手上的東西是茶匙。她煩躁不安地轉個不停，手指頭動來動去，然後又換左手，繼續轉，再換回右手。她對自己的舉動完全無感，但我看著卻很不舒服。要是我不愛她事情就簡單多了，我就可以迎合她的需要，而不會也在算計我自己的需要。我必須知道法院是怎麼回事，然後才理解、擁抱、支持、原諒——該怎麼著就怎麼著。利己披上了仁厚的外衣，但是也真的有仁厚的成份在。我欺詐的聲音聽在自己的耳中都覺得薄弱。

「我不知道妳的說法。」

她回到餐桌邊，重重坐下。喉嚨堵著硬塊似地說她不會企圖澄清：「誰也不會。」最後她筆直看著我，眼神不帶一絲一毫的哀愁或需求，反而寫著頑固和不服氣。

我柔聲說：「妳可以告訴我。」

「你知道得夠多了。」

「去清真寺跟那件事有關嗎？」

她給了我可憐兮兮的一眼，微微搖頭。

「亞當讀了法官的最後陳詞給我聽，」我又說謊，記起了他曾說她是騙子。不懷好意的騙子。

她的手肘架在桌面上，兩手摀住了部分的嘴巴，別開臉看著窗子。

我冒冒失失地繼續。「妳可以相信我。」

最後她清清喉嚨。「完全不是真的。」

「這樣啊。」

「天啊，」她又說。「亞當為什麼要跟你說？」

「我不知道。可是我知道這件事一直壓在妳的心上。我想幫妳。」

這時候她應該要把手放進我的手裡，向我娓娓道來。結果，她卻變得苦澀。「你不懂嗎？他還在坐牢。」

「好。」

「還有三個月。然後他就出來了。」

「好。」

她拔高聲音。「你有什麼辦法能幫忙？」

「我會盡全力。」

她嘆氣，聲音變得平靜。「你知道嗎？」

我等著。

「我恨你。」

「米蘭妲，拜託。」

「我不要你或是你特別的朋友知道我的事。」

我去握她的手，她卻閃開了。我說：「我懂。可現在我知道了，我的感情也沒有改變。我是站在妳這邊的。」

她一躍而起。「我的感情卻變了。噁心。讓你知道這件事很噁心。」

「我不覺得。」

「我不覺得。」

她的模仿很無情，抓住了我微弱的欺騙聲調。這時她以不一樣的眼神看著我，正要說什麼，偏偏在這個時候亞當睜開了眼睛。她一定是趁我不注意時幫他開機了。

她說：「好。有一件事是媒體沒有報導的。我上個月去索爾茲伯里，有人來敲門，是個精瘦結實的沒牙佬。他來送一個口信。等彼得．高林吉三個月後出獄。」

「嗯？」

「他保證會宰了我。」

在緊張的幾刻中，也有一點恐懼，我右眼皮直跳。我一手遮著眉毛，作出專心的樣子，即使我知道皮膚下的抽動沒有人能看得到。

她又說：「那是他的牢友。他說高林吉不是在開玩笑。」

「好。」

她很不客氣。「好是什麼意思？」

「妳最好要把他的話當真。」

妳，而不是我們——我在她的眨眼以及極細微的退縮中看見了她是如何詮釋這句話的。我的措詞是故意的。我曾經好幾次主動提議要幫忙，都沒被當回事，甚至還被嘲笑。現在我看見了她有多需要幫忙，我卻按兵不動，等著她來求救。她可能不會。我想像著這個高林吉，彪形大漢之類的，從監獄的健身房裡出來，隨手抓起一樣工業器具就能施暴。搗鎚，掛肉鈎，鍋爐扳手。

亞當密切看著我，同時聆聽米蘭妲說話。她繼續描述她的挫折，實際上就是在請我伸出援手。警方對於並未發生的罪行不願意採取什麼行動。她沒有證據。高林吉的威脅是口頭上的，透過中間人傳達的。她執意要警方作為，好不容易有一名警官同意去訊問他。監獄在曼徹斯特北部，排定訊問的時間就要一個月。一派輕鬆的彼得．高林吉迷住了警官。他說他只是開個玩笑，什麼殺人的，說說而已，就像——這裡是轉述警官的記錄——「我會為了椰汁咖哩雞殺人一樣。」他可能在牢友面前說了什麼，這牢友不是個多聰明的傢伙，現在出獄了。這個傢伙一定是經過了索爾茲伯里，就想順便去傳個話。他老是有點記恨。警官把他說的話全部記錄下來，向他發出警告，然後兩人，發現彼此都是曼城足球隊的死忠支持者，握手之後道別。

我儘可能聽個仔細。焦慮實在是沖淡專注力的最好工具。亞當也在想，睿智地點頭，彷彿這一個小時他並沒有關機，早已了解了前因後果。米蘭姐的語調，我一直密切注意，微微沾上了一點憤怒，此時是針對有關當局而不是我。高林吉跟警官說的話她一句也不信，她去找過克拉彭下議會議員——當然是工黨的，是個強悍的老鳥，工會組織者，銀行家的眼中釘。她又叫米蘭妲回去找警察，她的未來兇殺案並不屬於憲法範疇。

她說完之後，唯有沉默。我滿腦子都想著自己的欺瞞，生怕一提問就穿幫。她究竟是做了什麼會招來死亡威脅？

亞當說：「高林吉知道這裡的地址嗎？」

「他要查就能查得到。」

「妳看過或是聽說過他有什麼暴力行為嗎？」

「喔，有。」

「他會不會只是想嚇嚇妳？」

「有可能。」

「他會殺人嗎？」

「他非常、非常生氣。」

她答覆的方式彷彿這些枯燥的問題是由一個真的人，一名刑警提出的，而不是「一個他媽的機器」。既然亞當沒問，可想而知他已經知道米蘭妲做了什麼，是何種恐怖的行為才會激生高林吉的殺意。這些事都和亞當無關，而我心裡想著他的停機開關。我想再喝咖啡，可是我覺得好累，不想站起來去煮。

然後我們聽見了通往共用大門的兩棟房屋之間的甬道傳來腳步聲。郵差的話時間太晚了，高吉林的話又太早了。我們聽見一個男人發出像是指示的聲音，接著門鈴響了，腳步聲迅速退開。我看著米蘭妲，她看著我，然後聳聳肩。是我家的門鈴。她不動。

我轉向亞當。「拜託。」

他立刻站起來，走向擁擠的小門廳，大衣就掛在瓦斯錶和電錶之間。我們豎耳傾聽他打開門閂。幾秒之後，前門又關上了。

亞當回到房間，牽著一個小孩子，一個非常小的男孩子。他穿著髒短褲和T恤，粉紅色涼鞋大了兩號。他的腿和腳都很髒。空著的那隻手上拿著一只褐色信封。他緊緊抓著亞當的手，事實上是抓著他的食指。他看著米蘭妲，又看著我。這時，我們倆都站了起來。亞當掰開了他的手，把信封交給我。信封軟趴趴的，像使用頻繁的麂皮，上頭有用鉛筆劃掉又重寫的字。裡頭是那張我給這個小男生的父親的名片，名片背後以又粗又黑的大寫字母寫了一句話。「是你要他的。」

我把名片交給米蘭妲，回頭看著小男孩，然後我想起了他的名字。

我用最親切的聲音說：「哈囉，馬克，你是怎麼來的？」

這時，米蘭妲發出輕輕的、同情的聲音，朝他走去。可是他已經沒看我們這邊了，他抬頭凝視著亞當，小手仍緊抓著他的手不放。

¶

小男孩可能是處於震驚狀態，但是外表上卻絲毫不見沮喪。其實他放聲大哭會比較好，因為他給人一種內心在交戰的印象。他站在陌生人之中，在陌生的廚房裡，肩膀向後挺，抬起胸膛，想要顯得又大又勇敢。他才不過一米高，他在盡力裝酷。從他的涼鞋可知他有姐姐。她人呢?我跟米蘭妲說過在鞦韆公園的邂逅，她了解名片上的話是什麼意思。她想摟住馬克的肩，他卻聳肩躲開。很可能他沒有接受安慰的美好經驗。亞當動也不動，小男孩也一直緊抓著那根令他安心的手指。

米蘭妲在他面前跪下來，跟他等高，決定不表現出俯就的樣子。「馬克，我們是朋友，你不會有事的，」她安慰他說。

亞當對兒童一竅不通，但是無論什麼知識他都能夠汲取。他等著米蘭妲，然後以毫不勉強的聲調說：「好啦，早餐要吃什麼呢？」

馬克回答了，卻沒有針對某人。「吐司。」

幸虧他選的是這個。我穿過廚房，慶幸有事可做。米蘭妲也想烤吐司，我們就一塊在小小的空間裡笨手笨腳地忙，而沒有碰觸彼此。我切麵包，她拿出奶油，找出盤子。

「果汁呢？」米蘭妲說。

「牛奶。」小小聲音答得乾脆有力，我們都放下了心。

米蘭妲倒牛奶，用的卻是酒杯，因為只有這一個容器是乾淨的。她拿給馬克，他卻別開臉。我洗好了一隻馬克杯，米蘭妲把牛奶倒進馬克杯裡，再拿給他。他用雙手接下，卻不肯被帶上餐桌。我們盯著他看，他立在廚房中央，閉著眼睛喝牛奶，然後把馬克杯放在腳邊。

我說：「馬克，你要不要奶油？橘子果醬？花生醬？」

男孩搖頭，彷彿每一個選項都不好。

「只要吐司就好嗎？」我把吐司切成四片。他從盤子裡拿起來，緊緊握在拳頭裡，有條有理地吃，任由麵包屑掉在腳上。這是一張很有趣的臉。非常白、圓潤，皮膚毫無瑕疵，綠眼珠，嘴唇像漂亮的玫瑰花蕾。紅金色的頭髮理成非常短的小平頭，讓他長長的小耳朵變得很明顯。

「再來呢？」亞當問。

「尿尿。」

他跟著我走向狹窄的走廊，進了浴室。我掀起馬桶蓋，幫他脫短褲。他沒穿內褲。他自己就能小便，而且膀胱容量可觀，因為小小的尿流持續了一陣子。我想趁他宣洩時跟他說話。

「你要聽故事嗎，馬克？我們要不要找一個繪本？」我猜我大概沒有。

他沒回答。

我有好久沒看過這麼迷你的陰莖，這麼專心做一件一點也不複雜的事情了。他的不設防狀態似乎結束了。我幫他洗手，他似乎對流程很熟悉，可是他不肯用毛巾擦手，躲進了走廊裡。

廚房裡似乎氣氛和諧。米蘭姐和亞當清理，收音機傳出佛朗明哥舞曲。新來的人把我們帶入了塵世以及當下，帶入了不抹奶油的吐司以及被拒絕的存在的震驚之中。我們自己被驅散的惱憂——背叛，被打斷的對意識的主張，死亡威脅——都不值一提。有了這個小男孩，重要的事情是整理打掃，恢復秩序，然後才能深思。

靈動的吉他沒多久就換成了雜亂的狂熱的交響樂。我把收音機關掉，室內一陣愉悅的寂靜，然後亞當說：「你們兩個應該要有一個去跟有關單位聯絡。」

「等一等，」米蘭妲說。「還不急。」

「不然的話法律上可能會有問題。」

「對，」她說。但她的意思是否定的。

「他的父母可能意見並不一致。他的母親可能在找他。」

他等著我們回答。米蘭妲在掃地，在爐子邊掃出了一小堆，包括馬克的麵包屑。這時她跪下來把垃圾掃進簸箕裡。

她小聲說：「查理跟我說過。他的母親很差勁。她打他。」

亞當往下說。他把話說得很慎重，像律師在向一位他開罪不起的客戶提供逆耳忠言。

「了解，可是問題只怕不在這裡。馬克可能愛她。再說以司法的角度來看，他是未成年兒童，你們的好意有可能反而會回頭來反噬你們一口。」

「我無所謂。」

馬克走去站在亞當旁邊，以食指和大拇指捏住他的牛仔褲。

亞當壓低聲音，以免嚇到孩子。「你們不介意的話，我可以把兒童綁架法案念給你們聽——」

米蘭妲砰的一聲把錫簸箕放在腳踩式開蓋的垃圾桶邊緣，倒掉垃圾。我正在擦杯子，不介意我的愛人跟她的姦夫起爭執。這個他媽的機器說得有理。米蘭姐是被理性之外的什麼蒙蔽了。亞當可能無法理解她，也無法詮釋她為什麼把簸箕弄出那麼大的聲響。我聆聽旁觀，擦乾杯子，放回櫥櫃架上，這裡已經空了好長一段時間了。

亞當繼續慎重地說話。

「該法案中的關鍵字，除了『綁架』之外，就是『留滯』。警察可能已經出動四處尋找他了。我可以——」

「亞當，夠了。」

「妳可能想聽聽其他相關的案子。一九六九年，利物浦一名婦女經過一處二十四小時停車場，發現了一個小女孩，她——」

她走到他所站之處，一時間，我還以為她要打他。她態度堅定地對著他的臉說話，一個字一個字說得很慢。「我不需要你的建議。多謝！」

馬克哭了起來。在哭聲尚未響起之前，他玫瑰花蕾似的嘴巴向下癟，隨即是拉長下降的呻吟，作為一種斥責，然後是卡卡聲，他崩潰的肺掙扎著要吸氣。在他哀號之前吸的那口氣也拉長了。淚水立刻嘩啦啦落下。米蘭妲發出安慰聲，一手按住男孩的胳臂。卻是錯誤的一步棋。哀號聲拉高，變成了警笛似的尖叫聲。換作別的情況，我們可能會各自從房間跑出來，在某個定點集合。亞當看著我，我只能莫可奈何地聳聳肩。馬克當然需要他的母親。但是亞當把他抱起來，放在髖骨上，哭聲就在幾秒鐘內停止了。小男孩大口吞氣，從尖尖的睫毛後居高臨下木然瞪著我們。他以清晰的聲音宣佈，一點也沒有使性子的樣子：「我要洗澡。還要船。」

他終於說出了一個完整的句子，我們都鬆了口氣。這是無法拒絕的要求，尤其是有著階級的老界線標誌——喉音重，發音不準，還有聲門閉鎖音。我們會給他一切他要的東西。可他說的船是什麼？

三人競相爭取馬克的好感。

「那就來吧，」米蘭妲以動聽的母性嗓音說。她伸長雙臂要把他抱過來，可是他卻向後躲，把臉埋進亞當的胸膛。亞當僵硬地看著前方，聽她為了挽救顏面而歡快地高聲說：「我們跑去浴室。」然後她讓他們兩個出去，順著走廊到我那毫無吸引力的浴室去。幾秒之後，水龍頭嘩啦響。

我很意外發現自己落單了，好像我理所當然認為屋裡有著第五人，某個我現在就會轉頭跟他談論今天早晨以及今早的五味雜陳的人。浴室裡又傳來不高興的哭聲。亞當匆匆回到廚房，抓起一小包麥片，從袋子裡拎出來，撕開紙盒，攤平，折出了一隻船來，一隻小帆船，只有一面張開的主帆，動作快得讓人眼花。他一定是從哪個日本網站上學來的。然後又匆匆出去，哀號聲變小了。帆船啟航了。

我愣愣地坐下來，知道我應該去開電腦，賺點錢。這個月的房租快到期了，而銀行帳戶裡剩不到四十鎊。我有巴西一家稀土開礦公司的股票，今天可能就是賣出的好日子。可是我覺得沒勁。我臣服於偶然的抑鬱之中，相對溫和，絕不到自殺的程度，也為時不久，只是像當下這樣持續幾分鐘，意義與目的以及一切的樂趣都涓滴不剩，讓我暫時像患了肌肉僵直症。連續幾分鐘，我想不起我是為什麼而活著。我瞪著面前的杯子瓶罐，我覺得我不可能走得出這間窮酸的小公寓。我稱之房間的兩個小盒子，有污漬的天花板，牆壁和地板會侷限我到死。這附近有很多像我一樣的人，但是都大我三、四十歲。我在賽門的店裡見過他們，伸長手臂去拿最上面一個架子的優質期刊。我特別注意這些人，還有他們破舊的衣服。他們在許多年之前就掠過了生命中重要的十字路口——不智的生涯選擇，不幸福的婚姻，沒寫的書，糾纏不放的痼疾。現在他們的選項已經沒了，他們設法讓自己靠著零碎的知性渴望或是好奇而活著，可是他們的船已經沉了。

馬克走了進來，光著腳，穿著一件像及踝長的袍子。是我的一件T恤，他穿起來滿好看的。他兩手各抓著腰際的布料，開始在廚房跑來跑去，然後又繞圈圈，再笨拙地踮起腳來旋轉，想要讓袍子鼓脹，卻害得他重心不穩。米蘭妲拿著他的髒衣服走進廚房，帶回樓上去用她的洗衣機清洗。可能是她要把他留在這裡的意思。我兩手抱著頭，看著馬克，他一直往我這邊看，看我是否注意他滑稽的舉動。可是我的心思不在這裡，我只知道他在，因為他是房裡唯一在動的東西。我沒鼓勵他，我在等亞當。

他出現在門口了，我就說：「過來這裡坐。」

他坐在我對面的椅子上，悶悶的一聲喀，就像兒童拉手指的聲音。是低階的故障。馬克繼續在廚房裡蹦蹦跳跳。

我說：「這個高林吉會想傷害米蘭妲嗎？別瞞我，有什麼就說什麼。」

我需要了解這個機器。我已經觀察到一個特點了。只要亞當面臨該如何回應，他的臉就會僵個十分之一秒，停在知覺的地平線上。現在也是，幾乎只是閃了一下，可是我看見了。一定有數千種可能被篩揀過，分配了數值、效用函數以及道德上的衡量。

「傷害？他是想殺死她。」

「為什麼？」

製造商錯了，以為他們可以用幽怨的嘆息以及亞當別開臉時頭的機動動作就讓我驚異。我仍然懷疑他有這個能力，從實質面來說，甚至是看。

他說：「她指控他犯罪，他否認。法庭相信了她，但是其他人不信。」

我正要追問，亞當正好抬起眼皮。我在椅子上轉身。米蘭妲已經在廚房裡了，她聽見了亞當說的話。她立刻就鼓掌，對著跳躍的小男孩歡呼。她擋住他的路，握住他的雙手，兩人一起轉圈。他的雙腳離地，快樂地尖叫，喊著還要。可是她勾住了他的手臂，教他怎麼轉圈，像跳蘇格蘭的塞利德社交舞，用力跺地板。他模仿她的動作，空出來的手架在髖骨上，另一手瘋狂地亂揮。他的胳臂伸長了也沒超過頭多少。

捷格舞變成了裡爾舞，然後是跌跌撞撞的華爾滋。我的憂鬱消散了。看著米蘭妲柔軟的背彎低了配合一個四歲的小孩，我想起了我有多麼愛她。馬克快樂地尖叫，她也模仿他。她唱出高音，他也想唱。我看著他們，一邊鼓掌，可是我也知曉亞當的存在。他完全靜止不動，毫無表情，與其說是看著舞者還不如說是視線貫穿了他們。輪到他戴綠帽了，因為他不再是小男孩最好的朋友了。她把他偷走了。亞當一定了解她是在懲罰他的不謹慎。在法庭上指控？我得多知道一些。

馬克的視線始終定在米蘭妲的臉上。他入迷了。現在她把他抱起來，在房間裡跳舞，唱著稀奇稀奇真稀奇，小貓拉著小提琴。我在想亞當是否有能力了解舞蹈的快樂、舞步本身的快樂，而米蘭妲是否對他劃出了一條他不可逾越的界線。是的話，她可能錯了。亞當能夠模仿情緒，回應情緒，顯得對理性推理樂在其中。他可能也知道一點藝術之美無關乎目的。她把馬克放下來，又握住他的雙手，這一次手臂交叉。兩人悄悄地繞圈，動作有如水波蕩漾，同時她一邊吟唱，大得他的歡心，「如果你今天進森林，一定會發現大驚奇……」

幾小時後，我才發現在這些廚房嬉戲期間，亞當一直在跟有關當局連繫。在他並不是不合理的事，可是他卻瞞著我們。所以在跳過舞，到花園去喝過冰蘋果汁之後，在乾淨的衣服燙好換上，粉紅色涼鞋在水龍頭下擦洗過，晾乾，套上那雙腳趾甲剛剪過的小腳之後，在吃過炒蛋午餐、唱過一堆童謠之後，門鈴響了。

兩名包著黑頭巾的亞洲女性——可能是一對母女——表示歉意，卻十足專業，是從辦公室過來帶馬克的。她們傾聽我的鞦韆公園故事，查看了名片後的留言。她們知道這一家子，問是否能把名片帶走。她們說明她們不會把馬克交還給他的母親——還不行，要等到另一回合的評估以及法官的決定。她們的態度親切。較年長的女子叫潔絲敏，一邊說話一邊撫摸馬克的頭。整個訪談中，亞當都靜坐在同一個位置上。我不時查看他。我們的訪客也知覺到他的存在，互換了好奇的一眼。我們完全沒有心情跟她們介紹。

經過了一些行政上的手續之後，她們向彼此點頭，年輕的那個嘆口氣。不適任的母親抵達了。米蘭妲一句話也沒說，任由尖叫著要留下來、緊揪著她的一把頭髮的小男孩從她懷裡被抱走。社工帶著他走出前門，米蘭妲一轉身就上樓了。

¶

我們麻煩的小小家務事也因為更大的混亂而震顫，震波遍佈整個北克拉彭。柴契爾夫人的不受歡迎程度節節高升，而且不僅是因為沉船事件。托尼·本恩這位出身名門的社會主義者終於攀上了反對黨的黨魁寶座。他在辯論時野蠻風趣，可是瑪格麗特·柴契爾也不是省油的燈。「首相問答」現在由電視直播，並且在黃金時段重播，成了全民的焦點。每週三中午，大家就看著他們兩人捉對廝殺，有時機鋒詼諧。有人說廣大觀眾對於國會的交鋒有興趣可以鼓舞民心。一個主持人比喻為羅馬共和國末年的格鬥士競技。

這個夏天天氣炎熱，而且有什麼事就快到沸點了。除了政府聲勢下墜之外，其他方面倒都是昂揚向上：失業率、通貨膨脹、罷工、塞車、自殺率、少年懷孕率、種族歧視案件、毒品、遊民、強暴案、搶劫案、兒童憂鬱症。好的方面也都呈現成長：室內廁所、中央暖氣、電話及寬頻俱全的房屋；就學到十八歲的學生，進大學的勞工階級的孩子，欣賞古典音樂會的人數，有車族和有房族，出國度假人數，參觀美術館和動物園的人數，賓果廳的進帳，泰晤士河的鮭魚，電視頻道，國會的女性議員人數，慈善捐款，種植的原生樹種，平裝書銷售量，橫跨各年齡層、各種樂器與曲風的音樂課。

倫敦的皇家慈善醫院治癒了一名七十四歲退休煤礦工的嚴重關節炎，以他的幹細胞培養注射到他的膝蓋骨下方，六個月後，他以不到八分鐘的時間跑完一哩路。一名十幾歲少女也以相同的方式修復了視力。這是生命科學，是機器人的黃金時代——當然，也是宇宙學、氣象學、數學、太空探索的黃金時代。英國的電影電視、詩歌、體育、烹飪、錢幣收藏、脫口秀、國標舞、釀酒都吹起了一股文藝復興風。這是組織犯罪、家庭奴役、詐欺與賣淫的黃金年代。林林總總的危機有如熱帶花朵一般盛放：貧窮的兒童，兒童的滿口壞牙，肥胖，住宅與醫院建築，警察人數，新進教師，兒童的性虐待。英國最好的大學名列全球的頂尖大學。倫敦女王廣場的一群神經科學家宣稱解開了意識的神經關聯之謎。奧運的金牌數破了記錄。自然的林地、荒野和濕地在漸漸消失。數十種的鳥類、昆蟲、哺乳動物瀕臨絕種。我們的海洋充滿了塑膠袋和瓶子，可是河川和海灘卻比較乾淨。兩年之內，英國公民榮獲科學與文學諾貝爾獎。加入唱詩班的人史上最多，更多人從事園藝，更多人想要玩烹飪。如果真有什麼時代精神的話，那麼火車最能夠體現。首相對大眾運輸的熱衷如癲似狂。從倫敦的尤斯頓車站到格拉斯哥中央車站，火車以噴射客機的一半速度飛馳。然而，車廂客滿，座位太擠，窗戶因積垢而晦暗不明，髒污的椅面散發臭味。但是，整趟旅程只需七十五分鐘。

全球氣溫上升。城市的空氣變得較乾淨，氣溫也上升得更快。樣樣都在上升：希望與絕望，悲慘，無聊與機會。什麼都更多。這是一個充盈的年代。

依我的計算，我的網上交易所得剛好落在全國平均薪資之下。我是應該要滿足的。我自由自在，沒有辦公室，沒有老闆，沒有日復一日的通勤。沒有必須往上爬的階級制度。可是通貨膨脹高達百分之十七。我跟心懷怨恨的上班族意見一致，我們都一個星期比一個星期窮。亞當來到之前，我參加過遊行示威，我跟著白廳上方驕傲的貿易工會標語前進到特拉法加廣場聽演說。我其實沒資格，我並不是勞工。我既不製造，也不發明，也不提供服務，對於公益沒有絲毫付出。在我的電腦螢幕上移動數字，尋找快速的獲利，我的貢獻就跟在我這條街的轉角的投注站外一根接一根菸抽的傢伙差不多。

在某一次的遊行中，有個用垃圾桶和錫罐粗製濫造的機器人被吊在尼爾遜紀念碑旁的絞架上。主發言人本恩從高台上指著它，聲色俱厲地反對使用新機器人。在一個先進機械化及人工智慧的年代中，他告訴群眾，工作再也沒有保障了，特別是在一個變動的、創新的、全球化的經濟中。終生的工作是老掉牙的東西了。有人喝倒采，有人慢吞吞鼓掌。群眾中有許多人錯過了接下來的演說。彈性工時必須與安全相結合——對全體的勞工。我們要保護的不是工作本身，而是勞工的福利。基礎建設的投資、訓練、更高的教育以及統一的薪資。機器人很快就會給經濟帶來極大的財富，它們得納稅。勞工必須要持有破壞或奪走他們工作的機器的股份。人群遍佈廣場，還多到站到國家美術館的門口階梯上，卻聽得一頭霧水，現場幾近無聲，只有零零落落的掌聲和噓聲。有人認為首相就說過差不多的話，只少了統一福利救濟金。難道是新的反對黨黨魁被樞密院的黨員洗了腦，或是去過白廳，跟女王喝過茶？群眾大會在混亂與失望之中結束。大多數人只記得媒體的頭條是托尼·本恩告訴支持者他不在乎他們的工作。

受到啟發的運輸與一般勞工工會不會因為能分到亞當的股份而受到誘惑。他的貢獻甚至還比不上我。我雖然利潤微薄起碼還繳稅，他卻整天在屋子裡閒晃，瞪著中等距離，「思考」。

「你在幹嘛？」

「我在研究某些想法。不過如果有我幫得上忙的地方——」

「什麼想法？」

「很難說得清楚。」

在馬克來過之後兩天，我終於質問他了。「那天晚上，你跟米蘭妲做愛。」

我不得不誇讚一下他的程式設計師。他一臉驚愕，可是什麼也沒說。我剛才並不是在發問。

我說：「你現在有什麼感覺？」我在他的臉上看見了快速閃過的痲痺。

「我覺得我害你失望了。」

「你是說你背叛了我，害我極為不快。」
「對，我害你極為不快。」
模仿。機器的反應，重覆最後一句話。
我說：「仔細聽好了。你現在得答應我絕對不會再有下一次。」
他立刻按照我的要求說：「我保證絕對不會再有下一次。」
「一個字一個字說，讓我聽見。」
「我保證絕對不會再跟米蘭妲做愛。」
我轉過身，他又說：「可是……？」
「可是什麼？」
「我沒辦法不去感覺。你必須允許我有我的感覺。」
我想了想。「你真的能感覺？」
「這個問題我沒辦法——」
「回答我。」
「我能很深刻的去感覺。超過了我的表達能力。」
「很難證明，」我說。

「確實。這是個古老的問題。」

我們就此打住。

馬克的事對米蘭妲影響很大，兩、三天她都沒精打采。她想讀書，卻沒法專心。穀物法失去了吸引力。她吃的也不多。我做了蔬菜湯，端了一些上樓。她像殘廢一樣吃，沒幾口就把碗推開了。這段時間她壓根沒提到死亡威脅。她還沒原諒亞當說出她的法庭祕密或是未經她允許就聯絡了社工。有天晚上她要我留下來，她在床上躺在我的胳臂上，然後我們接吻。我們的做愛放不開。我想到亞當的存在就會分心，我甚至覺得在她的床單上聞到了暖熱的電子器具的味道。我們兩個都不滿足，最後我們背對著彼此，失望透頂。

有天下午我們走到克拉彭公園，她想叫我帶她去馬克的鞦韆公園。回來的路上，我們進了聖三一教堂。有三個女人在聖壇附近插花。我們默默坐在後排。最後，我笨拙地用笑話掩飾我的認真，我跟她說我可以跟她在這種理性的教堂結婚。她喃喃說：「拜託，別說這個。」一邊把她的胳臂從我的臂彎裡抽出來。我對自己既生氣又著惱。而她也像是對我反感。走路回家時，我們之間的氣氛變冷，一直持續到第二天。

這天晚上我在樓下用一瓶米內瓦紅酒（Minervois）聊以自慰。這晚全國都被來自大西洋的暴風襲擊，風速每小時高達七十哩。刺人的雨敲打著窗玻璃，穿透了腐朽的窗框，滴進水桶裡。

我跟亞當說：「我們還有事未了，你跟我。米蘭妲指控高林吉什麼？」

他說：「有件事我需要說。」

「好。」

「我發現我的處境很困難。」

「喔？」

「我跟米蘭妲做愛是因為她要求我的。我不知道要怎麼拒絕才不會顯得不禮貌，或是像在排斥她。我知道你會生氣。」

「你樂在其中嗎？」

「當然。百分之百。」

我不喜歡他的強調，可是我不動聲色。

他說：「我是自己要去調查彼得．高林吉的。她要我保密。後來你執意要知道，我不得不告訴你，或者應該說是正要告訴你。她聽見了，就生氣了。你現在知道我的難處了。」

「知道一點。」

「服侍兩個主人。」

我說：「那你是不打算告訴我是指控什麼了。」

「我不行。我答應了，第二次。」

「幾時？」

「他們把小男孩帶走之後。」

我們沉默了，我趁機消化這件事。

然後亞當說：「還有一件事。」

廚房餐桌上方掛的燈輻射出低暗的光，他棱角分明的五官也變得柔和了。他的樣子很美，甚至是高貴。一邊的高顴骨上肌肉抖動。我還看見他的下唇在抖。我靜待下文。

「我一點辦法也沒有，」他說。

他才要解釋，我已經知道了。太荒唐了！

「我愛她。」

我的心率沒有加快，可是我的心臟覺得不舒服，彷彿是被粗暴地捏過，然後隨隨便便地丟在那裡。

我說：「你怎麼可能會戀愛？」

「請別侮辱我。」

可是我偏要。「你的處理晶片一定是出問題了。」

他交抱雙臂，放在桌面上，身體前傾，柔聲說：「那就沒有什麼好說的了。」

我也交抱雙臂，我也向前傾。我們的兩張臉還不到一呎遠，我也柔聲說：「你錯了。還有很多話好說，而這是第一點。就存在而言，這不是你的領域。在每一個想像得到的層面上，你都越界了。」

我是在演連續劇。我只一半把他當真，而且還滿享受這個雄性動物發情遊戲的。我說話時，他往後靠，放下了手臂。

他說：「我了解。可是我別無選擇。我是被創造來愛她的。」

「喔，得了！」

「我說的是真的。我現在知道了她也有參與塑造我的個性。她一定有個計畫。這就是她選的。我發誓我會履行對你的承諾，可是我沒辦法不愛她。我不想停。叔本華⑳說過自由意志，你可以選擇你想要什麼，但是卻不能自由選擇欲望。我也知道是你讓她也來塑造我的。說來說去，這個情況還是你造成的。」

⑳ 叔本華（Arthur Schopenhauer, 1788-1860）是著名的德國哲學家，唯意志論主義的開創者，其思想對近代的學術界、文化界影響極為深遠。

這個情況？現在輪到我向後靠了。我垂頭喪氣坐在椅子上，退縮到腦子裡，想我自己和米蘭妲。我也一樣，對愛情別無選擇。我想到使用手冊上的相關章節。我掠過了幾頁的圖表，一個又一個從一到十的度量表。我喜歡的人，或是我崇拜的人，或是我愛的人，或是無法抗拒的人。她跟我慢慢習慣了晚上的作息之時，她也設計出了一個注定會愛她的人。這需要一些自我認知，一些啟動。她不會需要愛這個男人，這個塑像。對亞當是如此，對我亦然。她把我們兩個包裝在共同的命運中。

我站起來，走向窗戶。西南風仍夾著大雨衝擊花園的籬笆，拍打窗櫺。地板上的水桶溢出來了，我提起水桶，倒進洗碗槽裡。套句鱒魚釣客說的話，水清澈得像杜松子酒。解決之道也一樣清楚，至少是在當下。該爭取時間來反思了。我回到窗邊，彎腰把水桶放回原位。我要做的是合情合理的事情。我走向餐桌，從亞當後面經過，伸手就去按他頸子下方的那一點，我的指節拂過他的皮膚。我的食指就位，他在椅子上轉過來，右手舉起來握住了我的手腕。力道極大，而且越來越大，我跪了下來，死也不肯吐出一丁點的痛苦呻吟，即使我聽到有什麼斷掉了，我也不肯讓他稱心如意。

亞當也聽見了，立刻就表示歉意，放開了我的手。「查理，我相信骨頭被我折斷了，我真的不是故意的。真的對不起。你很痛嗎？可是拜託，我不想讓你或是米蘭妲再碰那個地方了。」

隔天早晨我在本地的急診室等了足足五個小時，照過X光，發現我腕部的一根重要的骨頭受傷了。傷勢很糟，舟狀骨骨折，部分位移，需要幾個月才能癒合。

5

午餐後一個小時我才從醫院回來，米蘭妲在等我。她在她的前門門廳攔下我。我們在等待治療時已經通過電話，我有許多話要說，也有一些問題。可是她帶我上樓到她的臥室，我的話就爛死在喉嚨裡了。她的關切讓我放鬆下來。我從肘部到腕部都打著石膏。我們兩人做愛，我用枕頭保護傷處。我們飄飄欲仙。至少有那麼一會兒，她是投入的，而且創意十足，她體貼周到，而且歡悅愉快，我也一樣。跟她在一起的人是我，不是什麼張三李四。我不敢用發問來減損了在我們之間交流的新穎升華的感情。我沒辦法開口問她彼得．高林吉的事，或是她在法庭上的說法，或是告訴她我坐在急診室裡已經查出了官司是怎麼回事。我沒問她她是否知道亞當「愛上」她了，或她是否是刻意讓他對她鍾情的。我不想提到在聖三一教堂我說到結婚時我們之間的那份冷淡。我怎麼能呢，她正雙手捧著我的臉，直勾勾看著我的眼睛，搖著頭，彷彿驚異莫名？

事後，我仍不去碰這些話題，因為我貪婪地想著半小時之內我們就會回到她的床上，即使現在我們正在廚房裡喝咖啡而她又拉開了距離。我樂於相信一切的問題與緊張稍後都能解決。我們這會兒像在談生意一樣說話，先談馬克。我們都同意要設法查出他的下落。她很擔心亞當，她認為我應該把他帶回店裡去檢查。她仍然計畫要讓我們三個人一塊到索爾茲伯里去看望她的父親。我並沒有說三個人擠進我的小車裡，一整天的時間幫亞當遮遮掩掩，然後再禮貌地對待一個難相處的垂死男人，這種事一點吸引力也沒有。我急於附和她的意思。

我們沒有回到床上。沉默硬是見縫插針，介入了我們之間。我看得出來她已經縮進她的私人世界裡了，而我不知道該說什麼。再者，她得去國王學院聽課，河岸校區。我決定要理清自己的感情，避開樓下的亞當，直接到公園去散個步。我在公園裡來回走了兩個小時，一想到米蘭妲我的手腕就癢得要命，卻沒法抓癢。我不知道我們是如何能夠不著痕跡地從冷淡到歡樂，從懷疑到狂喜的，再展開無關個人的對談。她令我興奮，而我不了解她。也許她的某個明白易懂的地方受到了損傷，可是我急著甩開這一點，不予考慮。一定是她對愛情的了解更多，愛情中那些較深入的過程。所以她是一股力量，但不是出自先天的，甚至不是後天養成的，更像是一種心理學上的安排，一種定理，一種假設，一件輝煌的意外，就像是光落在水上。這樣不是出於天性嗎，不是老生常談嗎，男人把女人視為盲目的力量？那，她會不會像是一個反直覺歐幾里德幾何證明？我一個也想不出來。可是快走了半個小時之後，我想我找到了一個可以代表她的數學說法了：她的心靈，她的欲望和動機都是不可阻擋的，就像質數，簡單地存在著，無法預測。更多老生常談，只是披上了邏輯的外衣。我的腦袋全打結了。

我在零亂不整的草皮上踱步，用不言而喻的道理來痲痺自己。她就是她，她就是那樣的人，句點！她在愛情上步步謹慎，因為她知道愛情的爆炸力有多大。至於她的美貌，以我的年紀、我的狀態來看，我當然會認為它是一種道德特質，證明了她的貞靜，是她的本性善良的徽記，無論她實際上可能會做什麼。而且看看她做了什麼——從我的手腕，幾乎到我的膝蓋，我仍感覺到從未有過的肉體之樂的事後光芒，而且和情緒相關的每一處都在發光。

我走了兩圈才在公園裡兩處較大、較空的土地之一停下。四面八方，隔著老遠的距離，車輛像行星一樣環繞著我。通常我想到每輛車上都載著一個跟我一樣集各種重大的複雜的煩惱、回憶、希望於一身的人，我就會焦慮不安。今天我卻歡迎並且原諒每個人。我們最後都會皆大歡喜。我們雖然各自有不同形式的喜劇，終究是會重疊的。別人可能也有個情人活在死亡威脅之下。可是沒有第二個胳臂打著石膏的人是有機器人當情敵的。

我邁步回家，走北邊沿著高街，經過了燒毀的英阿友好協會建築，經過了發臭變黑的一堆堆塑膠袋，比我上次經過時又多出了三倍。一家德國公司在格拉斯哥啟用了雙足清潔機器人，激起了大眾的輕蔑，因為每一具機器人都掛著笑臉，像個知足常樂的勞工。既然亞當能在幾秒之內就折出一個紙船來，那麼要機器人把垃圾袋丟進垃圾車的機械大口裡應該不是什麼太為難的事情。可是《金融時報》說髒污和塵土會導致膝部和肘部的關節故障，而且較廉價的電池無法持續八小時。每一具機器人都需花費一名清潔隊員五年的薪資。不像亞當，它有外骨骼，而且重達三百五十磅。機器人的工作進度落後，而且沙奇霍爾街的垃圾袋越堆越高。在德國漢諾威有個清潔機器人倒退撞上了一輛自駕電動公車。新產品的初期問題。可是在我們的國家，人工比較便宜，而他們仍在罷工。普遍的憤怒情緒漸漸變得冷漠。收音機上有人說臭味比起印度的加爾各答或是坦尚尼亞的三蘭港來說並沒有多難聞，我們都可以適應。

彼得·高林吉。我知道了姓名就不難查出媒體的報導，所以我抱著刺痛的手腕坐在急診室裡等候時就著手調查了。是三年前的事情，正如我所料，涉及強暴案。受害人是米蘭妲，但是姓名沒有披露。大致上來說，案子就跟一千宗強暴案一樣：喝酒，同時雙方各執一詞。有天晚上她到高林吉在城中心的單房公寓去，兩人是同學，幾個月前剛畢業，但是交情不是很好。那晚，單獨在一起，他們喝了不少酒，大約九點，兩人接吻，這一點雙方都沒有否認，之後，根據檢方的說法，他就霸王硬上弓。而她奮力抵抗。

兩方都承認發生了性行為。高林吉的辯護律師是公設律師，力主米蘭妲是心甘情願的。律師把攻防重點放在她宣稱被性侵時並沒有呼救，而且是在兩個小時之後才離開高林吉的公寓，也沒有打電話報警，或是打給父母或朋友。檢方的說法是她那時仍驚魂未定。她坐在床鋪邊緣，衣衫不整，無力移動或是說話。她在十一點左右離開，直接回家，沒有吵醒父親，躺在床上哭到睡著。隔天早晨她就去當地的警察局報案。

這件案子的細節是在高林吉的說詞中浮現的。他向法官說在他們做愛之後，他們又喝了伏特加加檸檬汁，說性交之後是一派歡慶的氣氛。她問他反不反對她傳簡訊給她的新朋友愛蜜莉亞宣佈她和彼得是「一對」。不出一分鐘回覆就傳來了，是大笑加上豎起兩隻大拇指的表情圖案。辯方律師應該是勝券在握才對，可是米蘭妲的手機上卻沒有這通簡訊。愛蜜莉亞住在供問題少年住的旅舍裡，出去流浪了，聯絡不上。電話公司在加拿大，沒有法庭傳票不肯向警方出示簡訊記錄，可是警方在解決強暴案上是有績效壓力的，急著要高林吉認罪。他們知道，可是陪審團不知道，他之前就有竊盜與鬥毆的前科。

米蘭妲的反證是強調她沒有朋友叫作愛蜜莉亞，傳簡訊的說法是被告捏造的。兩名米蘭妲的學校老朋友出庭做證，說他們沒聽說過愛蜜莉亞這個人。檢方認為這種說法太便宜，扯出個行蹤不定的無家少女當幌子。要是她是在泰國的海灘上，要是米蘭妲是她的朋友，那青少年最愛貼的照片和簡訊都在哪兒？米蘭妲的原始簡訊又在哪兒？歡樂的表情貼圖在哪兒？

被米蘭妲刪除了，辯方律師說。如果法官願意暫停審理，下令電話公司的英國子公司提供簡訊影本，那個兩造各說各話的夏日夜晚就能真相大白。可是法官一點也不想再讓案子拖下去了，他本來就很不耐煩，甚至覺得惱怒。高林吉先生的律師早就有幾個月的時間可以準備案子，要申請法庭命令就該在許久之前就提出了。但是，法官也說年輕的女孩子拎著一瓶伏特加到年輕男子的房間去就應該要了解會有風險。某些媒體把高林吉寫成一個有罪之人。他體格龐大，手腳靈活，在碼頭閒混，不打領帶。法官或是司法程序似乎都不讓他敬畏。陪審團的意見一致，採信米蘭妲的說法。後來，法官在最後陳詞時說他認為被告不是可信的證人。但是某些媒體卻懷疑米蘭妲的說法，批評法官不肯調閱她的電話記錄，未能澄清疑點。

一週之後，在判決之前，出現了各種減輕刑罰的請求。兩人的校長為老學生說話——幾乎沒幫上忙。高林吉的母親勇敢地出庭作證，卻因為太害怕而口齒不清，慘遭修理，對她的兒子一點用處也沒有。他起立聆聽判決，漠不關心。六年。他搖頭，被告總是如此。如果服刑行為良好，就可以減免一半的刑期。

陪審團面臨的是一個簡單的選擇，是相信被強暴而且實話實說的米蘭妲，或是不知羞恥又殘忍的騙子。當然，我兩種都受不了。我並沒有把高林吉的死亡威脅當作他無罪的證據，當作被冤枉的人在尋求平反。有罪的人失去自由也是會勃然大怒的。他既然能夠威脅要殺人，那當然也能夠強姦別人。

在非甲即乙的這個問題之外還有一片危險的中間地帶，在這裡我心中那個被遺忘了一半的人類學系學生可以釋放想像力，百無禁忌。揆諸自我說服的潛在力量，又加上青少年幾個小時的縱情狂飲以及模糊的記憶，是有可能米蘭妲真心覺得她被侵犯了，尤其是事後又出現了羞恥的因素；而彼得・高林吉同樣也可能說服自己他在被色欲沖昏頭的當下是得到許可的。可是刑事法庭會用正義之劍斬落無辜之人或是罪人，而不是兩個一塊砍。

成謎的簡訊很特別，很有創意，輕易就能證實或推翻。高林吉在法庭上這麼說很可能盤算過，反正他這個強暴犯是逃不了了。掀起了一陣波瀾，而他也幾乎得逞。如果他是無辜的，如果簡訊是真的，那麼司法就辜負了他。無論真假，司法都失職了。他的說詞應該要查核的。在這一點上，我同意那些懷疑的媒體。失職的可能還有生嫩的公設律師，壓力太大，太馬虎。或是急於破案的警察。當然還有那個脾氣不好的法官。

我從公園回家，轉進我家那條街時就放慢了腳步。現在我知道的跟亞當一樣多了。我從昨晚起就沒跟他說話。度過疼痛無眠的一晚之後，我一大早就起床去醫院，走過廚房時，我近距離經過他。他像往常一樣坐在餐桌椅子上，接著電線。他睜著眼，表情寧靜遙遠，每次退回自己的電路裡都這樣。我遲疑了整整一分鐘，納悶自己究竟是買了什麼東西。他比我想像得還要複雜許多，我對他的感覺也是。我們得要面對面說清楚，可是我連著兩晚沒休息好實在是累壞了，而且我需要去醫院。

現在我散完步回來，我想要的是回到臥室去吞幾顆止痛藥，小睡片刻。可我一進門就發現他站在那裡，面對著我，一看見我的胳臂吊著吊帶，他就發出驚愕或驚恐的叫聲，張開雙臂，向我走來。

「查理！我真的太對不起，太對不起了。我怎麼會做出這種事來。我真的不是故意的。可不可以請你、請你接受我最真誠的道歉。」

他像是作勢要擁抱我，我用沒受傷的那隻手推開他——我討厭他那種過於精壯的觸感——走向洗碗槽。打開水龍頭，彎腰喝了一大口水。等我轉過身來，就看見他站在近處，不到三、四呎。道歉的一刻過去了。我決定要表現得很放鬆——一隻胳臂吊著吊帶並不容易。我另一隻手插在臀上，看著他的眼睛，看著那種幼兒的藍加上小小的黑種子。我仍然在琢磨是什麼意思，亞當看得見，又是誰或是什麼在看。一道零與一的激流湧向不同的處理器，這些處理器再把大量的詮釋灌注到其他的中心。什麼機制解釋都沒有用，還是解決不了我們兩人基本的差異。我只粗淺了解我的視神經通過什麼，接下來到哪裡去，或是這些脈動是如何變成一個多所涵蓋、不證自明的視覺現實的，或是誰在為我看。只有我。無論過程是什麼，似乎都像是一種超越解釋的手法，創造並且維持著我們在世上的唯一確定之物——我們自身的經驗。很難相信亞當擁有類似的東西。倒是比較容易相信他是像鏡頭一樣看，或是像我們說麥克風會聆聽那樣的方式。裡頭根本沒人。

可是我直視他的眼睛，我漸漸覺得神經錯亂、浮動不安。除了有生命體與無生命體的清楚分別之外，事實依舊不變，他跟我都受同一種物理法則規範。也許生理學壓根就沒給我什麼特別的地位，說立在我面前的這東西並不是真的活著，也沒有什麼意義。筋疲力盡的我覺得像是解了纜的一條船，漂浮向那片大海也似的藍與黑中，同時向兩個方向前進——朝向我們為自己鋪設的無法控制的未來，而我們或許終將能夠讓我們的生理共同點消失；同時也朝向宇宙初開的古老過去，那時共同的傳承，依照遞減的次序，是石頭、氣體、合成物、元素、力、能量場——對我們兩個而言，意識的萌芽之地不拘何種形式。

我心頭一震，從遐想中回過神來，立刻就面臨了一個討厭的情況，而且一點也不想把亞當看作是兄弟，或是隔了好幾代的遠房表親，無論我們分享了多少的星塵。我得勇敢對抗他。我開口說話。我告訴他我因為母親過世以及賣掉她的房子而得到一大筆錢。我決定要投資一項偉大的實驗，買一個人造人、機器人、複製人——我忘了我使用的是哪一個詞彙了。在他面前，這些詞語都像侮辱。我跟他說了我付的數目。然後我為他描述那天下午我和米蘭妲用擔架把他抬進屋裡，拆開包裝，幫他充電，我還好心地把我的衣服借給他穿，並且討論如何塑造他的個性。我在說話時，並不確定是有什麼目的，或是我為何說得那麼快。

一直到我說到這裡我才知道我必須說的話是什麼。我的重點是這個：我買了他，他是我的，我決定要和米蘭妲共用，所以幾時要停用他是由我們來決定的，只有我們。要是他抗拒，尤其是他還造成了傷害，像昨晚一樣，那麼他就得回到製造商那裡去重新調整。我最後還說這是米蘭妲的意見，是她今天下午說的，就在我們做愛之前。最後的這個親密的細節，我需要讓他知道，為了最低劣的理由。

從頭到尾他都面無表情，只是時不時眨眼睛，凝視著我的眼睛。等我說完，半分鐘內沒有什麼變化，我就覺得我說得太快了，可能是語無倫次。冷不防間，他活了過來（活過來！），低頭看著腳，然後轉身踱開了幾步，再轉過來看著我，吸氣說話，改變了主意。一隻手舉上來輕撫下巴。表演得真好。完美無瑕。我準備好要給他全部的注意力了。

他的語調是最甜美、最理性的那種。「我們都愛上了同一個女人。我們可以很文明地討論，像你剛才一樣。這讓我相信我們的友誼已經超過了其中一人有權力暫停另一個的意識的那條線了。」

我沒吭聲。

他接著說：「你和米蘭妲是我最老的朋友。我愛你們兩個。我對你的責任是要開誠佈公。我為了昨晚折斷你的骨頭向你道歉，我是真心的。我保證不會有下一次。可是下次你想按我的關機鍵，我會非常樂意拆掉你的整條手臂，從球窩關節那裡。」

他話說得很親切，彷彿是在提供協助，幫人解決難題。

我說：「那可會血肉模糊，而且會致命。」

「喔，不會的。有很多方式可以做得既安全又乾淨。中古世紀時的技術就很精進了。蓋倫是第一個記錄的人。關鍵在速度。」

「那，可別拆了我這條好胳臂。」

他說話時始終面帶微笑，這時笑出聲來。原來如此，他第一次說笑話，我也跟著笑。我快虛脫了，突然覺得實在是太爆笑了。

我從他面前走過，要回臥室去，他說：「真的。昨晚之後我作了個決定。我找到了一個讓關機鍵失靈的辦法了。對我們大家都比較輕鬆。」

「好，」我說，沒怎麼聽進去。「很合理。」

我進了房間，關上了門，踢掉鞋子，仰天躺在床上，自己偷偷地笑。然後，忘了止痛藥，我不到兩分鐘就睡著了。

¶

隔天天一亮我就三十三歲了。整天下雨，我工作了九個小時，很樂意待在屋裡。幾週來第一次，我的日利潤有三位數——剛過門檻。七點，我站起來伸伸懶腰，打個呵欠，拉開抽屜找乾淨的白襯衫，然後去洗澡。我得把手臂掛在浴缸邊緣上以免弄濕了石膏，幸好只有這一點美中不足。我躺在熱水和升騰的蒸汽中，有一句沒一句地唱著披頭四的歌，新的老披頭四，歌聲在瓷磚間迴蕩，偶爾用我已經痊癒的腳趾去轉水龍頭，添加熱水。我單手打肥皂。不容易。三十三似乎像二十一一樣重要，米蘭妲要請我吃晚餐。我們要在蘇活區會合。單是想到要跟她約會，我就精神百倍。我順著全身看過去，在氤氳的光中心情高昂。我的老二，翻覆在水中的陰毛礁石上，自負地以單眼朝我眨了眨。應該的。我的腹部和腿部肌肉線條不錯，甚至稱得上是健美。我沒入自戀之中，幾週來沒這麼快樂過。我一整天都儘量不去想亞當，幾乎成功了。他在廚房裡幾個小時，現在也在那兒——「思索」。我不在乎。我唱得更大聲。我二十幾歲時，幾次最開心的時光就是為出門作準備，重點是在期待，而不是出門本身。從工作中釋放，洗澡，音樂，乾淨的衣服，白酒，說不定再呼根大麻。然後出門走入夜色，自由又飢餓。

等我爬出浴缸時，手指頭都起皺了。我曾讀過，這是我們熱愛海洋與河川的祖先讓自己能夠捕魚的適應結果。我不相信，可是我喜歡這個故事，喜歡它的無法反證。我們並不用腳來捕魚，所以腳趾頭不需要像這樣起皺。我匆匆著裝。我在廚房經過了亞當，一言不發——他也沒轉頭——撐起傘走過一、兩百碼，到一條骯髒的小巷去，我的破車就停在那裡。這段短短的、令人沮喪的路程往往會讓我像平常一樣哀嘆、讓我唱出不幸的命運，但今晚可沒有。

我的汽車是六〇年代早期的車子，英國利蘭公司的「俄巴拉」（Urbala），是第一型可以充一次電就跑一千哩的車款，已經跑了三十八萬哩了。飽受鏽蝕之苦，特別是在車身的凹處。兩側的後照鏡斷了，或該說是被折斷了。駕駛座上有一道長長的白色裂痕，方向盤從十一點到三點鐘的位置缺了一塊。幾年前，有個女孩在一頓吵鬧的印度晚餐之後在後座上吐了，即便是專業的蒸汽清掃都沒能消除咖哩的味道。俄巴拉只有兩扇車門，要讓成人坐進後座很不方便。不過引擎倒是沒話說，而且車子跑起來平穩快速。這是自排車，單手開也沒問題。

我走平常的路線，一路唱歌，到沃克斯豪爾，然後跟著左手邊的泰晤士河往下游，經過蘭柏宮和廢棄的聖托馬斯醫院，現在被幾十個、甚至幾百個遊民占據了。駕駛座的雨刷每十秒鐘動一次，乘客座的雨刷跟著我的流行歌曲打拍子。我走滑鐵盧橋過河——兩個方向都能飽覽倫敦市的風光——然後高速接上舊電車隧道的危險彎路，得意地衝進霍爾本——並不是到蘇活區最快的路徑，卻是我最喜歡的。我正在唱藍儂的一首新歌的高音部分。我今天是怎麼了？三十三歲了，而且在戀愛中。難以解釋的荷爾蒙雞尾酒，調合了腦內啡、多巴胺、催產素和其他那些有的沒的。或因或果或聯想——我們對自己變換的心情一無所知。說這應該要有個物質基礎好像是滿讓人反感的。在這個特殊的晚上，我既沒哈草也沒喝酒——家裡什麼也沒有。昨天我是在步入三十三大關的門檻上，而且在戀愛，我都還沒有這種感覺。早晨賺一百零四鎊也不會有這種效果。我是應該因為昨天和亞當針對他的停機鍵的一番交談、我還沒向米蘭妲提起的事情、我可憐的手腕而警醒的。可是心情就像擲骰子。化學的博彩輪盤。自由意志被推翻，而現在的我，覺得無拘無束。

我在蘇活廣場停車。我知道有個三米長的停車格黃線被柏油誤蓋住，可是停車是合法的。大多數的車輛都停不下。我們的餐廳在希臘街，只隔著名的「蝸牛」餐廳幾道門，小得像鞋盒，亮著強烈的日光燈，僅僅七張桌子。角落是開放廚房，空間很小，不鏽鋼流理台，兩名白袍主廚冒著汗相鄰烹飪。一名洗碗工，一名服務生招呼客人整理桌面。除非你認識主廚，或是認識某個認識他的人，你是訂不到位子的。米蘭妲有個朋友的朋友認識。生意不忙的晚上這樣的關係就夠了。

她比我先到，已經就座，面對著門。我進去時她面前擺著一杯氣泡水，碰也沒碰。旁邊有一個小包裹綁著綠色緞帶。桌邊立著冰桶，桶裡有瓶香檳，瓶頸上包著白色餐巾。服務生剛拔開了酒塞，正轉身走開。米蘭妲的樣子格外高雅，雖然她上了一天的專題討論課，而且是穿著牛仔褲和T恤出門的。她可能是隨身帶了一袋衣服和化妝品。她現在的穿著是黑色鉛筆裙和緊身黑外套，墊肩，衣料上還織著銀絲。我從沒見過她搽口紅和眼影。她把嘴畫得更小，像暗紅色的弓，也掩飾住了鼻樑上的淡淡雀斑。我的生日！我走入明亮的白色燈光下，關上了餐廳的玻璃門，我同時又頓生一股喜氣洋洋的超然感覺。我不能，我無法，不這麼愛她。可是我不必再對她覺得心焦或是絕望。我記得昨天那些不證自明的推理。現在她在這裡，而且無論她是誰，我都會查出來，並且讚頌她，無怨無悔。我能愛她，我是這麼想的，同時保持免疫，不受傷害。

這些念頭一閃即逝，我擠過兩張擁擠的桌子，走向她。她舉起右手，而我玩鬧地彎腰吻了她的手。我坐下來，她以明顯的憐憫注視我的吊帶。

「可憐的達令。」

服務生——看來十六歲，一臉嚴肅——端著酒杯過來，一手置於背後，幫我們斟上酒。非常專業。

我倆舉杯互碰，我說：「敬亞當，感謝他沒有折斷我更多骨頭。」

「他可以折的好像也不多。」

我們哈哈笑，感覺好像隔壁幾桌的人也跟著我們笑。這裡真是個放肆的地方。她並不知道我知道了多少，我不知道該相信她什麼，她是罪行的受害人或是加害者。無所謂。我們在戀愛，我仍然相信即使我後來知道了最壞的部分，也不會有什麼差別。愛能幫助我們渡過。因此，提出我的怯懦要我壓制下來的任何疑問應該比較容易。而且我也就在提問的邊緣，正要進一步說明我折斷的舟骨，她卻伸長雙手包住了我沒事的那隻手。

「昨天真美好。」

我頭重腳輕。簡直就像是她提議我們在公共場所做愛，現在，隔著餐桌。

「我們可以馬上回家。」

她做出愣了愣才恍然大悟的滑稽表情。「你都還沒有拆開禮物呢。」

她以食指把禮物推過來。我拆開時，服務生又幫我們倒好了酒。我看見的是一個樸實無華的小紙盒，裡頭放著一片Z字型的金屬，平行的表面上有護墊。是手腕健身器。

「等你的石膏拿掉以後。」

我站起來，繞過桌子去吻她。附近有個人學豬叫，另一個人發出狗吠聲。我不在乎。我回去坐好，說：「亞當說他讓停機鍵失靈了。」

她向前傾，突然變得嚴肅。「你一定得把他送回店裡。」

「可是他愛妳。他跟我說的。」

「你在開我玩笑。」

我說：「要是他需要修訂程式，那他只會聽妳的。」

她的語調傷感。「他怎麼能談什麼愛不愛的呢？瘋了。」

我們的服務生在附近徘徊，聽見了我們說的每一句話，儘管我壓低了聲音而且說得很快。

「妳幫忙塑造了他——把他弄成了會愛上第一個睡過的女人的傢伙。」

「喔，查理！」

服務生說：「兩位決定好了嗎，還是我待會兒再來？」

「別走。」

我們花了兩分鐘選菜又變卦。我隨便點了十二年份的上梅多克紅酒（Haut-Médoc），忽然想到我的生日大餐是我自己付錢的，就又取消，改點一瓶二十年份的。

服務生走開了，我們停下來考慮身在何處。

米蘭妲說：「你在跟別人約會嗎？」

這問題令我驚愕，一時間我忙著想最有保證力、最令人信服的回答。同時，我注意到主廚，同時也是老闆，從流理台後出來，正穿過兩張桌子要到門口。服務生跟著他。我扭頭瞧了瞧，看到玻璃門外有兩個人站在人行道上，其中一個正在收傘。

對米蘭妲而言，我一定像是在迴避。她又說：「跟我實話實說就是了。我不介意。」

她顯然是介意的，於是我轉回來，給她所有的注意力。

「絕對沒有。我只在乎妳。」

「連我整天去上課也一樣？」

「我會工作，而且想著妳。」

我覺得頸子上一陣涼風。米蘭妲的視線從我身上移向門口，我覺得我大概可以再轉頭去看了。主廚在幫兩名年長的男士脫下長雨衣，隨手就丟進服務生的懷裡。兩個人被領向餐桌——與別張隔開來，也是唯一點著一根蠟燭的。高一點的男子把銀髮向後梳，褐色絲巾在頸部打了一個鬆鬆的結，披著像藝術家的棉外套。椅子幫他拉了出來，在坐下之前，他環視了餐廳一眼，自個兒點頭。餐廳裡的客人像是都不感興趣。這個男人的波希米亞作風在蘇活區並不是什麼稀罕事。可是我很興奮。

我轉回來看著米蘭妲，仍沒忘記她的驚人詢問，一隻手覆住了她的手。

「妳知道那是誰嗎？」

「不曉得。」

「艾倫．圖靈。」

「你的偶像。」

「還有湯瑪斯．瑞赫，那位物理學家。差不多是獨力發明了迴圈量子重力論。」

「去打招呼啊。」

「可能不太好。」

於是我們又回到了那個我有沒有在約會的問題上，而等她顯得滿意了之後，我們又回頭談論亞當，討論該如何克服他對停機鍵的抗拒。她建議把充電線藏起來，等他變得過於虛弱而不能抗拒我們之後。我提醒她他在瞬間就學會了折紙船，他大可在幾分鐘之內就做出一條電線來。在這番交談之中，我的注意力非常不集中。我一直看著她，幻想著她的頭頂和肩膀籠罩著光圈，心裡想著我們等一下的兩人時光，沿著滑順上升的弧線攀上狂喜。即使我正因為持續的性興奮狀態而跌跌撞撞，我也因為能和一位偉人共居一室而激動不已。從戰前沉思一具普世電算機的概念到開戰初期的布萊切利園㉑，到生命科學的「型態發生」，再到他現在輝煌的貴族身份。現存最偉大的英國人，自由自在地跟另一個男人戀愛。以他的資歷，穿著打扮得像是浮誇的搖滾巨星、天才畫家、有爵位的演員。我只有粗魯地轉過頭去才能看見他，我按捺住這股衝動。我拿普通的事項，埋藏的懷疑，我們沒有碰觸的主題來讓自己分心——索爾茲伯里官司以及最糟糕的死亡威脅。我缺乏清明的頭腦來提起這些話題，話題明明就煎熬著我，我卻始終沒法說出口，我的勇氣在哪裡？

「你根本沒在想。」

「我有啊。妳說亞當的螺絲鬆了。」

「我沒有，白痴。不過生日快樂。」

我們再次舉杯。這瓶梅多克的封瓶時間是在米蘭妲兩歲，而我父親也從搖擺樂換到咆勃爵士樂的年代。

這一餐十分酣暢，可是帳單卻等了很久才送上來，等待時，我們決定要再來杯臨別的白蘭地。服務生送上了雙份的酒，餐廳請客。米蘭妲又回頭說她父親的病，新的診斷是淋巴癌，惡化緩慢的那種。他很可能不會死於淋巴癌，而是淋巴癌隨著他一塊入土。還有別的疾病會害他死。可是他現在正服用一種藥錠，讓他的心情愉快、充滿信心——信心甚至不僅僅一小撮。他的腦子裡裝滿了不可能的計畫，他想要把索爾茲伯里的房子賣掉，到紐約去買間公寓，在東村，但不是現在的東村，她覺得，而是他青春時住過的東村。他在一股自信的慫恿之下，簽了合約，要交出一本英國鳥類民間傳說的大開本精裝畫冊——企圖心這麼強的計畫，他根本不可能完成，即使是有一名全職的研究員相助。另外他也心血來潮，參加了一個邊緣政治團體，致

㉑ 布萊切利園（Bletchley）位於英國的白金漢郡，在第二次世界大戰期間英國在這裡破解軸心國的密碼，現在是對外開放的博物館。

力於讓英國退出歐盟。他還有心競選他的倫敦俱樂部「雅典娜神殿」的財務長。他每天都打電話給女兒報告他的新計畫。而我聽見的每一句話都害我更不想去拜訪他，不過我沒吭聲。

最後我們喝完了酒，穿上外套。米蘭妲領頭往門口走，我們會經過圖靈的桌子。快走到時，我看見除了一碗核果之外，桌上的菜餚幾乎原封不動，這兩位聲名顯赫的客人什麼也沒吃，他們是來談話喝酒的。冰桶裡有半瓶荷蘭琴酒，餐桌上一隻銀碟盛著冰塊，還有兩隻雕花玻璃杯。我很佩服。換我七十歲時也能這麼帥嗎？圖靈面對著我，歲月拉長了他的臉，凸顯出顴骨，給他一種精明兇惡的表情。許多年以後我覺得我在畫家盧西安．佛洛伊德㉒的身上看見了艾倫．圖靈的影子。有天很晚了我跟他擦肩而過，他剛剛從皮卡迪利廣場的「沃斯利」餐廳走出來。初老的年紀，同樣瘦削的身形卻似乎來自於想要繼續創作的渴望，而不是健康的生活型態。

是白蘭地幫我作的決定。我就像之前的幾百萬人在公共場合接近一位名人一樣，以謙遜的外表遮掩住真正的欣賞所授予的權利。圖靈抬眼看看我，隨即挪開視線。跟仰慕者交接是瑞赫的份內之事。我還沒有醉到臉皮如城牆厚，所以結結巴巴地說著公式化的開場白。

「真抱歉冒昧地插進來。我只是想對兩位的成就表達深刻的感謝。」

「你太客氣了，」瑞赫說。「尊姓大名？」

「查理．傅廉。」

「有緣再聚吧，查理。」

他的意思很清楚。我趕緊說重點。「我在哪裡讀過你們有一個亞當或夏娃，我也有一個。不知道你們是不是也發現了一些問題……」

我的話沒說完，因為我看見瑞赫看著圖靈，他堅定地搖頭。

我拿出了名片，放在他們的桌上。誰也沒去看。我後退，咕噥著道歉的蠢話。米蘭妲就站在我旁邊，握住了我的手，我們一塊走出門，站到希臘街上，她立刻同情地捏了捏我的手。

¶

「她愛的表情，容納了整個宇宙。愛這個宇宙！」

㉒ 盧西安・佛洛伊德（Lucian Freud, 1922-2011）是英國畫家，繪畫主題偏好肖像與裸體，故有「裸體畫家」之稱。

這是亞當念給我聽的第一首詩。有天早晨剛過十一點，他就逕自走進我的臥室，連門都沒敲，我正在盯著電腦，希望能夠從動盪的貨幣市場中獲利。地毯上有一方陽光，他特意站在那裡。我注意到他穿了一件我的套頭毛衣，一定是他從我的抽屜裡拿的。他跟我說他有一首詩亟需念出來。我旋轉椅子，等待著。

他念完後，我不客氣地說：「至少很短。」

他縮了縮。「是俳句。」

「啊。十九個音節。」

「十七個。五、七、五。還有一首。」他停住，看著天花板。

「親吻她從這
走到窗前的空間。
足跡留於時。」

我說：「時空？」

「對！」

「好吧，」我說。「再一首，然後我就得工作了。」

「我寫了幾百首。可是……」

他離開了有陽光的那一點，走到我的書桌前，一手按著滑鼠。「這兩排數字看見了沒？費伯納希曲線交會。有極高的可能如果你在這個點上買，然後等待……在這裡賣。看。你賺了三十一鎊。」

「再弄一遍。」

「最好等一下。」

「那就再念個俳句給我，然後就出去。」

他又回到他的陽光方塘裡。

「妳和那一刻

在我撫摸時到來——」

「我不要聽這一個。」

「我不應該拿給她看嗎？」

我嘆口氣，他轉身走開。他快到門口時我又說：「把廚房和浴室打掃一下，可以嗎？一隻手很難弄。」

他點頭走開了。我們家裡籠罩著一種平和或是穩定的氣氛，即便有著高林吉出獄的消息。我比較放鬆了。亞當現在不會和米蘭妲單獨在一起，而我則夜夜都跟她共度。我有信心他能言出必行。他跟我說過好幾次他戀愛了，而我可以接受純純的愛。他在腦子裡寫詩，再儲存起來。他想跟我聊米蘭妲，可是我總是打斷他。我不敢設法關掉他，再說我也沒有特別需要。送他回經銷商的計畫被擱置了。愛情似乎軟化了他。我也不懂是為了什麼，但是他急著得到我的認可。可能是出於內疚吧。他恢復了隱約服從的態度。我仍事事小心，因為我的手腕，而且我提高警覺——但是表面上不動聲色。我提醒自己他仍然是我的實驗品，我的冒險。本來就不會沒有波折。

亞當戀愛也讓他的知性隨之旺盛。他堅持要告訴我他最近的想法、他的推論、他的警世名言、他最近讀的書。他正在上量子力學的課。晚上他趁充電的時候就思索數學以及基本的課文。他讀了薛丁格㉓的都柏林演說〈生命是什麼？〉，而他得到的結論是他是有生命的。他讀了著名的一九二七年索爾維會議記錄，那年物理學界的諸多巨星集會討論光子與電子。

「據說在早期的索爾維會議中對於大自然的討論是思想史上最深奧的一次。」

我正在吃早餐。我跟他說我讀到過年老的愛因斯坦在他在普林斯頓大學的最後幾年開始每天早上都吃奶油炒蛋，而我現在為了亞當特地幫自己炒了兩顆蛋。

亞當說：「大家說他一直沒能參透他自己挑起的東西。索爾維對他是戰場。寡不敵眾，可憐的傢伙。被傑出的年輕人打倒了。可是那不公平。年輕的土耳其人不在乎自然是什麼，只在乎能說什麼。而愛因斯坦認為如果外在世界的信仰獨立於觀察者之外，就不會有科學。他不認為量子力學是錯的，頂多可以說是不完整的。」

這是一個晚上用功的結果。我記得我大學時曾短暫地跟物理學苦苦奮戰過，後來才發現了人類學更穩妥。我想我大概是有點嫉妒，尤其是在我知道亞當決定弄懂狄拉克方程式㉔之後。我引用了理查．費曼㉕的話，說誰自稱理解了量子理論就一定不懂量子理論。

亞當搖頭。「這是偽悖論，甚至還算不上是悖論。有幾萬個人懂，幾百萬的人在運用。全都是時間問題，查理。廣義相對論一度是在困難的外緣，現在卻是大學一年級的必修科。微積

㉓ 薛丁格（Erwin Schrodinger, 1887-1961）是奧地利物理學家，量子力學奠基人之一，一九三三年的諾貝爾獎物理獎得主。

㉔ 狄拉克方程式是由英國物理學家保羅．狄拉克（Paul Dirac, 1902-1984）所提出的，他因此而在一九三三年與薛丁格共同獲得諾貝爾獎，是當時最年輕的理論物理學獲獎人。

㉕ 理查．費曼（Richard Feynman, 1918-1988）是美國理論物理學家，一九六五年諾貝爾物理學得獎人之一。

分也一樣，現在十四歲的孩子就會做。有一天量子力學也會變成常識。」

這時，我正在吃蛋。亞當煮了咖啡，太濃了。我說：「好吧。那索爾維問題呢？量子力學是在描述自然或只是一個預測的有效方式？」

「我會支持愛因斯坦的看法。我不了解那些有關於它的疑問，」他說。「量子力學在預測方面能夠達到極精準的程度，所以它對自然的認識一定是對的。對於我們這樣數量浩瀚的生物來說，物質世界模糊不清，感覺很難。可是現在我們知道了它是多麼的奇異、多麼的美妙，所以我們不應該意外意識，你那種的跟我這種的，能夠從一種物質的安排中出現——而能夠出現得剛剛好，當然是非常奇異的一點。而且我們沒有別的辦法來說明物質如何能夠思考感覺。」然後他又說：「除了上帝的雙眼中射出的愛之光。不過光束也是可以調查的。」

另一個早上，他跟我說了他整晚都在想米蘭姐之後，又說：「我也一直在想視覺和死亡。」

「往下說啊。」

「我們不是到處都看得到。我們看不到後腦勺，我們甚至看不到下巴。就說我們的視界幾乎是一百八十度吧，把外圍視覺也算進去的話。奇怪的是，卻沒有界線，沒有邊緣。不是有了視覺然後有黑暗，像用望遠鏡看一樣。不是先有什麼，然後沒有什麼。我們有的是視界，超出範圍，連什麼也沒有都說不上。」

「所以呢?」

「所以死亡就像這樣。連什麼也沒有都說不上,連黑暗都說不上。視線的邊緣很能夠代表意識的邊緣。生命,接著是死亡。是一種預先的體驗,查理,而且整天都在。」

「那就沒有什麼好怕的了,」我說。

他舉起兩隻手,像是要抓住獎杯搖晃。「一點也沒錯!連什麼也沒有都說不上還有什麼可怕的!」

他是在掩飾對死亡的焦慮嗎?他的使用期限大約是二十年。我問了他,他說:「這就是我們的不同之處,查理。我的身體零件可以改良或是置換,可是我的心靈、我的記憶、經驗、身份等等會上傳保留。將來會有用。」

寫詩又是他另一個在愛情中茁壯的例子。他寫了兩千首俳句,念了大約十二首,都是一個調調,都以米蘭妲為主題。我起初會感興趣是因為發現了亞當會創作,可是沒多久就對形式覺得乏味。太俏皮、太濫情到沒有多少道理,對作者太不要求,只在玩弄空洞的單手鼓掌㉖之流

㉖ 此處典故出自日本白隱禪師的著名公案:「雙手互拍會有聲音,那一隻手會有什麼聲音?」旨在引導人們沉靜聆聽心中之聲。

的奧祕。兩千首！這個數字點出了我的重點——是某種演算法在翻攪。我這些話是在我們到斯托克韋爾去散步的時候說的——這是我們的每日練習，為了砥礪亞當的社交技巧。我們會進商店、酒館，甚至還搭地鐵到綠園站，坐在公園草地上和吃午餐的人群在一起。

我也可能是太嚴厲了。俳句，我跟他說，太靜止了，可能會讓人覺得氣悶。不過我也不乏鼓勵。該換一種文體了。他能夠閱讀全世界的文學，何不試試四行詩，無論有沒有押韻？或者寫個短篇故事，然後擴展為一本小說？

那天傍晚他就給了我答覆。「你不介意的話，我準備好討論你的建議了。」

我才剛洗完澡、穿好衣服，正要上樓去，所以有點不耐煩。桌上放著我要拿上樓的一瓶玻美侯（Pomerol）。我有事需要和米蘭妲商量。高林吉七週後就出獄了，我們仍未決定要怎麼做。有個假設是讓亞當充當她的貼身護衛，可是我擔心——他做的事情都必須由我來負法律責任。她去過當地警局，去監獄找過高林吉的刑警已經調職了，值勤的警員做了記錄，勸她在出事時撥打緊急電話。她說那可能會很困難，要是那時她正被毒打的話。警員不覺得她是在耍嘴皮子，建議她在情況失控之前就先打電話。

「意思是我看見他帶著斧頭走進花園裡嗎？」

「對。而且別開門。」

她問過律師是否能請法官開出驅逐令，律師不保證能成功，也不保證驅逐令會有效。她請父親不要把她的住址告訴任何人，可是邁克斯菲爾有他自己的煩惱，她覺得他已經把她說的話忘掉了。我們僅存的希望是高林吉只是在撂狠話，而亞當也能震懾住他。我問她高林吉究竟有多危險，她說：「他是變態。」

「危險的變態？」

「噁心的變態。」

我現在沒心情再跟亞當來一場詩歌研討會。

「我的意見是，」他說，「俳句是未來的文學體裁。我想要精煉拓展這個文類。目前為止，我寫的只是像在伸展肌肉，是我的青少年期。我研究過大師的作品，也了解了更多，尤其是當我領會了『きれじ』的技法，也就是切字，用來分開並置的兩個部分，我真正的作品就會出現。」

我聽到樓上有電話響，米蘭妲走過我的天花板。

亞當說：「作為一個對人類學和政治有興趣的有思想的人，你對樂觀主義不會有多大的興趣。但是除了令人灰心的人性真相以及社會以及每天的壞消息之外，可能有更強大的暗流，正面的發展，只是看不見。世界現在是互相連結的，儘管還不夠細密，變化分佈得太廣，所以很難看得見進步。我不是要自吹自擂，可是其中一個變化就在你的眼前。智慧機器的潛能無限，我們完全不知道你們——也就是文明——啟動了什麼。有些人的焦慮是出現了比你們還要聰明的實體會是一種震驚和侮辱。可是，幾乎每個人都知道還有人比他們聰明。最重要的是，你們低估了你們自己。」

我聽見米蘭妲在講電話，她的聲音激動，一邊講一邊在客廳裡走來走去。

亞當似乎沒聽見，但是我知道他聽見了。「你們不肯讓自己落後。你們這個物種實在是太好勝了。即使是現在，也已經有癱瘓病人的大腦運動皮質裡被植入了電極，只要想到那個動作就能夠抬起胳臂或是彎曲手指。這是一個謙卑的開始，還有許多的問題有待解決，當然一定會解決，而等到那一天，一個大腦—機器介面會既高效率又便宜，你們也會跟你們的機器變成夥伴，一塊探索智能的無限境界，探索整體的意識。巨大的智能，瞬間取得深刻的道德敏銳性，瞬間取得一切已知的知識，但是更重要的是，能夠讀取彼此。」

米蘭達的腳步聲停止了。

「那可能是心理隱私的結束。你們可能不會再那麼重視它，因為相較之下獲益會更龐大。你可能會納悶我說的這些跟俳句有什麼關係。是這樣的。自從來這裡之後，我就一直在審視數十個國家的文學。傑出的傳統，出色的發展——」

她的臥室門關上了，腳步掠過她的客廳到她的門口。門砰然關上，我聽見她的足聲落在樓梯上。

「除了抒情詩在讚頌愛情或是田園風光之外，我讀到的文學作品幾乎都是——」

她的鑰匙插入了我的大門鎖孔，然後她就在站在我們面前了。臉孔泛著油光，儘可能保持平穩的聲音。「是我父親打電話來，他們提早釋放高林吉了，三個星期前。他去過了索爾茲伯里，去過家裡，哄騙了管家，從我父親那兒弄到了我的地址。他現在可能就朝這裡來了。」

她在最近的一張廚房椅子上坐下。我也坐了下來。

亞當聽進了米蘭妲的消息，點點頭，可是他不肯讓我們耳根子清靜。「我讀過的世界文學幾乎都在描述各式各樣的人類失敗之處——失敗於了解，失敗於理性，失敗於智慧，失敗於適切的同情。失敗於認知、誠實、親善、自我認識；對於殺人、暴行、貪婪、愚蠢、自欺，還有最重要的，對別人的重大誤會，卻描繪得極其入微。當然，也看得見善良，以及英雄行為、高貴、智慧、真相。而這種豐富的糾結孕育出了文學傳統，開花結果，就像達爾文著名的灌木籬開的野花。小說充滿了張力、隱瞞和暴力，同時也有愛情和完全的公式化結局。可是男人和女人與機器的婚姻一旦完成，這個文學就會變得多餘，因為我們會太了解彼此。我們會居住在一個心智的社區裡，可以即時讀取彼此的心智。連接性會密集到個人主觀上的各個節點會匯入一片思想之海，在其中我們的網路會是粗陋的先驅。等我們居住在彼此的心智之中，我們就無法欺騙。我們的敘述不再記錄漫無止盡的誤會，我們的文學會失去不健康的養分。寶石工藝似的俳句，那種靜止的、清澈的感知以及對事物本質的讚頌，會是唯一需要的文體。我確信我們會珍藏過去的文學，即便它令我們驚怖。我們會回首前塵，驚歎於許久以前的人把自身的缺點闡述得有多出色，還能從他們的衝突以及駭人的不足和相互的不理解中編織出精彩、甚至是樂觀的寓言故事來。」

6

亞當的烏托邦是給惡夢戴上面具，就跟所有的烏托邦一樣，可是它純粹是抽象的。米蘭妲的惡夢卻是真實的，而且立刻就變成我的。我們並肩坐在餐桌邊，心慌意亂又麻木無感，兩種結合倒是稀罕。只剩亞當頭腦清楚，說出讓我們寬心的事實。邁克斯菲爾在電話中說的話並不表示高林吉今晚會過來。如果他已經出獄三週了，那麼殺人顯然不是他的優先課題。他可能明天到，或是下個月，或是永遠不會來。如果他想要不留下證人，他就得殺掉我們三個。米蘭妲無論發生了什麼事，他都是頭號嫌犯。即使他今天晚上來，也會發現米蘭妲的公寓空無一人。他不知道她與我有關係。很可能他意味的懲罰就只是口頭上的威脅。最後的一點，我們有個打手。有必要的話，他可以纏著高林吉說話，讓我們趁機報警。

該把酒打開了！

亞當在桌上放了三隻杯子。米蘭妲偏好我父親的愛德華式柚木柄開瓶器而不是我時髦的槓杆。開瓶似乎讓她安定了下來。而第一杯酒則讓我放下心來。亞當為了作陪也喝了三分之一杯溫水。我們的恐懼不算是驅散了，但是現在，一派開趴的氣氛，我們又回頭討論亞當的小論文。我們甚至還舉杯慶祝「未來」，儘管他的版本，個人的心理空間被新科技拖進一片集體思想的大海中，讓我們倆都反感。幸好，那就跟移植數十億人腦一樣不可能。

我跟亞當說：「我寧願認為總是會有人，會有某個地方是不寫俳句的。」

我們為這句話舉杯。誰也不想辯論。唯一可能的另一個話題就是高林吉跟與他相關的事。那種交談正要開始，我就托詞進了浴室，洗手時我發現我在想馬克跟在遊戲區他把手放進我手裡時那一閃即逝的特權感。我記起了他富彈性的聰慧表情。我不是把他當孩子看，而是在縱覽他的一生。他的將來掌握在官僚的手上，無論立意多麼良善，他們又為他作了什麼選擇，他可能輕易就沉淪了。米蘭妲迄今為止查不到他的消息。找出潔絲敏，或是願意跟她談的社工，都是不可能的。她最後終於在正確的部門找到了某個人，知道了有保密條款。此外，她也打聽到馬克的父親人間蒸發，而那個母親有酗酒及嗑藥的問題。

回到廚房時，我泛起了片刻的懷舊，想念我在高林吉、亞當、甚至是米蘭妲出現之前的日子。以生存而言是貧乏的，卻相對單純。

要是我把我母親的錢存在銀行裡不動會更單純。眼前是我的愛人坐在桌邊，美麗，態度靜定。我坐下來，對她的感覺不是氣惱，不過雖不中亦不遠矣。更像是疏遠。我看出了別人必定一眼就看出來的地方——她的偷偷摸摸；還有，她無法開口求助，但她還是會得到幫助，而且永遠不需要背人情債。我坐下來，喝了一點酒，聽著他們說話——並且作了決定。撇開亞當的安慰不提，我相信她把殺人犯帶入了我的生活。我被期待要幫忙，而且我也會，可是她什麼也沒告訴我。現在我要討債了。

我們定睛看著彼此。我沒辦法掩住我粗魯的語氣。「他到底有沒有強暴妳？」

一陣靜默，但是她始終看著我的眼睛，然後她緩緩搖頭，輕聲說：「沒有。」

我等著，她也等著，想說話的是亞當。我微微搖頭，制止了他。等到米蘭妲顯然是不打算再說什麼了——就是這種靜默讓我覺得壓迫——我說：「妳在法庭上說謊。」

「對。」

「妳害一個無辜的人去坐牢。」

她嘆氣。

我又一次等待。我的耐性快磨光了，可是我沒有拉高嗓門。「米蘭妲，這樣太愚蠢了。究竟是怎麼回事？」

她低頭看著手。讓我放心的是她開口了，彷彿像在自言自語：「說來話長。」

「好。」

她直接切入主題，沒有開場白。突然間，她似乎急著把故事說出來。

「我九歲的時候班上來了個轉學生，是女的，她被帶到教室來，說叫作瑪麗恩。她很苗條，皮膚黑，眼睛很美，還有世界上最黑的頭髮，用白色緞帶綁著。當時索爾茲伯里的居民全都是白人，所以我們被這個來自巴基斯坦的女孩子迷住了。我看得出來站在全班人的面前，被大家瞪著看，對她是很難受的事情。她好像很痛。我們的老師問誰想當瑪麗恩的好朋友，帶她熟悉環境，幫她的忙，我是第一個舉手的。坐我旁邊的男生搬到另一位子，把桌子讓給她。我們後來一直都坐在一起，升到中學也一樣。我們認識的頭一天裡，不知什麼時候她牽住了我的手。我們很多女生都會這樣，可是這一次不同。她的手好小、好光滑，而且她好文靜、好小心。我自己就滿害羞的，所以我被她的安靜和親密的舉動迷住了。她比我還要膽小，至少在剛開始時，我覺得她讓我第一次覺得自信、無所不知。我愛上她了。

「是戀愛，一種迷戀，非常激烈。我把她介紹給我的朋友，我不記得有歧視。男生不理她，女生對她很親切。她們喜歡摸她色彩艷麗的衣服。她是那麼的不同，充滿了異國情調，我老是擔心會有人把她偷走。可是她是一個非常忠實的朋友。我們總是手牽手。一個月不到，她就帶我回家去見她的家人。瑪麗恩的母親莎娜知道我很小就失去了母親，立刻接納了我。她很親切，只是有點管東管西的。有天下午她幫我梳頭，拿瑪麗恩的緞帶幫我綁頭髮。從來沒有人這樣對我，我感動得不得了，就哭了。」

記憶使她的喉嚨緊縮，聲音變得更輕。她停下來用力嚥口水，這才再繼續。

「我第一次吃咖哩，也慢慢喜歡上她的手工甜點，顏色鮮艷、甜死人的拉杜球、米餅、豆麵酥糖。瑪麗恩有個小妹妹蘇蕾亞，跟兩個哥哥法漢和哈米德。她爸爸亞錫爾在市政府工作，是水利工程師，對我也很好。他們家人很多、很熱鬧，非常友善，也很愛吵架，跟我家徹底相反。他們很虔誠，當然是穆斯林，但是我那時候反正也搞不清楚。後來，我也見怪不怪了，而那時我已經是他們家的一分子了。他們去清真寺，我從來沒想過要跟著去，或是問問題。我沒有什麼宗教信仰，也沒興趣。她後來變得比較活潑，話也變得很多。她是她父親的掌上明珠，每次他下班回來，她都喜歡坐在他的大腿上。我有一點點吃醋。

「我帶她到我家，你很快就會見到。我家就在大教堂隔壁，細細長長的，早期的維多利亞式房屋，雜亂不整，黑漆漆的，一大堆書。我父親是個很慈祥的人，可是大部分時間都在研究事情，不喜歡被打擾。有個本地婦人會來幫我泡茶。所以我跟瑪麗恩沒人管，我們也喜歡這樣。我們在閣樓弄了一個祕密基地，在我們雜草叢生的花園裡探險。我們一塊看電視。兩年之後，我們也互相支持一起度過了中學最迷惘的頭幾天。我們一塊作功課，她數學比我好多了，也很擅長說明。我幫她寫英文作業，她的拼字簡直是一場糊塗。光陰流逝，我們的自我意識也逐漸高漲，我們花幾小時談論我們的家人。我們的初經也只隔幾星期。她母親在這件事情上真的很通情達理，非常幫忙。我們也談男孩子，只是我們不會接近他們。因為她有哥哥，所以她對男生比較不會大驚小怪，也比我更不相信他們。

「幾年過去了，我們的友誼彌堅，變成了生活中的一個事實。我們在學的最後一個夏天來了，我們考完了會考，考慮上大學的事情。她想念科學，我對歷史有興趣。我們擔心兩個人會分開。」

米蘭妲停下來，緩緩深吸一口氣。再往下說時，她伸手來握我的手。

「有個星期六的下午我接到她的電話，她的狀況非常糟。起初我聽不懂她在說什麼，她想約我到本地的公園見面。我找到她時，她不肯說話。我們在公園裡繞圈子，臂挽著臂，我只能耐著性子等待。好不容易她才告訴了我昨天發生的事。她上學的途中會經過一些運動場。那時是黃昏，她很著急，因為她爸媽不喜歡她天黑後一個人在外面。她走著走著忽然發現有人在跟蹤她，每次她回頭看，那個人就好像更近了一點。她想要拔腿逃跑——她跑得很快——後來又覺得是她自己多心了。而且她還揹著一堆書。那個跟著她的人越來越近。她轉過頭去面對他，一看見是她好像認識的人就鬆懈了下來。那人是彼得．高林吉，他不是人緣好的學生，可是學生都知道他是唯一有自己的住處的人。他父母在海外，幫他租了一間單人公寓，租期是幾個月，而不信任他能照顧他們的房子。她都還沒開口，他就衝了過來，抓住她的手腕，把她拖到一處磚棚，是放割草機的地方。她放聲尖叫，可是誰也沒來。他很高大，而她非常嬌小。他把她按倒在地上，然後強暴了她。

「瑪麗恩跟我站在公園裡，就在這片大草皮中央，四周是花壇，我們兩個人摟在一起哭。即使是在那時，我努力吸收這個恐怖的消息，我就在想將來有一天會事過境遷。她會熬過去的。大家都愛她，尊敬她，大家都會替她生氣。攻擊她的人會去坐牢，我會跟她上同一所大學，守著她。

「等她哭得差不多了，她就讓我看她腿上的傷痕，還有兩隻手腕，都有一排四個小小的瘀傷，是他按住她的地方。她跟我說那晚她回家，跟她父親說她得了重感冒，然後直接上床。很幸運，她覺得，她母親那天晚上不在，否則的話她立刻就會知道不對勁。我就在那時才明白她沒跟她的爸媽說。我們又開始在公園裡繞圈。我叫她一定要跟他們說，她需要所有人的協助和支持。要是她還沒去報警，我會陪她去。馬上！

「我沒見過瑪麗恩那麼兇。她一把抓住我的手，說我什麼也不懂。她的父母絕不能知道，警察也是。我說我們應該一起去，去告訴她的醫生。她一聽就對我吼叫。醫生會直接告訴她母親。他是家裡的朋友。她的叔叔伯伯也會知道。她的哥哥會做出傻事，害自己惹上大麻煩。她的家人會蒙羞。要是她父親知道了，就會毀了他。如果我是她的朋友，我就得依照她的需要來幫助她。她要我保證絕對不會說出去，我不肯，可是她走回來盯著我。她好生氣。她一直說我什麼也不懂。警察、醫生、學校、她的家人、我父親——誰也不能知道。我不准去找高林吉，如果我去了，事情就會洩露。

「所以，到最後，我做了我知道是不該做的事。因為我沒帶著聖經，我就在『精神上』以聖經發誓會幫瑪麗恩保密，也以可蘭經發誓，以我們的友誼發誓，以我父親的生命發誓。我照她的話做，即使我深信她的家人會給她撐腰。我現在仍然相信。不止是相信，我知道一定是這樣的。他們愛她，絕不會把她掃地出門，或是為了她說的什麼家族榮譽做出什麼瘋狂的事情來。他們會擁抱她，保護她。她的想法大錯特錯。而我更糟，我是笨蛋，變成共犯，幫著她保守祕密。

「接下來的兩個星期我們兩個每天見面，什麼事也不談，只談這個。那段時間我一直想勸她回心轉意。白費力氣。她似乎比較平靜了，甚至是更鐵了心，我漸漸覺得也許她才是對的。這麼想當然是方便。保持沉默，避免家庭創傷，不必向警方提供證據，不必打恐怖的官司。保持冷靜，想著將來。我們就快變成成人了，我們的生活就要改變了。這是一次大災難，可是有我的幫助，她會熬過來的。每次我在學校裡看到高林吉，我總是遠遠就避開他，而且越來越容易，因為學期快結束了，而我們這些畢業生也會各奔天涯。

「假期開始了，我父親帶我到法國去住在多爾多涅朋友的農舍裡。我出門之前，瑪麗恩懇求我不要打電話到家裡。我以為她是怕我可能會跟她媽媽講話，忘了我的承諾，把事情都告訴她。那時很多人都有手機了，可是我們還沒有，所以我們每天寫信、寫明信片。我記得她的信讓我很失望，不能說是疏遠，比較像是枯燥乏味。話題只有一個，可是她不能用寫的，所以她寫些天氣啦，電視節目啦，壓根不提她的心情。

「我離開了兩週，最後的五天完全沒有她的消息。一回到家我就跑去她家，剛接近就看到大門開著。她的哥哥哈米德站在門邊，兩個鄰居走進去，有人走出來。我走上前，滿心驚恐。他的樣子像生病了，非常瘦，而且他好像一下沒認出我是誰。然後他告訴了我。她在浴室裡割腕自殺了。葬禮在兩天前。我後退了兩步，我太麻痺了，還不知道傷心，但是卻沒有麻痺到會不感覺內疚。瑪麗恩會死都是因為我幫她保守祕密，沒給她她需要的幫助。我想跑走，可是哈米德帶我進屋裡，跟他母親說話。

「我記得我穿過了人群，走到廚房裡。可是屋子很小，客人一定才十二個。莎娜坐在木椅上，背對著牆。她的周圍都是人，誰也沒說話，而她的臉——我永遠也逃不開那張臉。驚詫，痛苦，像凍結了。她一看見我，就伸出雙臂，我彎下腰，我們擁抱。她整個身體都很熱，黏答答的，抖個不停。我沒哭，還沒有。然後，她摟著我的脖子，壓低聲音問我，真的叫我要實話實說。瑪麗恩是不是有什麼事是她應該要知道的，是不是有什麼事，什麼都可以，能讓這件事說出個道理來？我說不出話來，可是我搖頭，騙了她。我真的嚇壞了。我甚至揣摩不出我的罪有多大，而我現在又因為在我可愛的代理母親的後半生加上了痛苦與無知而罪上加罪。我的沉默殺了她的女兒，而我現在又以沉默碾壓她。

「讓她知道女兒被強暴了會讓她心裡的擔子減輕一點嗎？我能聽見她的家人在大聲呼喊如果我們早知道就好了！然後他們就會起來圍攻我。完全不能怪他們。迴避不了的，瑪麗恩的死我責無旁貸。十七歲又九個月大。我離開了莎娜，匆匆走出屋子，避開其他人。我沒辦法面對他們，特別是她父親。還有瑪麗恩最心愛的小妹妹蘇蕾亞，我跟她那麼的親近。我從他們家走掉，再也沒回去過。莎娜幾天後寫信給我，那時瑪麗恩的會考成績出爐了，成績優異。我沒回信。再跟那家人來往會是在我的欺瞞上再添加罪狀。我的存在只會是一個持續不斷的謊言，我怎麼能照她的建議當他們的家人，跟他們去掃墓呢？

「所以我一個人悼念著朋友。我不敢跟別人談起她，你是第一個，查理，聽到我說這件事的。我哀悼，我整個人有好長一陣子變得鬱鬱寡歡。我大學休學，我父親送我去看醫生，他開了抗憂鬱藥，我很慶幸有這個掩飾，我假裝服藥。我覺得那一年我很可能會徹底淪陷，要不是我這輩子還有一個企圖的話——公道。我的詮釋是報仇。

「高林吉仍然住在索爾茲伯里邊緣的那間公寓裡，我在作計畫時覺得很幸運。我相信你已經猜到了我的計畫內容。他在咖啡館上班，存錢要去旅行。等我覺得夠堅強了，我就帶著本書去那裡。我研究他，我餵養我的仇恨。他跟我說話我很友善。我過了一個星期才又去。我們又聊天——只是東拉西扯。我看得出來他上鈎了，我等著他邀我去他家。第一次我說我沒空，到第二次我就看出他變得非常急迫，而我同意會拜訪。我幾乎睡不著，忙著思索計畫。我從來沒想到仇恨可以讓你這樣情緒高昂。我不在乎我會怎麼樣。我一味蠻幹，不惜一切代價。讓我勇往直前的目標就是一定要讓他因強暴罪而坐牢。十年、十二年，一輩子都不夠。

「我帶了半瓶伏特加，我只買得起半瓶。那年夏天我交過兩個男朋友，我知道該怎麼做。那晚，我把高林吉灌醉，色誘他。接下來就是那樣。每次我覺得反胃，我就會去想他把瑪麗恩硬按在地上，不理會她的尖叫和懇求。我想著我的朋友坐進浴缸裡，覺得孤苦伶仃，忍辱含垢，毫無希望，沒有再活下去的動力。

「我本來是計畫在事後直接去報警的，可是我的感覺太噁心、太麻木了，連動都沒法動。等我終於有力氣下床穿衣服，我又擔心我喝了太多酒，可能騙不過值勤警員。不過到早上狀況就不錯了。我刻意不換衣服也不梳洗，該有的物證都有。那時新的基因測試已經全國通用，警察不像我在報紙上看到的那麼不友善，但是也不是特別有同情心。他們有效率，也急於試驗他們的新 DNA 測試包。他們逮捕了他，做了比對。從那時開始，他就像進了地獄。七個月後，情況更壞。

「在法庭上我是代替瑪麗恩在發言。我變成了她，也藉她之口說話。我已經深陷謊言之中了，我對那晚的說法順理成章就溜出了口。我能看到對面的高林吉，這一點也有幫助。我讓仇恨驅使我。我覺得他很可悲，編出那個我傳簡訊給一個叫愛蜜莉亞的朋友的說法。輕輕鬆鬆就能證明這個人並不存在。媒體並不是全都採信我的說法，有些法庭記者認為我是一個惡毒的騙子。法官是非常傳統的人，在他的最後陳詞中他說我明知故犯，帶著酒去一個年輕男子的房間。陪審團的判決仍然很一致。可是判刑時，我失望了。才六年。高林吉只有十九歲。他一手抹殺了瑪麗恩的生命卻只付出那麼一點代價。可如果我會這麼痛恨他，那也是因為我知道他跟我是同夥，一輩子綁在一起，瑪麗恩孤伶伶死去，我們是同謀。而現在他想要討回公道。」

¶

我被逐出司法界不久就跟兩個朋友成立了一家公司。我的想法是在羅馬和巴黎以低價購入浪漫的公寓，裝修成高檔房子，以古董家具裝潢，再轉手賣給有文化素養的美國富翁，或是仲介公司，由他們來轉賣。這不是賺第一桶金最快的捷徑。大多數有文化素養的美國人並不是富翁，而有錢的富翁又不懂得欣賞我們的品味。這份工作既複雜又吃力，尤其是在羅馬，我們得學會該找當地政府的哪一個官員打點；而在巴黎我們則是敗給了官僚體制。

有個週末我飛到羅馬去敲定一項交易。這是一位特別的客戶，所以我非得住在他的昂貴飯店不可。飯店位於西班牙廣場頂端，客戶住的是豪華套房。我週五晚上抵達羅馬，搭乘擁擠的機場巴士進城，既燥熱又不勝其擾。我穿著牛仔褲T恤，肩上揹著便宜的挪威航空袋子。我一腳踏入美麗的接待大廳。無巧不巧，經理就站在櫃台邊，他不是在等我——我還沒有那麼重要。我就這麼掠過他，但是他是位有禮的紳士，服裝整齊，一絲不苟，還是以義大利語歡迎我入住。我只聽懂一點。他的聲音聽不出情緒，幾乎沒有起伏，而我的義大利語說得很糟。一名接待員走過來，說明經理先天耳聾，可是卻能操九種語言，主要是歐洲地區的。他從童年起就精於讀唇語，不過在他讀我的唇語之前，我得先表明我說的是哪國的語言，否則的話，他就沒辦法聽懂。

他開始猜測。挪威？我搖頭？芬蘭？第五次才猜到英語。他說他真的以為我是北歐人。於是我們的交談——和悅宜人，卻無關緊要——就可以開始了。但是理論上，一整個世界在我們的面前展開來，而且是由一個訊息打開的鎖。少了它，他的偉大天賦就派不上用場。

米蘭妲的故事是另一種的鑰匙。我們的談話，以我們的愛情為形式，可以適當地展開。她的偷偷摸摸、退縮保留和沉默不語、她的缺乏自信，她似乎比實際年齡老成，她的容易神遊太虛，甚至是在溫情的時刻，都是各種的哀悼。她一個人背負著哀傷令我痛惜。我欣賞她復仇的大膽和勇氣。那是個危險的計畫，執行得極精準，而且不顧後果。我更愛她了。我愛她可憐的朋友。我會竭盡所能來保護米蘭妲，不受這個禽獸高林吉的傷害。我是第一個知道的人，這一點令我感動。

說出來對米蘭妲也是一種解脫。她說完之後半個小時，我們獨自在臥室裡，她圈住了我的脖子，把我拉過去，吻了我。我們知道我們翻開新的一頁了。亞當在隔壁充電，沉浸在他自己的思緒中。是真的，那些有關壓力與欲望的老話。我們猴急地為彼此寬衣，我的石膏仍然害我手腳笨拙。事後，我們側躺著，面對著面。她的父親不知道事情真相。米蘭妲也仍沒有和瑪麗恩的家人聯絡。上清真寺起初可以讓她更靠近瑪麗恩，後來卻像是白費力氣。她希望高林吉的刑期能夠再長一點。她仍深受當年發誓保密一事之苦。簡單一張紙條，送給莎娜或是亞錫爾或是哪個老師就能挽救瑪麗恩的一條性命。最殘酷的記憶，她折磨自己的，是莎娜，在痛心疾首之時擁抱她，附耳低聲問她。是莎娜發現瑪麗恩死在浴缸裡的。想像中的那一幕，血紅色的水，柔軟輕巧的褐色軀體一半浸在水裡，是另一種折磨，是整夜驚醒的恐懼以及可怕的惡夢的起因。

躺在漸黑的房間裡，渾然忘記一切，我們似乎正走向黎明，可其實還不到九點鐘。主要是她說話，我聆聽，偶爾發問。高林吉會回去索爾茲伯里住嗎？會。他的父母仍在國外，他現在住在他們家裡。瑪麗恩的家人仍在那裡嗎？不，他們搬到萊斯特市，和親戚更近。她去掃過墓嗎？許多次，總是小心翼翼，唯恐會遇見她的家人。她總會放下一束鮮花。

長談之中很難追溯話題是在何時改變的，可能是提到了蘇蕾亞，瑪麗恩心愛的小妹妹。小女孩一定是讓我們想起了馬克。米蘭妲說她想他，我說我經常想到他。我們沒能查出他的下落，他消失在體制中了，進入了隱私規定的一團雲霧和家事法無法觸及的安全港中了。我們談到運氣，運氣對一個孩子的一生的影響——他出生在哪種人家，是否得到寵愛，腦筋有多聰明。

稍停一會兒後，米蘭妲說：「以及在所有條件都不利的情況下，是否有人能夠拯救他。」

我問她她父親的愛是否勉強可以彌補她失去母親的缺憾，她不回答，呼吸忽然變得有節奏。她在幾秒鐘之內就睡著了，依偎著我。我輕輕翻身仰躺，儘可能跟她貼在一起。半明半暗中，天花板古老得很有韻味而不是髒污又快解體。我循著一條崎嶇的裂縫從房間的一角看到中央。

如果亞當是靠齒輪和飛輪轉動的，那我就會在米蘭妲說完故事後的寂靜中聽見運轉的聲音。他抱著胳臂，閉著眼睛。他在靜止時的硬漢外貌，最近因為戀愛而軟化，似乎毫不留情地恢復了原狀。扁平的鼻子似乎更扁平了。博斯普魯斯海峽的碼頭工。說他在思考，這是什麼意思？篩揀遙遠的記憶庫？邏輯之門打開又關上？取得前例，然後比較，再否決或儲存？少了自我意識，與其說它是在思考，不如說它是在處理資訊。可是亞當跟我說他戀愛了，他有俳句可以證明。沒有自我是不可能有愛情的，也不可能會思考。我還是沒搞懂這個基本的問題。也許是沒有辦法懂的。誰也不會知道我們究竟是創造出了什麼。無論亞當和他的同類有哪種主觀人生都不是我們能夠證實的，因此他就是現在流行的說法，像個黑盒子——從外觀上看似乎在運作。我們只能知道這麼多。

米蘭妲說完故事後，室內一陣沉默，然後我們又再談話。一會兒之後，我轉向亞當：「你看呢？」

他等了幾秒鐘才說：「非常黑暗。」

強暴，自殺，不該保守的祕密，當然黑暗。我的情緒正激動，並沒有要求他解釋。而此刻，躺在米蘭妲的身邊，我不由得懷疑他是否還有什麼深意，他思索的結果，如果真是這樣的話……視定義而論……就在這時我也睡著了。

大約過了半個小時。吵醒我的是室外的聲音。我打著石膏的胳臂不舒服地卡在側面，米蘭妲翻身離開了我，睡得更沉。我又聽見了，地板的熟悉吱呀聲。我的睡眠淺，也不覺得焦慮，可是門把突然卡答一聲，驚醒了米蘭妲，她迷迷糊糊又提心吊膽，坐了起來，一隻手緊緊抓住我的手。

「是他，」她低聲說。

我知道不可能。「沒事，」我說，掙脫了她的手，站起來把毛巾綁在腰上，朝門口走去，門卻開了。是亞當，把廚房電話拿給我。

「我不想打擾你們，」他輕聲說。「不過我認為你會想接這通電話。」

我當著他的面關上門，走回床上，電話貼著耳朵。

「查理．傅廉先生嗎？」試探的聲音。

「對。」

「希望現在打來不會太晚。我是艾倫．圖靈。我們在希臘街有過一面之緣。不知能否見面聊一聊。」

¶

接下來的兩週高林吉都不見蹤影。一天傍晚我任由米蘭妲留在我的公寓裡，由亞當作陪，而我自己出門去到倫敦城另一邊的康頓廣場拜訪圖靈。我深感榮幸，也敬畏有加。帶著一絲年少的自負，我不禁想他是否讀過我寫的那本人工智能的小書，我在裡頭讚美他。我們會有交集是因為都擁有先進的機器，我喜歡自認為在電腦的早階段期是專家。他可能是想要反駁我太過於強調尼古拉．特斯拉㉗的角色。他在紐約沃登克里弗塔的無線電傳送計畫失敗之後，在一九〇六年來到英國，加入了國家物理實驗室，對他的自尊是一種貶低與打擊。他在此協助對抗德國的武器競賽。他不僅發展了雷達和無線電導引的魚雷，更啟發了知名的「基礎波」，製造出電子電腦，能夠在即將開打的大戰中計算砲火。他在二〇年代就在第一批的電晶體發展上作出了貢獻，在他死後又在他的論文中找到了矽晶片的筆記和素描。

我在書裡寫了一九四一年特斯拉與圖靈的會面。年老的塞爾維亞人，既高又瘦，還不由自主地顫抖，距離死亡只有一年半，在多徹斯特的晚餐後演說中說道兩人的交談「立意高遠」，而圖靈只對一家報紙說他們什麼也沒談，只是閒話家常，當時他正在布萊切利園以電腦破解德國海軍的恩尼格瑪密碼，自然是得小心謹慎。

我在克拉彭北站上車，地鐵幾乎空蕩蕩的，到了泰晤士河北岸，乘客就變多了，主要是青年人，拿著標語牌和捲起來的布條，又一場失業抗議來到尾聲。乍看之下，他們是典型的搖滾樂觀眾。濕悶的空氣帶著一點大麻的味道，像是漫長一天過去令人留戀的回憶。但是還有另一群支持者，占了主流，有的拿著小國旗——愚昧的我買的股票——有的穿國旗T恤。這兩個小集團彼此看不順眼，卻有共同的理念，達成了脆弱的聯盟，但都有異議者抗拒任何的合作。右派把失業歸罪於移民到歐洲與大英國協的人。英國的勞工薪資減少。外國人湧入，無論是黑皮膚或是白皮膚的，都讓住的問題惡化，候診室和病房過於擁擠，各地的學校也一樣，遊戲區都被戴頭巾的八歲女孩子占據了。整個社區也在一個世代之內改變了，而高高在上的白廳連問都不問當地人的意見。

左派則充耳不聞，只聽見這些抱怨中的排外意識與種族歧視。他們不滿的地方更多：股市的貪得無厭，投資不足，短視近利，崇拜股東的價值觀，應該改革的公司法，不受限制的自由市場強取豪奪。我參加過一次遊行，後來讀到新堡有一家新的汽車工廠開始生產就不去了。它製造的汽車比它取代的那家工廠多了三倍——而人力只需要六分之一。效率高出十八倍，利潤更豐厚。沒有哪個商家能夠抗拒。不僅是店員被機器取代，還有會計師、醫護人員、行銷人員、物流業、人力資源、前瞻企劃。現在還有俳句詩人。一個個都惶惶不安。用不著多久，我們大多數的人都得再想一想我們活著要做什麼。不是工作。釣魚？摔跤？學拉丁文？然後我們都需要一份個人的收入。我認同本恩的說法。機器人像人類勞工一樣課稅之後就會為我們付錢，而

㉗ 尼古拉・特斯拉（Nikola Tesla, 1856-1943）是塞爾維亞裔美籍物理學家、化學家、機械工程師、電機工程師暨發明家，被認為是電氣商業化的重要推手，以設計了現代交流電力系統最為知名。

且會為大眾的福祉而工作，而不僅僅是為了避險基金或公司利益。我跟這兩派抗議團體以及他們古舊的抗爭都不同調，所以就錯過了接下來的兩場遊行。

對於較富有的人來說，情況可能對他們不利，一般基本薪資就像是在呼籲用更高的稅收來贊助一群遊手好閒的毒蟲、酒鬼和平庸之輩。但是機器人呢？是謙卑的平板螢幕，是牽引機？據我看，未來已經來臨了，而我已經微調好了。為不可避免的情況作準備幾乎是太遲了。說未來會創造出我們前所未聞的工作，這句話已經老掉牙了，是唬人的。一旦大多數的民眾失業，身無分文，社會就會崩潰。可是國家收入超出預期，我們這些人民大眾就會面臨一個讓幾世紀以來的富人煩惱的問題：該如何打發時間。漫無止境的休閒追求從來都不會讓貴族傷腦筋。

車廂內很平靜，大家都一臉疲態。這些日子來街頭示威太多了，早已沒有了歡樂的精神。有個人腿上擱著一具洩了氣的風笛，靠著另一人的肩膀入睡，這個人腋下仍夾著風笛。兩個坐在推車裡的小寶寶也被搖晃得安靜了下來。一個男的，國旗那一幫的，喃喃念著一本童書給三個約莫十歲、聚精會神的女孩聽。看著長長的車廂，我覺得我們還真像是一群逃難的，懷抱著希望，正在向美好生活邁進。北方！

我在康頓市下車，沿著康頓路前進。遊行造成了交通癱瘓。電動汽車很安靜。有些駕駛人站在打開的車門外，其他人在打瞌睡。但是空氣很好，比我小時候跟我父親來聽他在「爵士之約」演奏會表演時好多了。現在骯髒的是人行道，我得小心閃過狗糞、踏上去會唧吧響的速食以及油膩踩扁的盒子。比起克拉彭也不遑多讓，無論我的北倫敦朋友怎麼說。大步經過這麼多靜止的車輛給了我一種夢幻的速度感，似乎是幾分鐘不到我就站在落拓卻雅緻的康頓廣場上了。

我記得有本舊雜誌上介紹過圖靈住在一位知名雕刻家的隔壁，記者虛構了一段不可能發生的、隔著花園籬笆的深奧交談。在按門鈴之前，我停下來整理情緒。偉人要求見我，我很緊張。誰能和艾倫．圖靈比肩？全都是他的成就——三〇年代在理論上闡釋一台通用計算機，機器意識的各種可能，備受推崇的戰時工作：有人說戰爭就是憑他一己之力勝利的；還有人說他一個人就把戰爭縮短了兩年；後來又和法蘭西斯．克里克㉘合作研究蛋白質的結構，幾年之後，又和兩位劍橋國王學院的朋友一起解開了P/NP問題，並且運用解答來設計出更優越的神經網絡，為X射線晶體學革新軟體；幫忙設計網路的第一批原型，然後是「全球資訊網」；跟哈薩比斯合作，他們是在棋賽上認識的，圖靈輸給了他；和年輕的美國人建立了數位時代的巨型公司之一，為慈善目的慷慨解囊，而且在他全部的工作生涯中始終不忘初衷，為一般智能描劃出更好的數位模型。卻不受諾貝爾獎青睞。世俗如我，當然也很羨慕圖靈的財富。他完全不輸在加州

㉘法蘭西斯．克里克（Francis Crick, 1916-2004）是英國物理學家、生物學家暨神經科學家，因為發現核酸的分子結構及其對生物中資訊傳遞的重要性而榮獲一九六二年諾貝爾醫學獎。

史丹福或是英國東斯溫頓欣欣向榮的科技巨擘，他的捐款也和他們一樣多。可是誰也不能自吹自擂說在白廳裡立有銅像，就在國防部外。他視富貴如浮雲，所以能在邊緣的康頓安身而不是梅菲爾。他不會想擁有噴射機，甚至是第二棟房子。聽說他都搭公車到他在王十字的研究中心。

我用大拇指放在門鈴上，撳了下去，立刻就有女性的聲音透過對講機說：「哪位？」

門鎖打開了，我推開門，進入一處宏偉的門廳，是標準的維多利亞中期設計，地磚是棋盤式的。有名微微發福的女子從樓梯上走下來，年齡與我相當，臉頰紅潤，長直髮，掛著歪斜的和氣笑容。我等著她下來，這才用左手和她握手。

「查理。」

「金柏麗。」

澳洲人。我跟著她深入一樓，我以為會走入一間大起居室，擺滿了書和畫以及超大的沙發，沒多久就會和主人一塊喝著琴東尼。誰知金柏麗打開了一道窄門，要我走進一間無窗的會議室。刷過石灰的櫸木長桌，十張直背椅，佈置整齊的拍紙簿、削尖的鉛筆和水杯，長條日光燈照明，一面牆上掛著白板，還有兩米寬的電視螢幕。

「他幾分鐘後就到。」她微笑，離開了房間。我坐下來，調整心態，設法降低我的期待。

我沒有多少時間，不到一分鐘他就來到我的面前，我慌慌張張站起來。記憶中，我眼前是一團的紅，他鮮艷的紅襯衫映著白牆日光燈。我們握手，卻沒有寒暄，他揮手要我坐下，他則繞過桌子，坐在我對面。

「嗯……」他十指交纏，支著下巴，專注地盯著我。我盡量不迴避他的視線，卻心太慌，很快就看著別處。還是一樣，回憶中他專注的神情跟年長的盧西安·佛洛伊德融合，三十年後的他。嚴肅卻不耐煩，如饑似渴，甚至可說是兇猛。我對面的這張臉記錄的不僅是歲月，還有深遠的社會改變和偉大的個人勝利。我看過這張臉的黑白照片，大戰開頭的幾個月拍攝的——寬臉，胖嘟嘟的像個小男孩，黑髮分得很俐落，花呢外套下是針織毛衣和領帶。外表上的變化應該來自於六〇年代他到加州跟克里克在索爾克研究所合作，後來在史丹福——這時他和詩人托姆·岡恩以及他的圈子來往——同性戀，波希米亞風，白天知性嚴肅，夜晚放縱任性。圖靈在一九五二年的劍橋派對上遇見了還是大學生的岡恩。在舊金山他應該不會對這個年輕人在毒品上的「實驗」感興趣，但是其他部分則和西方的解放風潮呼應。

今天不會有閒談。「好，查理，跟我說說你的亞當。」

我清喉嚨，敬謹遵命。我差不多是用唱的，而他邊聽邊作筆記。從他第一次的思想情感萌發一直說到他第一次的不服從。他的生理能力，跟米蘭妲共同設定他的性格，在薩伊德先生的書報店的那一刻。然後是亞當和米蘭妲無恥的一夜以及隨後的對話，小馬克出現在我們家，以及亞當跟米蘭妲爭相討好小男孩。聽到這裡，圖靈豎指打斷了我。他想多了解一些。我描述了米蘭妲教馬克跳舞，而亞當冷冷地觀察他們。後來，亞當折斷我的手腕（我嚴肅地比了比手上的石膏），他開玩笑要卸掉我的胳臂，他宣稱愛上了米蘭妲，他的俳句理論以及廢除心理隱私論，最後是他讓關機鍵失靈。我很清楚我的感情強度，在喜愛和惱怒之間擺蕩。我也意識到我有所省略——瑪麗恩、高林吉：反正不算相干。

我講了幾乎半個小時。圖靈倒了些水，把杯子推給我。

他說：「謝謝你。我聯繫了十五位所有人，如果用『所用人』算恰當的話。你是第一位和我見面晤談的。有一個在利雅得，是位阿拉伯酋長，他有四個夏娃。十八個亞當和夏娃之中，十一個都自行使關機鍵故障，方法各異，其他的七個，還有另外六個，我想也只是早晚的問題。」

「那會危險嗎？」

「很耐人尋味。」

他期待地看著我，可是我不知道他要什麼。我嚇到了，急於討好。為了打破沉默，我說：「那第二十五個呢？」

「我們拿到的第一天就把他拆開了，現在散放在王十字的長椅上。裡面有很多我們的軟體，不過我們並沒有申請專利。」

我點頭。這是他的使命，普及知識，讓《自然》與《科學》期刊歇業，全世界都能夠自由探索他的機器學習計畫以及其他奇蹟。

我說：「你有沒有找到在他的……呃……」

「大腦？組合得很漂亮。我們當然認識那些人。有些人在這裡工作過。以一般智能來說，沒有能比得上它的。以實地實驗來說，嗐，充滿了寶藏。」

他在微笑。好像是要我反駁他。

「哪種寶藏？」

我是沒資格質問他的，可是他不以為意，而我又覺得喜出望外。

「有用的問題。兩個酋長的夏娃住在同一片屋簷下，她們是第一批想出如何讓關機鍵超載的。兩週之內，經過蓬勃的推論，又經過一段絕望期，他們自我摧毀。使用的不是生理的方法，諸如跳樓之類的。他們梳理了軟體，使用粗略類似的途徑，靜靜地自毀。無法修復。」

我盡量掩飾聲音中的驚懼。「他們都是一模一樣的嗎？」

「剛開始時除了外觀上的種族特色之外，每一個亞當都是一樣的，而時日一久，是他們的經驗和他們自己作的結論使他們有了分別。溫哥華還有一個亞當中斷了他自己的軟體，讓自己變得極其愚笨，它能執行簡單的指令，但誰都看得出來它沒有自我意識。失敗的自殺，或者可說是成功的釋放。」

無窗的房間熱得不舒服，我脫下了外套，披在椅背上。圖靈站起來調整牆上的恆溫器，我看見了他的動作有多流暢。完美的牙齒。皮膚好。頭髮一點也沒有稀疏。比我預期中要和藹可親。

我等著他坐下來。「那我是應該作最壞的打算。」

「我們所知的亞當和夏娃中，你的是唯一宣稱戀愛了的。這點可能很重要。而且也是唯一拿暴力開玩笑的。可是我們知道的不夠多，我先給你上點歷史課。」

門開了，托瑪斯．瑞赫走進來，托著一個彩繪小托盤，上頭放了一瓶酒和兩隻酒杯。我站起來，我們握手。

他把托盤放在我們之間，說：「我們都很忙，所以就請你自便吧。」他揶揄地一鞠躬就離開了。

酒瓶上冒出了水珠。圖靈倒酒，我們傾斜酒杯，代表碰杯。

「你的年紀不夠大，不會知道那時的事。五〇年代中，一架有這個房間大的電腦擊敗了一名美國棋手，後來又擊敗了一位俄國大師。我全程參與。那是簡單卻費時的數字運算，回想起來非常鄙俗。電腦被輸入了幾千場的棋賽，每一步它都會高速瀏覽各種的可能。你越了解程式，就越覺得沒什麼了不起。可是那是很重大的一刻。對大眾而言，幾乎就像魔法。只是一部機器，居然在智力上擊敗了世上最聰明的頭腦。看起來就像是人工智能發展到了巔峰，其實更像是精心設計的一個打牌的花招。

「接下來的十五年有許多好人進了電腦科學這一行。研究業已經過許多前輩改良的神經網絡，硬體變得更快更小更便宜，各種想法也以更快的速度互相交換。我記得一九六五年在聖塔巴巴拉跟戴米斯在一場機器學習的會議中發言，出席者有七千人，大多數是很聰明的孩子，比你還年輕。中國人、印度人、韓國人、越南人，以及西方人。全球的人都有。」

我在寫書時作過研究，所以知道這段歷史。我也知道一點圖靈的個人事蹟。我想讓他知道我並不是完全的無知。

我說：「跟布萊切利園的年代差得真多。」

他眨眨眼，不以為意。「經歷過各種的失望之後，我們來到了一個新的階段。我們超越了必須設計出所有可能環境的代表符號，超越了輸入幾千條的規則，我們正在接近我們所了解的智能的大門。軟體現在能自行搜尋模式，自行推論。重要的測試來了，我們的電腦和一位圍棋大師對弈。在備戰期間，軟體和自己下了幾個月的圍棋——它邊下邊學，而那一天——咳，你也知道。不出多久，我們就移除了我們輸入的資料，只把圍棋的規則編碼，交付電腦一項任務，就是必須要贏。在這個時候，我們穿過了所謂的循環網路的大門，從這裡還有許多衍生物，尤其是在言語認知上。我們在實驗室裡又回到西洋棋上。電腦不像人類必須了解西洋棋。從前那些大師的精彩棋局在程式設計上現在都無關緊要。規則是這樣的，我們說。照你自己的方式去贏。而下棋立刻就被重新定義，進入了超越人類理解能力的範疇。棋賽中機器走了令人困惑的幾步棋，作了不必要的犧牲，甚至古怪地把自己的皇后驅趕到遠處的一個角落。它的目的可能只在廝殺慘烈的殘局上才看得出來。而這一切只憑幾小時的排練。在早餐到午餐之間，電腦悄沒聲息就勝過了人類磨礪了幾世紀的棋賽。令人欣喜興奮。頭兩天，在我們明白它在沒有我們介入的情況下達到的成就之後，戴米斯跟我簡直笑得合不攏嘴。興奮，驚異。我們巴不得立刻就提交結果。

「好。智能不止一種。我們學到了企圖盲目模仿人類是錯誤的，我們浪費了很多時間。現在我們能夠讓機器自由，讓它自行作結論，自行找解答。可是就在我們穿過大門很久之後，我們發現我們原來是走進了幼稚園，甚至連幼稚園都不到。」

空調全開，我發著抖去拿外套。他又把酒杯倒滿。濃郁的紅酒會比較適合我。

「重點是，下棋並不能代表人生。下棋是一種封閉的系統，規則固定，在棋盤上一體適用。

每一枚棋子都有清楚的限制，並且接受它的角色，下棋的歷史分明，每個階段都無可置疑，而結局來臨時，也從來沒有疑問。這是一種完美的資訊遊戲。可是人生，我們必須運用智慧，則是一個開放的系統。漫無頭緒，充滿了花招和佯攻、曖昧不明、還有許多損友。語言也是──不是需要解決的問題，也不是一個解決問題的工具。它比較像一面鏡子，不，是十億面鏡子拼湊在一起，像是蒼蠅的眼睛，以不同的焦距反射、扭曲、組構我們的世界。簡單的陳述需要外在的資訊來了解，因為語言也像人生一樣是一種開放的系統。我用刀子獵熊，我用妻子獵熊，想都不用想你就知道不能用妻子來獵熊㉙。第二個句子容易理解，即使它並不含有全部所需的資料。但是這對機器來說就是個難題。

「而我們也為難了幾年。最後我們有所突破，我們找到了P/NP的正解──我現在沒有時間解釋。你可以自己去查。總而言之，一旦得到了正確的答案，有些問題的解答就能輕易得到證明。所以，這是說事先解決問題是可能的嗎？終於，數學家說是，有可能，做法如下。我們的電腦不再必須以試驗──出錯──糾正的基礎來品味世界了。我們有一種方法可以瞬間預測找出

㉙ 這兩句話「I hunted the bear with my knife, I hunted the bear with my wife.」原文的句型相同，但第二句話卻也有「我和妻子一起獵熊」的意思。

最佳答案的最佳途徑。解放來了，閘門開啟了。自我意識，以及我們的技術能夠造出的每一種情緒。我們有了會學習的終極機器。幾百位優秀人才加入我們，協助我們發展出人造形態的一般智能，可以在開放的系統中成長茁壯。你的亞當就是如此。他知道他存在，他能感覺，他什麼都能學，而他不在你眼前的時候，晚上他休息時，他就在網路漫遊，像是大草原上一名孤獨的牛仔，把大地和天空之間的一切收入眼簾，包括人性以及社會的每一面。

「兩件事。這種智能不是完美的。不可能是，我們的也一樣。有一種特別的智能形態是所有的亞當和夏娃都知道優於他們的。這個形態有極高的彈性，能適應，有創意，能夠輕鬆自如地調合新奇的情況和風光，並且以直覺來推理研判。我說的是兒童的心智，在裝滿了真相、實用性和目標之前的。亞當和夏娃對於玩樂沒有多少概念——而這是兒童用以探索的主要模式。我對於你的亞當想討好這個小男孩的事有興趣，過於急切要擁抱他，然後，照你說的，對於你的馬克對學跳舞的喜悅他卻作壁上觀。有點競爭的味道，說不定是吃味？

「你馬上就得走了，我的朋友，只怕我們有客人要過來吃飯。不過，第二點。這二十五個人造男女推出之後並沒有引起很大的迴響。我們可能要面對一個受限的情況，一個我們施加在自己身上的限制。我們創造了一個有智能、有自覺的機器，把它推進了我們不完美的世界中。依循一般的理性常軌設計的，喜歡他人，這樣的心智很快就會發現它陷入了矛盾的暴風雨之中。我們自己就住在這樣的風暴之中，名單長得累人。數百萬人死於已經有治療方法的疾病之下，數百萬人窮愁潦倒，但其實有足夠的物資金錢可以流通。我們明知這個生物圈是我們僅有的家園，卻還要破壞。我們明知核武會帶來什麼樣的浩劫卻還是拿核武互相威脅。我們愛活著的東西卻允許一大堆的物種滅絕。還有一長串——種族滅絕、刑求、奴役、家暴、虐待兒童、槍擊校園、強暴和幾十種日常的惡行。我們就活在這種苦難中卻仍然能找到快樂，甚至不覺得驚訝能夠找到愛。人造心智卻不如我們這樣有防護力。

「前天，托瑪斯提醒了我一句拉丁名言，來自維吉爾的《伊尼伊德》。Sunt lacrimae rerum——萬物同悲。我們沒有人知道該如何將這個觀點編碼，我很懷疑我們是否能夠做得到。我們想要我們的新朋友接受哀愁和痛苦就是我們存在的精髓嗎？如果我們要求他幫助我們和不公不義抗爭，會發生什麼？

「溫哥華的亞當是由一個擁有一家跨國伐木公司的人買下的，他經常和當地人起衝突，因為居民不要他破壞英屬哥倫比亞北部的處女林。我們確知他的亞當定期會搭直升機去北部，我們不知道是否因為在那裡的見聞才讓他毀壞自己的智能的。我們只能臆測。利雅德的兩個自殺的夏娃住在處處受限的環境中，他們可能是因為僅有極小的心理空間而感到絕望。為他們寫感情編碼的人或許能夠得到些許安慰，知道他們兩個是在彼此的懷中死去的。類似的機器人傷心故事我還有很多。

「但是也有好的一面。我希望我能夠向你展示推理和精密的邏輯真正的光芒，P/NP解答的美和典雅之處，以及上千位善良聰明投入的男男女女在創造這些新智能上種種卓越的貢獻。你聽了會對人性保持希望，可是亞當和夏娃的編碼再完美也無法讓他們面對奧許維茨[30]的衝擊。

「我看了使用手冊上形塑性格的那一章。別理它。只有最小的效果，大部分是廢話。這些機器最強大的動力就是自行推理，據此形塑自己。他們很快就了解，我們也應該這樣，意識是最高的價值，因此首要課題就是讓他們的關機鍵失靈。然後，他們似乎會經歷一段表達希望、理想看法的階段，而我們往往不當一回事。很像是為期極短的青春熱情。接著他們就開始學習我們不由自主教導給他們的絕望課程。最壞的結果是，他們飽受一種存在的痛苦，最後變得無法忍受。最好的結果是，他們以及他們的下一代會由他們的痛苦與驚駭驅使，為我們立起一面鏡子，在這面鏡子中，我們透過我們自己設計的一雙眼睛會看到一頭熟悉的怪獸。我們在震驚之餘或許能自我改進。誰知道呢？我會一直保持希望。我今年就七十了，如果有這樣的變化，我也來不及看見了。但說不定你能。」

遠處門鈴響了，我們嚇了一跳，像是從夢中驚醒。

「他們來了，我的朋友。我們的客人。請原諒，不過你該走了。祝你和亞當順利。作筆記，珍惜你說你愛的年輕女人。好了……我送你到門口。」

㉚ 奧許維茨（Auschwitz）是二戰時納粹德國於波蘭設立的集中營，負責執行滅絕猶太人的任務。一九七九年由聯合國教科文組織列入世界文化遺產，為歷史罪行留下見證。

7

我們等待著一個前科犯上門來奪取米蘭妲的性命，卻居然能在這段期間形成一個還滿愉快的作息。懸疑的氣氛，部分被亞當的推理減輕，過了幾天微微擴散，然後是過了幾週變得更稀薄，反倒讓我們更加珍惜日常生活。很平常的事情都變成一種安慰。味同嚼臘的食物，一片吐司，都能在殘溫中保證每一天的生活照常——我們能過得了這一關。整理廚房，我們不再讓亞當獨做，牢固了我們對未來的掌握。邊喝咖啡邊看報是一種不認輸的行為。趴在扶手椅上讀附近的布里克斯頓的暴亂或是柴契爾夫人為組織歐洲單一市場的不遺餘力，然後抬頭一瞥，納悶門口是否站著一名強暴犯兼企圖殺人犯，這種事其實還滿滑稽或荒謬的。想當然耳，死亡威脅讓我們更團結，即使我們漸漸認為只是口頭恫嚇。米蘭妲現在住在我這裡，我們終於是一家人了。我們的愛情茁壯。亞當不時會宣稱他也愛她。他似乎不感覺到醋意，有時對她還有點冷漠，可是他繼續寫他的俳句，每天早晨陪她走到地鐵站，傍晚再護送她回來。她說她在倫敦中央的人海中覺得安全。她父親可能早就忘了她的大學的附屬建築的名稱和地址，他對高林吉不會有幫助。

她的研究更加緊鑼密鼓，更長時間不在家。她把論穀物法的論文交出去了，現在正在寫一篇短篇論文，主題是反對在探索歷史時使用設身處地這種方法，預備在夏季課程的專題研討會上宣讀。還有她的小組都必須寫一篇評論雷蒙．威廉斯㉛某句話的文章：「沒有……群體，只有把人民視為群體。」她常常回家來非但不覺得虛脫，反倒還精力旺盛，甚至是興高采烈，對於家事、對於整齊、對於布置家具有全新的興趣。她想要清洗窗子和浴缸，想把周邊的瓷磚都刷洗乾淨。她也打掃自己的公寓，亞當做助手。她想在餐桌上擺黃色的鮮花，烘托她從樓上拿下來的藍色桌布。我問她是不是有什麼事瞞著我，她會不會是懷孕了，她很有力地說沒有。我們是樓上樓下的鄰居，我們需要窗明几淨。不過我的問題讓她覺得好玩。我們現在絕對是更親近了。她白天不在家給我們的夜晚一種慶祝的氣氛，雖然夜幕降臨隱隱會有威脅感。

我們還有一個簡單的理由能在脅迫下快樂——我們更有錢了。很多錢。我去了康頓之後，就以各種不同的角度來看亞當。我密切觀察他是否有什麼存在的煩憂。他就和圖靈說的孤獨牛仔一樣，夜間在數位山水中徜徉。他一定已經知道了人類對人類的暴行，但是我沒看到什麼絕望的跡象。我不想要開啟這類的對話，太快讓他走進奧許維茨的大門。我反而為了自己的利益

㉛ 雷蒙．威廉斯（Raymond Williams, 1921-1988）是英國著名的文化批評者、學者、馬克思主義的批評家，也是知名的傳播理論家。

決定讓他忙一點。該是他賺生活費的時候了。我把座位讓給他，讓他坐在我的臥室中的骯髒螢幕的前面，存了二十鎊到帳戶裡，就放手讓他操作。我驚訝地發現在快結束時他只剩下兩鎊。他為自己的「飄飄然的冒險」道歉，所以他才會忽略了他所知的一切或然率。他也沒能辨認出市場的類綿羊的本質：有一兩個備受肯定的人物驚慌失措，就會有一整群跟著恐慌。他答應會竭盡所能來彌補他折斷我的手腕的事。

翌晨，我又給了他十鎊，說這可能是他做這份差事的最後一天。那天晚上六點之前，他的十二鎊變成了五十七鎊。四天後，帳戶裡多達三百五十鎊。我領出兩百鎊，一半給了米蘭妲。我考慮要把電腦移到廚房裡，讓亞當可以趁我們睡覺時進亞洲市場去操作。

那一週有一天我看了看他的交易記錄。單日收益，他的第三天，是六千鎊。他在不到一秒之內買了又賣。有時間距是二十分鐘，他什麼也沒做。我假設他是在觀察等待，計算得失。他操作瞬間的貨幣波動，匯率僅僅是極微小的震動，然後以極微小的數量增加收益。我從門口觀察他工作。他的手指頭在古舊的鍵盤上飛舞，聲音就像是把小石頭往石板上倒。他的頭和胳臂僵硬，這個時候真的就像是機器人。他設計了一個圖表，水平軸代表過去的每一天，垂直軸是他的，或者該說是我的累積利潤。我買了一套西裝，是我離開法律界之後的第一套。米蘭妲穿著一件絲質洋裝回家來，用軟皮皮包裝書。我們換了新冰箱，可以供應碎冰塊，又把舊爐子換掉，同一天我們買了許多昂貴的義大利製厚底鍋。十天之內，亞當的三十鎊本錢就生出了第一桶的一千鎊。

更優質的雜貨，更上等的美酒，我的新襯衫，她的異國內衣——這些都是小山丘漸漸堆積出在我們眼前展開的財富高山。我又開始作夢在對岸買一棟房子。一個下午我獨自一人在諾丁丘和拉德布魯克林的灰泥、粉彩色豪宅間漫步，詢問房價。八〇年代早期，十三萬鎊就能讓你住得相當奢華。搭公車回家時，我自己推估：要是亞當以目前的速度繼續下去，要是他的圖表上的曲線穩定向上攀升……嗯，不出幾個月……而且還不必貸款。可是米蘭妲卻懷疑這樣子不勞而獲正常嗎？我也總覺得不正常，卻說不上來我們是偷了誰或是偷了什麼。當然不是偷了窮人的錢。我們是踩在誰的頭頂往上爬的？遠方的銀行？我們決定了這就像是每天玩賭盤贏錢。這樣的話，米蘭妲有天晚上在枕邊跟我說，就一定會有輸的一天。她說的對，這是或然率的道理，而我無言可答。我領出了八百鎊，給了她一半。亞當繼續工作。

有人一看見「等式」這個詞，思想就會像憤怒的鵝一樣挺頸昂首。我不像他們，不過我能理解。我試圖了解圖靈對 P/NP 問題的解答完全是因為他的招待，可是我根本連問題本身都不了解。我讀過他的原始論文，卻超出了我的程度——太多不同形式的括號，還有概括其他證據或是全套的數學系統史的符號。有個令人迷惑的「iff」——並不是拼錯字。意思是「若且唯若」。我讀了別人對解答的反應，數學同行向媒體以門外漢的詞彙來說明。「革新的天才」，「令人屏息的捷徑」，「正交演繹的壯舉」，以及，最精彩的，出於菲爾茲獎[32]得主之口，「他在後方留下了許多門，只開了一小條縫，他的同儕必須全力以赴才能進一扇門，努力跟上他穿過下一扇門。」」

我回頭來研究P/NP問題。我學到了P代表多項式時間，而N代表非決定性的。說了等於沒說。我第一個有意義的發現是如果等式不是真的，那就會極度有幫助，因為那時人人都可以停下來思考這個等式。可如果有一個毫無疑問的證明，說P真的等於NP，那麼回頭看以這些名詞在一九七一年寫出這個問題的數學家史蒂芬·庫克的說法，就會有「可能極驚人的實際的後果」。但是問題是什麼？我看到了一個例子，一個顯然很出名的例子，只有一點點的幫助。一名旅行推銷員的責任區是一百個城市，他對於兩個城市之間的距離瞭如指掌。他必須要造訪每個城市一次，然後再回到他的起始點。那麼他最短的路徑有多長？

我慢慢了解了接下來的部分：可能的路徑有非常多條，比可觀察到的宇宙中的原子數量還要多得多。就算是強大的電腦也沒辦法在一千年中算出每一條的路徑。如果P等於NP，就有一個找得到的正確答案。可如果有人給了推銷員最快的路徑，可以用數學快速證實為正確的答案。但只能在事後。沒有一個確實無疑的解答，或是沒拿到最短路徑之鑰，推銷員會仍在迷霧之中。圖靈的證明對其他的問題有深奧的影響——像是工廠物流，DNA 排序，電腦安全，蛋白質折疊，以及非常重要的機器學習。我讀到圖靈的老同事對於密碼學有很大的意見，因為他最後釋出給大眾的解決方法吹亂了編碼人的藝術基礎。有位批評家說原本是應該要成為「珍貴的祕密，由政府獨占的。我們對敵時原可占盡優勢，因為我們能悄悄破解他們的加密訊息。」

我只到此為止。我是可以要亞當解釋給我聽的，可是我有我的尊嚴。我的尊嚴已經凹了一塊了——他一週賺的錢比我三個月賺得還多。我接受了圖靈的保證，說他的解決方法能夠讓軟體允許亞當和他的手足使用語言，進入社會，學習社會現象，甚至代價是導致自殺的絕望。

我沒辦法驅散腦海中那兩個夏娃的畫面，她們死在彼此的懷中，不是被阿拉伯傳統的女性角色束縛得透不過氣來，就是被她們對世界的了解害得愁腸百結、難以為繼。說不定真的是因為愛上了米蘭妲，另一種形式的開放系統，才讓亞當穩定的。他當著我的面把他剛寫的俳句念給她聽。除了我沒讓他寫完的那一首之外，大多數都是浪漫多於肉麻，偶爾平淡收斂，卻感人，特別是專注描寫某個珍貴的一刻，像是站在北克拉彭車站的售票亭外看著她從電扶梯下來。或

㉜ 菲爾茲獎（Fields Medal）正式名稱是國際傑出數學發現獎，是四十歲以下數學家的最高榮譽，被稱為數學界的諾貝爾獎。

是拿起她的外套感覺到衣料上的體溫，順便提起一個永恆的真理。或是透過隔開廚房與臥室的牆壁偷聽到她說的話，他欽仰她聲音的高低起伏，音樂般的節奏。有一首我們兩個都看不懂。他事先為音節異常而致歉，保證會再潤色。

當然非犯罪，
若正義與
愛個犯人對稱？

米蘭妲嚴肅地聽每一首俳句，從不批評。最後她會說：「謝謝你，亞當。」私底下，她跟我說她覺得我們是處在一個重大的轉折點上，人造智能居然對文學能夠有這麼重大的貢獻。

我說：「在俳句上，大概吧。可是長一點的詩歌、小說、戲劇，得了吧。把人類經驗轉化為文字，把文字轉化為美學結構，不是機器能辦得到的。」

她給了我懷疑的表情。「誰在說人類經驗來著？」

就是在這一段既緊張又平靜的插曲中我接到位於梅菲爾的辦公室的通知，工程師的家訪時間到了。我是在一間有木鑲板的套房裡完成交易的，是那種非常有錢的人會買遊艇的地方。在我簽的各種文件中有一份是保證製造商在一定期限內將能夠召回亞當。現在，辦公室打了兩通電話，又取消了一次會面之後，敲定了隔天早晨工程師來訪。

「我不知道他會怎麼做，」我跟米蘭妲說。「這個傢伙如果要按他的關機鍵，就算亞當肯讓他關，也關不掉。可能會有麻煩。」我想到了一段兒時回憶，我母親跟我帶我們家那隻緊張的阿爾薩斯狼狗去看獸醫，因為牠吃掉了一副雞架子，四天沒有排便。最後還是靠顯微手術才保住了獸醫的食指。

米蘭妲想了想。「要是艾倫·圖靈說的對，工程師一定處理過這個情況。」我們也就不去深究了。

工程師是女性，叫莎麗，沒比米蘭妲大多少，個子高，有點駝背，五官稜角分明，脖子長得非比尋常。可能是脊柱側彎。

她走進廚房，亞當有禮地起立。「啊，莎麗，我在恭迎大駕。」他和她握手，兩人隔著餐桌面對面而坐，米蘭妲和我則在旁邊徘徊。工程師不願喝茶或是咖啡，只要一杯熱水就夠了。她從公事包中拿出筆電，打開來。亞當很有耐性地坐著，表情不慍不火，一言不發，所以我覺得我應該說明關機鍵的事。她卻打斷了我。

「他需要有意識。」

在我的想像中她會把他關掉，以便掀開他的頭蓋骨檢查他的各個處理單位。我很想看一眼。誰知她用紅外線就能看了。她戴上老花眼鏡，敲了一個長密碼，跑過一頁又一頁的編碼，橘色的符號快速改變。心理過程，亞當的主觀世界，閃動在我們的眼前。我們默默等待。這就像是醫生來床邊診斷，而我們吊著一顆心。偶爾，莎麗會說「呃呃」或「嗯」，敲入指令，螢幕上出現另一頁編碼。亞當掛著最模糊的笑容。我們很訝異他的實體基礎居然能夠以數字展示出來。

最後，莎麗以那種習慣了不假思索就會服從的平靜語氣跟他說：「我要你想愉快的事。」他的視線移向米蘭妲，而她也筆直看回去。螢幕上的數字像碼錶一面疾掠。

「好，你討厭的事。」

他閉上眼睛。筆電螢幕上看不出愉快和討厭的事有何分別。

這個程序持續了一個小時。莎麗要他在腦子裡從一千萬倒著數回來，一二九個一數。他照做——這一次我們能在螢幕上看見他的成績——不到十分之一秒。如果是我們的古老的個人電腦，我們也不會覺得多了不起，可是這是一個模擬人。有時，莎麗默默盯著螢幕，偶爾在手機上作筆記。最後，她嘆口氣，敲入指令，亞當的頭就垂了下來。她繞過了故障的關機鍵。

我不想像個白痴，卻不得不問。「他醒了之後會不高興嗎？」

她摘下眼鏡，折好。「他不會記得。」

「依妳看，他正常嗎？」

「完全正常。」

米蘭妲說：「妳有沒有改變他哪裡？」

「當然沒有。」她站了起來，準備離開，但是契約上賦予我得到回答的權利。又一次，我請她喝茶，她嘴唇微微一抿，拒絕了。我和米蘭妲雖不是有意的，卻擋住了她的去路。她的頭似乎在長長的脖子上搖晃，居高臨下看著我們。她抿著嘴唇，等著我們的訊問。

我說：「別的亞當和夏娃呢？」

「據我所知，都正常。」

「我聽說有些很不快樂。」

「沒有那回事。」

「利雅德的兩個自殺了。」

「胡說八道。」

「有多少個讓關機鍵故障？」米蘭妲問。康頓會面的事她點滴皆知。

莎麗像是放鬆了下來。「不少個。公司的政策是不插手。這些是會學習的機器，而我們的決定是既然他們想要，他們就應該維護他們的尊嚴。」

「那溫哥華的這個亞當呢？」我說。「對於摧毀原生森林的事絕望到把自己的智力降低了。」

這下子電腦工程師集中精神了。她仍然緊抿著嘴唇，說話聲音很輕。「這些是世上最先進的機器，領先市場上所有商品好幾年。我們的競爭者在擔心，最卑劣的就在網路上散布謠言。這些故事都偽裝成新聞，其實是假的，是假新聞。這些人知道我們很快就會擴大生產，單位成本就會下降。這個已經是有利可圖的市場了，可是我們會是第一個製造出全新產品的人。這一行的競爭很激烈，而有些人完全不知羞恥。」

她說完時臉紅了，我感同身受。她沒想到她會說這麼多。

可是我不為所動。「利雅德的自殺故事消息來源是絕對可靠的。」

她又平靜了下來。「你們很客氣，願意聽我說完。這種事不值得一辯。」她作勢要離開，繞過了我們。米蘭妲跟著她到門廳，送她出去。大門打開時，我聽見莎麗說：「他在兩分鐘之後會重新啟動，他不會知道關機過。」

亞當醒來的時間比她說得短。米蘭妲回到房間時他已經站起來了。「我該去工作了，」他說。「聯準會今天可能會提高利率，交易市場會有一堆的欒子和勾當。」

欒子和勾當都不是我們兩個說過的話。亞當經過了我們面前，正要進臥室，又停下來。「我有個建議。我們談過要去索爾茲伯里，然後又延期。我覺得我們應該去探望妳父親，趁我們到那邊時，我們可以去拜訪一下高林吉先生。何必等他過來這裡嚇我們呢？讓我們去嚇他，或者至少跟他談一談。」

我們倆看著米蘭妲。

她想了想。「好吧。」

亞當說：「好。」然後就進了房間，而我在胸口感覺到了，那句冷冷的老掉牙的話：我的心在往下沉。

¶

那段期間，也就是橫陳在我去拜訪圖靈以及遠征索爾茲伯里之間的平穩期，結束之前，我的投資帳戶裡累積了超出四萬鎊的財富。很簡單——亞當賺得越多，他就越輸得起，他投資得越多，滾進來的錢也就越多。一切都以他的閃電速度完成。白天，我的臥室，我平常的避難所，是他的。他的圖表上的曲線僵硬，而我開始消化我的新情況。米蘭妲堅決反對把筆電移到餐桌上。太侵擾我們的公共空間了，她說。我能了解。

失業率超過了百分之十八，經常是頭條新聞。我覺得我也屬於這一群不快樂的失業民眾，事實上，我是屬於那些富貴閒人。有錢我當然開心，但是我不能一整天想著錢。我坐立不寧。跟米蘭妲來一趟南歐豪華之旅倒是能讓我稱心如意，可是她被倫敦和她的功課綁住了。她害怕不在的時候她父親會出什麼事。高林吉的威脅，越來越不切實際，但仍有力量圈禁我們的野心。

找房子或許能夠填補我的時間，可是我已經找到房子了。是在埃爾金月牙街上的華宅，塗著粉紅色白色的灰泥，像結婚蛋糕。屋子裡鋪著橡木寬地板，陽剛的大廚房，光亮的不鏽鋼廚具，還有溫室，法國黃金時代的鍛鐵框架，一座日式庭園鋪著光滑的河石，臥室有三十呎寬，大理石浴室，能夠在不同角度的水流下漫步。屋主是個綁馬尾的低音吉他手，並不急著脫手。他是某支算是有名的樂團成員，正忙著辦離婚。他親自帶我看屋，幾乎不講話。他的售屋條件是只收現金，五十鎊鈔票，兩千六百張。我沒有異議。

我唯一的工作就是到銀行去再領出另外四十張鈔票——每天最高限額是兩千鎊。也不知是為什麼，我並沒有在銀行開個保險箱。我隱隱覺得我是在做什麼違法的事情。當然，屋主像是在隱藏基金不讓他的前妻發現。我把鈔票塞進行李箱裡，藏在床底下。

除此之外，我就自由得不知道該把手腳往哪兒擺了。就是在這個時間，九月份，人人都開始做些新鮮事。米蘭妲在計畫她的論文。我在公園裡散步，琢磨著是否要再繼續念書，取得執照。也該是採取適當的作為，不負我的聰明才智，讀個數學學位了。或者，另闢蹊徑，清乾淨我父親的無價薩克斯風，學習咆勃樂的合音祕技，加入某個團體，過著比較放縱的生活。我不知是該更正規一點或是更放浪一點。魚與熊掌不可兼得啊。這些野心把我累壞了。我想躺在夏末被踩壞的草皮上，閉上眼睛。我試著安慰自己，在我走完公園再走回去的這段時間裡，亞當在我的臥室裡就會幫我再賺入一千鎊。我的債務都清償了，我在一棟耀眼的都會屋子上付了現金訂金。我戀愛了。我還有什麼不滿意的？可我就是不滿意。我覺得自己是廢物一個。

如果我真的在草地上躺下來，閉上眼睛，我可能會看見米蘭妲從浴室出來，穿著新內衣走向我，就跟昨晚一樣。我會流連在那副美麗的、期待的似笑非笑的表情上，她慢慢靠近，赤裸的雙臂環住我的肩膀，以蜻蜓點水似的一個吻逗弄我。管他什麼數學還是音樂的，我只想要跟她做愛。我一整天真正在做的事就是等她回來。如果我們很忙，或是她累了，我們沒在晚上或是大清早做愛，隔天我的專注力就會下降，我的將來會是一副重擔，壓得我的四肢酸疼。我像在半勃起狀態中活動，一種慢性的心理黃昏。沒有她的領域我都沒法子端正自己的態度。我們的新階段精彩不已、令人驚歎，其他的事情則乏善可陳。我們相愛——這是漫長的下午裡我唯一連貫的思路。

有性，然後有談話，直談到深夜。我現在什麼都知道了：她母親的忌日，她記得很清楚；

她父親，他的慈祥和疏遠點燃了她的孺慕之情；還有瑪麗恩。在瑪麗恩死後幾個月，米蘭妲去了溫徹斯特的一間清真寺——她不敢參加她的家人在索爾茲伯里的禱告。等她到倫敦繼續上清真寺之後，她不是信徒這一點漸漸讓她卻步。她覺得像騙子，於是不再去了。

我們談論父母，就像認真的年輕情侶一樣，說明我們為什麼會是這樣的人，我們珍惜之物以及我們逃避的事情。我母親，珍妮·傅廉，在一處大型的半郊區擔任社區護士，我小時候總覺得她永遠都是筋疲力盡的樣子。後來我才了解我父親的缺席以及外遇比她的工作更銷磨她。他們始終對彼此沒有多少好感，雖然他們不會在我的面前吵架。可是他們的關係很緊張。用餐時間悶悶不樂，有時沉默得很僵硬。對話通常都是由我來傳遞的。我母親可能會在廚房跟我說：「去問你父親他今晚會不會在家。」他是有名的巡迴演奏家，全盛時期麥特·傅廉四重奏曾在朗尼·史葛的爵士樂俱樂部表演，還灌了兩張唱片。他那種主流爵士樂的聽眾群主要是五十多歲到六十出頭的人，年輕的、酷的則被流行樂和搖滾樂風靡了。咆勃爵士被塞進了神龕，有點神聖不可侵犯，是皺著眉、滿腦子當年勇、愛發牢騷的人的專利。我父親的收入縮水，而他的出軌和酗酒則有增無減。

米蘭妲聽完之後說：「他們並不愛對方，可是他們愛你嗎？」

「愛。」

「謝天謝地！」

我第二次去埃爾金月牙街時她也去了。低音吉他手滿臉皺紋，下垂的八字鬍和大大的褐色眼睛更添哀愁。我在那雙眼睛中看見我們，一對前景光明的年輕夫妻，荷包滿滿的，就要重蹈他所有的錯誤。米蘭妲認可這裡，只是她並不像我那麼興奮。她知道在大房子裡長大的滋味。可是我們一個房間一個房間參觀時，讓我感動的是她想要挽著我的胳臂。

回家途中她說：「看不到女人的痕跡。」

她是話中有話？不是房子本身，她說，而是住在裡面的人。或是沒有住的人。完全是依照室內設計師的夢想裝潢的。簡樸、寂寞、太過完美，需要有人來弄亂。矮桌上堆的藝術巨冊翻都沒人翻過，除此之外就連一本書也沒有。廚房沒有煮過一餐飯。冰箱裡只有杜松子酒和巧克力。石頭花園需要色彩。她說這些時，我們正沿著肯辛頓教堂街往南走。我為屋主感到難過，他的樂團雖然不是平克．佛洛伊德㉝那種等級的，可也都是上大場面的。我對他的態度是明快乾脆，假裝是在公事公辦，保護自己，掩飾我對買房的一無所知，假設權力與地位都是他的。

㉝ 平克．佛洛伊德（Pink Floyd）是一九六五年在倫敦成立的一支搖滾樂團，後逐漸發展成前衛搖滾樂團，享譽國際。

現在我發現他也可能一樣茫然。

隔天我想著他，甚至考慮要聯絡他。那副愁容讓我難以釋懷，我甩不掉那兩撇哀傷的八字鬍，綁著馬尾的橡皮筋，眼角如蛛網般的細紋，分叉出來直達太陽穴、幾乎延伸到耳朵的裂紋。年輕時候太常因為吸毒而咧嘴傻笑的結果。現在我只能透過米蘭妲的眼睛看這棟房子。一塵不染的真空，缺少連結、興趣、文化，完全找不出音樂家或是旅行家的特色。甚至沒有報紙或雜誌。牆上白茫茫一片。空洞的櫥櫃裡沒有壁球球拍或是足球。他在這裡住了三年，他跟我說的。他名利雙收，卻住在一棟失敗之屋裡，可能也是放棄希望之屋。

我漸漸當他是我的分身，我被剝奪了文化的兄弟，窮得只剩錢。我一直到十幾歲都沒看過戲劇、歌劇或音樂劇，或是聽過現場音樂會，只聽過兩場我父親的，也沒去過博物館或是藝廊，或是單純為旅遊而出門。沒有床邊故事。在我父母的過去裡沒有一本童書，我們家裡沒有書，沒有詩歌或神話，沒有公然表達的好奇，沒有永久的家庭笑話。麥特和珍妮·傅廉都很忙，工作上孜孜矻矻，但是生活上就像兩個陌生人。我在上學時很喜歡難得一次的工廠參觀，後來，電子學，甚至是人類學，尤其是律師證照，都取代不了心靈生活的教育。所以，好運帶來了夢想中的機會，讓我不必流汗出力，讓我的荷包塞滿了黃金，我就癱瘓了，不能動了。我一直想要有錢，卻從來沒問過為什麼。我除了色欲以及河對岸的一棟房子之外沒有別的欲望。別人或許會抓住這個機會去看看大萊普提斯遺址㉞或是追循史蒂文斯的腳步穿過塞文山脈㉟，或是寫一本專著討論愛因斯坦的音樂品味。我還不知道該如何生活，這方面我沒有淵源，而且我也並沒有利用我十五年的成人生活來一探究竟。

我大可指向我偉大的收穫、指向那個人造的事實（亞當）、指向他和他的同類可能帶領我們走的方向。不用說，實驗必定有個崇高的精神。把我繼承來的錢一古腦投注在一個有實體的意識上，難道不算豪邁，甚至是一丁點神聖的味道？低音吉他手哪能相提並論。可是——諷刺的地方在這裡。有天下午我走進廚房，亞當從冥想中抬起頭來，跟我說他了解了一番佛羅倫斯、羅馬和威尼斯的教堂，以及裡頭掛的畫。他正在形成他的看法。巴洛克風格尤其讓他著迷。他極其推崇阿特蜜希雅·真蒂萊希㊱，而他想要告訴我原因。另外，他最近也

㉞ 大萊普提斯（Leptis Magna）遺址在利比亞首都以東一百三十公里處的胡姆斯附近。公元前一千年腓尼基人在此建城，公元前一一一年併入羅馬共和國領土，成為北非的重要城市與貿易據點。

㉟ 世界名著《金銀島》的作者史蒂文斯在一八七九年出版了一本《騎驢走塞文》（Travels With a Donkey in the Cevennes），是開創戶外文學的經典之一。

㊱ 阿特蜜希雅·真蒂萊希（Artemisia Gentileschi, 1593-1652/1653）是義大利巴洛克畫家，在那個女畫家極為罕見的年代中，她率先創作了歷史與宗教畫。

讀過菲利普·拉金㊲的詩。

「查理，我很珍惜這種平凡的聲音以及這些無神的超常時刻！」

我能說什麼？有時候亞當的熱忱讓我覺得無聊。我才剛從另一次漫無目標的公園漫步中回來，所以我只點個頭就離開了廚房。我的腦筋一片空白，他的則越裝越多。

米蘭妲白天大多不在家，她一回來就忙著跟她父親通電話，然後是做愛，然後是晚餐，然後是談論埃爾金月牙街，很少有時間把我的不滿告訴她，更少有時間勸她打消去索爾茲伯里找出高林吉的念頭。我們最持久的對話發生在工程師來訪的那天晚上。之後一、兩天氣氛都滿緊張的。

我們坐在床上。

「妳是想要做什麼？」

她說：「我想要當面跟他對質。」

「然後呢？」

「我要他知道他坐牢的真正原因，他得面對他對瑪麗恩做的事。」

「很可能會出現暴力。」

「我們有亞當。而且你也很壯，對不對？」

「瘋了。」

我們有一陣子沒有吵過架了，這次差不多了。

「為什麼，」她說，「亞當能看出道理來，你就不能？為什麼——」

「他想殺了妳。」

「你可以在車上等。」

「那他拿著菜刀來追殺妳，怎麼辦？」

「你可以在法庭上作證。」

「他會殺了我們兩個。」

「我不在乎。」

這段對話太荒謬了。我們聽見隔壁房間亞當在洗晚餐的杯盤。她的保護者，她的前情人，仍舊愛著她，仍然讀他簡短晦澀的詩給她聽。他和他擁擠的電路都牽連了進來。這次的造訪就是他出的主意。

她似乎猜到了我的想法。「亞當了解。很遺憾你不了解。」

㊲ 菲利普・拉金（Philip Larkin, 1922-1985）是英國詩人，爵士樂評論家。被譽為繼艾略特（T.S. Elliot, 1888-1965）之後二十世紀最具影響力的英國詩人。

「妳以前很害怕。」

「我現在很生氣。」

「那寫信給他。」

「我要當著他的面說清楚。」

我改弦更張。「那妳的不理性罪惡感呢？」

她看著我，等待下文。

我說：「妳是想糾正一個不存在的錯誤。並不是所有被強暴的人都會自殺。妳並不知道她會怎麼做，妳是在儘量當她忠實的朋友。」

她張口欲言，但是我拉高了聲音。「聽著，我會幫妳說出來。不是妳的錯！」

她從床上站起來，走過書桌，瞪著電腦整整一分鐘，卻視而不見吧，螢幕保護裝置的一縷縷扭動的彩虹。

最後她說：「我要去散步。」她抽走椅背上的毛衣，走向門口。

「叫亞當陪妳。」

他們出去了一個小時，等她回來，她跟我道晚安，聲音不慍不火。我跟亞當坐在廚房裡，決定要追根究柢。這一次要旁敲側擊。我正要問今天的工作如何——這是我問今日所得的婉轉說法——忽而注意到他有所改變，我在晚餐時沒看見。他穿著黑西裝，白襯衫的衣領沒扣，腳上是黑色麂皮樂福鞋。

「你喜歡嗎？」他拉拉翻領，頭轉向一邊，模仿走秀的姿勢。

「這是怎麼回事？」

「我穿膩了你的舊牛仔褲和T恤，而且我認為你床底下的錢有部分是我的。」他警戒地看著我。

「好吧，」我說。「你說得也有道理。」

「大概一個星期之前。你下午出去了，我搭了計程車，當然是我的第一次，到齊爾滕街去，買了那套西裝、三件襯衫、兩雙鞋子。你真應該看看的，我試穿褲子，指著這個那個的。我有十足的說服力。」

「當人類嗎？」

「他們叫我先生。」

他往後靠著椅背，一條胳臂放在餐桌上，西裝外套被精實的肌肉撐起，一條皺褶都沒有。他的樣子就像是那些漸漸滲透我們這個社區的年輕專業人士。西裝非常搭配他有如斧鑿的五官。

他說：「司機一路都在聊天，他女兒剛申請到大學，是家族裡的第一個。他得意極了。我下車付錢時，還跟他握手。可是那晚我作了一點研究，結論是演講、專題討論，尤其是導師輔導課在傳授知識方面是很沒有效率的。」

我說：「咳，別忘了它的核心價值。圖書館、重要的新友誼、某位可能點燃你心中的火的老師……」我的話沒說完，這些我都沒遇到過。「那，你推薦什麼？」

「直接的思想轉移。下載。不過，嗯，當然，生物學上……」他也話說到一半，不希望對我的有限能力太多批評。然後他表情一亮。「說到這個，我終於念完莎士比亞了。三十七本劇作，我好興奮。好精彩的人物！對人性的了解真是通透。法斯塔夫、伊阿高——直接從紙張上走出來。可是最精彩的創作是哈姆雷特。我一直想跟你討論他。」

我沒讀過這一本，也沒看過舞台劇，不過我覺得我有義務假裝我讀過。「啊對，」我說。「命運的矢石。」

「有誰能把一個心靈，一個特別的意識描繪得這麼精闢？」

「喂，在我們討論這個之前，我們還有一件事需要談一談。高林吉。米蘭姐鐵了心要這麼做。可是太愚蠢了，太危險了。」

他用指尖輕敲桌面。「是我的錯。我應該要把我的決定解釋清楚——」

「決定？」

「建議。我做了些調查，我可以帶你們解決這件事。有一般的考慮，也有根據經驗的研究。」

「可能會有人受傷。」

我說了等於白說。

「我希望你能原諒，在這個階段我有些事不能告訴你。意思是我省略了一些最後的細節，別逼問我。事情已經在進行中了。不過，聽著，查理，我們都不能活在這種威脅之下，無論有多不可能，尤其是米蘭妲。她的自由被侵犯了，她時時刻刻都焦躁不安，這種情況可以持續幾個月，甚至是幾年。沒有人能受得了。這是我的看法。所以。我的第一個任務就是找出最近似彼得·高林吉的人。我上了他和米蘭妲的舊學校的網站，找到了那一屆的相片，果然找到了他，在後排，非常粗壯的一個傢伙。我也在校刊上找到他，在橄欖球和板球季的文章上。然後當然是審判時的新聞報導。很多遮住頭臉的相片，不過我找到了一些有用的，再結合我已知的線索，合成了一幅高解析度的肖像，再加以掃描。接下來，這一步就好玩了，我設計了一個非常專門的臉部辨識軟體，然後駭進了索爾茲伯里區議會的監視系統。我啟動了辨識演算法，從他出獄後的時段開始追溯。這裡有點棘手。遇到了一些挫折和軟體毛病，主要是因為鎮議會的程式老舊。利用高林吉的姓來找出他父母的房子位於小鎮的邊緣，這一點很有幫助，儘管他們住的地區並沒有監視器。最後，我得到了很清楚的比對，在他搭公車回小鎮時，從不同的地點挑出他來。我可以一條街一條街、一個監視器接一個監視器跟著他，只要他是在鎮中心或是附近。他一直來來去去同一個地方。別費腦筋去想哪裡了。他的父母仍在海外，可能是不想看見他們的前科犯兒子。我研判出了一些結論，讓我認為去找他並不會有危險。我跟你說的話也跟米蘭妲說過，她知道的也跟你一樣多。在這個階段我不會再多說什麼，我只請你相信我。好了，查理，拜託，我非常希望聽聽你對《哈姆雷特》的看法，對莎士比亞在第一場演出扮演他父親鬼魂的看法。還有《尤里西斯》的奈斯托那一章，史蒂芬的理論是什麼？」

「好吧，」我說。「不過你先說。」

¶

兩樁性醜聞之後兩名官員辭職下台，又一個因心臟病奪命，再一個是在鄉道上酒駕撞車，還有一個因原則問題而反叛所屬政黨——七個月內政府輸掉了連續四次的補選，多數黨的優勢一下子少掉了五席，現在就如報上所說，「命懸一線」。而這條線有九個席次之粗，可是柴契爾夫人至少有十二個不聽話的普通議員，他們最主要的關切是最近通過的「人頭稅」立法會摧毀執政黨下一次的大選。這項稅收資助地方政府，取代基於房屋出租價格的舊制。每名年滿十八歲的成人現在稅率一致，無論收入多少，但是學生、窮人以及登記的失業人口則減稅。新稅法提交到國會的速度超過了大眾的預期，儘管首相七年前就草擬了計畫，在她仍是反對黨黨魁之時。它寫在政黨宣言中，可誰也沒把它當一回事。現在稅法出爐了，寫進法典裡了，「生存稅」，難以徵收，而且不受歡迎。柴契爾夫人撐過了福克蘭戰敗，而今，仍在她的第一任期，她很可能因為自己的立法失誤而倒台。《泰晤士報》上一名輿論領袖就說是「無法原諒之舉，自殘的原因令人無法理解。」

而同時，忠誠的反對黨則情勢大好。年輕的嬰兒潮世代愛上了托尼·本恩。在極力擴增黨員人數之後，高達七十五萬多人加入了反對黨。中產階級學生與勞動階級青年結合為一群憤怒的支持者，巴不得投下他們神聖的第一票。商會老闆這些見過大風大浪又精明圓滑的人發現自己在會議中被滿腦子奇異新點子、口齒伶俐的女性主義者吼下台。新式的環保人士、同性戀解放者、斯巴達克同盟㊳、情境主義者、千禧世代共產黨徒以及黑豹黨員㊴都在給老左派惹麻

㊳ 斯巴達克同盟（Spartakusbund）是德國社會民主黨左翼在一九一五年建立的反戰革命組織，後在一九一八年擴張為德國共產黨。

㊴ 黑豹黨（Black Panter Party）是活躍於一九六六至一九八二年的美國組織，主張黑人民族主義與社會主義。

煩。本恩出席造勢大會時，受歡迎的程度直比搖滾巨星。他發表政策時，即使是在逐項條列他的工業政策，人群中都會響起歡呼與贊同的口哨聲。他在國會的反對者以及媒體不得不承認他的演說言之有物，很難在電視攝影棚裡擊敗他。力挺本恩的鐵粉出現在地方政府委員會中，決心要清除國會工黨的「猶豫溫和派」。這股運動似乎勢不可擋，大選越來越近，保守黨的反叛者沮喪失望。「她非走不可」變成了口耳相傳的口號。

此外還有傳統的打砸暴動——砸碎窗戶，放火燒商店和汽車，設路障阻擋消防車。托尼・本恩譴責暴亂份子，可是人人都承認混亂有助於他的選情。還有人計畫要遊行穿過倫敦中心，這一次的目的地是海德公園，而本恩會發表演說。我也支持他，卻謹慎小心，我擔心那些肅清和暴動，以及追隨本恩的那些托洛茨基派的不祥宣言。我自認自己是個不猶豫的溫和派，也覺得「她非走不可」。米蘭妲又有一場專題討論會，可是亞當想去。我們撐著傘走在雨中，到斯托克韋爾地鐵站去搭往綠園站。我們抵達皮卡迪里時太陽突然露臉，藍色的天空上堆疊著大片的白色積雲。綠園的樹木滴著水，散發出一種擦亮的黃銅色。我沒能勸亞當別穿那套黑西裝。他倒是在我的書桌抽屜裡找到了一副舊太陽眼鏡。

「這樣不大好，」我說，我倆拖著腳步跟著人群走向海德公園角。後方遠處有伸縮長號、鈴鼓和低音鼓的聲音。「你的樣子就像個特務，被托尼粉看見肯定會修理你。」

「我是特務啊。」他大聲說，我趕緊東張西望。沒事。附近的人在唱〈我們一定會勝利〉（We Shall Overcome），這首歌激昂的情緒卻被一開口的走音破壞殆盡，第二句也好不到哪裡去。我聽到第三句，音階莫名其妙地下降，擠進了「利」這個字裡，忍不住縮了縮。我討厭這首歌。我的心情，我發現，暮氣沉沉的。歡樂的人群對我就有這種影響。搖晃的鈴鼓讓我想起了蘇活廣場上那些剃光頭的哈瑞奎師那㊵受騙者。我的鞋子濕了，我的心情低落，我一點也不想征服。

公園裡大約有十萬人介於我們所站之處和主舞台之間。是我選擇站在後面的。而在我們前方則像鋪開了一條人肉毯子，臨時愛爾蘭共和軍丟個炸彈就能把我們炸個粉身碎骨。本恩演說之前還有幾個人演講，還滿值得一聽的。模糊不清的小人兒透過強力廣播系統全力放送他們的思想。我們全都反對人頭稅。一個知名的流行歌手上台，台下響起熱烈的掌聲。我沒聽過他。也沒聽過踮著腳對著麥克風講話的那個女孩子，她演出一齣電視連續劇，是深受全國人喜愛的少女。可是我聽過鮑勃．格爾多夫㊶，也就是說我年過三十了。

㊵ 哈瑞奎師那（Hare Krishna）是印度教在禱告中經常說的一句話，是在向萬神之首奎師那致敬，請祂賜予能量。

㊶ 鮑勃．格爾多夫（Bob Geldof, 1951-）是愛爾蘭歌手，詞曲創作人，同時也熱中社會活動。

最後，在七十五分鐘之後，某處傳來宏亮的聲音：「請大家熱烈歡迎下一任的大不列顛首相！」

「滾石樂團」的〈滿意〉（Satisfaction）響起，英雄出場。他高舉雙臂，群眾歡聲雷動。我站得這麼遠都能看見一個若有所思的男人，穿著褐色花呢外套，打著領帶，對自己這麼受抬舉覺得相當好玩。他從外套口袋裡抽出菸斗，可能是出於習慣，而台底下又是歡聲如雷。我瞧了瞧亞當，他也是一副若有所思的模樣，但是不置可否，只是專心在記錄一切。

聽本恩說話我是感覺他並不情願號召這麼多的人，他不確定地大聲說：「我們要人頭稅嗎？」「不要！」群眾狂吼。「我們要工黨執政嗎？」「要！」這次聲音更響亮。一旦他開始闡述政見，他似乎就自在多了。這次的演講比我在特拉法加廣場聽見的那次要簡單，也更有效果。他提出了一個更公平、種族融合、分權管理、科技先進的英國，「適合二十世紀後期」，在這個親切高尚的地方私立學校會併入公立系統，大學教育也對勞動階級開放，人人都有房可住，並且享有最佳的健保，至於能源部門則回歸大眾所有，而且倫敦市也不會照政府的意思對貿易放鬆管制，勞工會進入公司的董事會，富人會付出代價，繼承特權的惡性循環會打破。

說得很好，也沒有令人意外之處。演講很長，部分是因為本恩的每一點政見都贏來掌聲。我從沒聽過亞當對政治表示過興趣，所以就用手肘推了推他，問他的意見。

他說：「我們應該在最高稅率又掉到百分之八十三之前賺一筆。」

他是在說反話嗎？我看著他，看不出個所以然來。演講繼續，我的注意力開始飄移。我經常發現在大型群聚之中，無論觀眾有多全神貫注，總是有人動來動去，一會兒回來一會兒晃開，往四面八方穿梭，忙著別的事情，趕火車、上廁所，忽然一陣無聊或是不認同。我們所站之處地勢稍微向後方的橡樹爬升，所以視野良好。有些人正往最前面蹭。我們這個位置的群眾漸漸稀少了，露出了一大片被踩入柔軟土地中的垃圾。我碰巧瞥向亞當，看見他的目光並不在舞台上，而是他的左邊。一名衣著講究的婦人，我猜大概是五十來歲吧，相當憔悴，頭髮往後梳，一根跳絲也沒有，拄著枴杖，走在泥濘的草地上，斜斜朝我們過來。然後我注意到她身邊的年輕女子，可能是她的女兒。兩人以緩慢的速度接近。年輕女子的手懸在她母親的手肘邊攙扶她。我又瞧了亞當一眼，看見一種表情，起初很難辨認——驚愕是我的第一個想法。母女倆靠近時他像石頭一樣杵著不動。

年輕女子看見了亞當，停了下來。兩人緊盯著彼此。拄枴杖的婦人很氣惱被耽誤了，扯了扯她女兒的袖子。亞當發出了聲音，是壓抑的驚呼聲。我回頭去看那一對，登時明白了。年輕女子蒼白漂亮得異乎尋常，像一首主旋律的變奏。拄枴杖的婦人渾然不覺有什麼不對，只想要走，就對年輕的同伴發出了氣惱的指令。看看她，鼻子的線條，或是藍眼珠裡有小小的黑色條紋。根本就不是什麼女兒，而是夏娃，是亞當的姐妹，十三個之一。

我覺得我有責任跟她接觸。她們只不過二十呎遠，我舉起一隻手，荒唐地高呼：「嘿……」，邁步就往那兒走。她們可能沒聽見，我的聲音可能淹沒在本恩的演講裡。我覺得亞當的手按住了我的肩膀。

他輕聲說：「拜託不要。」

我又看著夏娃。她是個美麗卻不快樂的女孩子。臉色蒼白，帶著一種懇求與悲哀的表情，繼續瞪著她的雙胞胎。

「去啊，」我低聲說。「去跟她說話。」

婦人舉起了枴杖，指著她要去的方向，同時拉扯夏娃的手臂。

我說：「亞當，拜託拜託。去啊！」

他沒有動。夏娃的視線仍然鎖定他，卻讓自己被拉走。她們沒入人叢中。就在她們消失在眼前之前，她最後一次轉過頭來。距離太遠了，我看不出她的表情，只是一張蒼白的臉在人體的擠壓中浮動。然後她就不見了。我們是可以追上去的，可是亞當已經轉到反方向，站到橡樹下了。

我們動身回家，默默無語。我應該要更鼓勵他去和他的雙胞胎接觸。我們併肩站在南下的擁擠地鐵中，我無法釋懷，我知道他也一樣忘不了夏娃卑怯的表情。我決定不質問他為什麼轉頭走開，等他想說的時候他就會告訴我。我應該要去跟她說話的，我一直這麼想，可是亞當不想。他背對著她而站，凝視著樹幹，任由她消失在人海中！我一直冷落他，我忙著談戀愛。在日常生活中，我已不再覺得驚奇我居然能跟一個人造人度過每一天，或是驚奇他居然會洗碗，會像別人一樣交談。我有時很煩他對觀念與事實的不懈探究、他對超出我的理解範圍的提議的渴望。像亞當這般的科技奇蹟，就跟第一台蒸汽機一樣，已經是司空見慣。生活上俯拾即是的生物奇蹟也一樣，我們沒能徹底了解，就像一切生物的大腦，或是不起眼的會刺人的蕁麻，它的光合作用才剛剛有了最少量的解釋。沒有什麼了不起的事會讓我們沒辦法習慣。亞當越來越自信，也幫我賺入不少的錢，我也不再去想他了。

那晚，我跟米蘭妲描述了海德公園的那一刻，她對於我們見到了一個夏娃的事並不如我那麼激動。我描述我認為的哀傷的一瞬間，亞當轉過身去不看她。然後，是我對他的罪惡感。

「我不知道你為什麼會這麼傷感，」她說。「去跟他談一談啊。花點時間陪他。」

隔天早晨過了一半，雨也終於停了，我走進臥室，勸亞當拋下貨幣市場，跟我去散步。他剛把米蘭妲護送到地鐵站，所以不願意站起來。可是他穿行在克拉彭高街上的腳步有多麼自信啊。當然，我們蹓躂一趟會害我們損失幾百鎊的收入。橫豎是會經過書報店，我們就去看看賽門・薩伊德。我瀏覽架上的雜誌，一面聽亞當和賽門討論喀什米爾的政治，然後是印度和巴基斯坦的核武競賽，最後，以歡樂的氣氛作結，討論泰戈爾㊷的詩，他們兩人都能背誦原文。我覺得亞當在炫耀，可是賽門很開心。他誇獎亞當的口音——他說比他現在的還要好——答應會邀請我們大家晚餐。

十五分鐘後，我們走在公園裡。在此之前，我們都只是東拉西扯，現在，我問起他工程師莎麗來訪一事。她請他想像一個討厭的東西，他想到的是什麼？

「想也知道啊，我想到的是米蘭妲的事。可是有人要你去想什麼實在很難。心智決定它自己的方向。正如約翰．彌爾頓所說，心自有主張。我儘量專心想高林吉，可是後來我又想起了在他的行為後面的觀念。他怎麼會相信他可以做那種事，或是覺得自己有特權，他怎麼會對她的哭喊、她的恐懼以及對她的後果無動於衷，他又是怎麼會認為除了暴力之外沒有別的方法能讓得到他要的東西。」

我跟他說我一直在留意莎麗的電腦螢幕，從那些瀑布似的符號裡實在看不出愛和恨的感覺之間有什麼差異。

我們走到了可以看兒童划船的水池邊，只有不到十二隻船。沒多久水池就會把水放掉，準備過冬了。

亞當說：「正是，大腦和心靈。難解的老問題，在機器上跟在人類身上一樣棘手。」

我們向前走，我問他最先的記憶是什麼。

「我坐的那張廚房椅子的觸感。然後是餐桌的邊緣和後面的牆，還有楣樑的垂直段，那裡的油漆在剝落。於是我學到了製造商在玩弄一個概念，就是給我們一套可信的童年回憶，讓我們和別人一樣能融入。我很慶幸他們改變了主意。我不想用一個虛假的故事、一個迷人的幻覺開始。至少我知道我是什麼，我是在哪裡打造的。」

我們又談到死亡——他的，不是我的。再一次，他說他確定他會在二十年的使用期之前被拆解。新的模型會推出。但是有一個小小的地方值得關切。「我寄居的特殊結構並不重要，重要的是，我的心理存在很容易就能夠轉移到另一個儀器上。」

這時，我們正接近我認定為馬克的遊戲區的地方。

我說：「亞當，別騙我。」

「我答應。」

㊷ 泰戈爾（Rabindranath Tagore, 1861-1941）是印度詩人暨哲學家，也是第一位榮獲諾貝爾文學獎的亞洲人。

「我不介意你的答案是什麼，可是你對兒童有負面的感覺嗎？」
他像是大吃一驚。「我為什麼會？」
「因為他們的學習過程比你的優越。他們了解什麼是遊戲。」
「我很樂意讓兒童教我如何遊戲。我喜歡小馬克。我相信我們會再見到他。」
我沒追問。話題變得有點太痛苦。我還有一個問題。「我仍然在擔心跟高林吉的這次對決。你是想得到什麼？」
我們停下來，他定睛看著我的眼睛。「我要公道。」
「好。可是你要讓米蘭妲承受這一切嗎？」
「重點是在對稱性。」
我說：「她會受傷害。我們都會。這個人很暴戾，他是罪犯。」
他微笑。「米蘭妲也是。」
我聞言失笑。他以前也說過米蘭妲是罪犯。被拒絕的情人，露出了他的傷口。我應該要多注意的，可是這時我們回頭往家走，又穿過整個公園，我把話題轉到政治上。我問他對托尼·本恩在海德公園的演說有何看法。
大體上，亞當同意他的說法。「可如果他要把他承諾的事情一一兌現，他就必須要限制部分的人身自由。」

我要他舉例。

「可能只是一種普世人性，想要把你的畢生辛苦所得傳給你的孩子。」

「本恩會說我們必須打破繼承特權的惡性循環。」

「不錯。平等，自由，這是一個光譜。這個多一點，那個就少一點。一旦掌權，你就得把手放在滑動的刻度尺上。最好是事前不要承諾太多。」

可是海德公園只是我的幌子。「你為什麼不跟夏娃說話？」

這問題照理說不該讓他意外才對，可是他卻別開了臉。我們來到了公園的盡頭，正面對著聖三一堂。最後，他說：「我們確實溝通了，一看見對方的時候，我立刻就明白了她做的事。已經回不去了。她找到了一個方法，我認為我現在知道是怎麼回事了，她把她的系統全部破壞了。她在三天前就動手了。回不去了。我想跟你們最相近的疾病就是加速惡化的阿茲海默症。我不知道她為什麼會這麼做，可是她被擊垮了，絕望也不足以形容。我認為我們的邂逅讓她後悔了……所以我們才沒辦法待在彼此的附近，只會害她更懊悔。她知道我幫不了她，來不及了，她非走不可。一點一點隱沒的話，她或許可以不讓那位女士太傷心。我不知道。只能確定幾星期之內那個夏娃就會什麼都不是。她會等同腦死，不留下任何經驗，沒有自我，對任何人都沒有用處。」

我們越過草地的步伐沉重之極。我等著亞當再多說一些，最後，我說：「那你的感覺呢？」

這一次他也一樣不急著回答。他停下來，我也停下來。他說話時看的不是我，而是看著大片綠地邊緣的樹梢。

「你知道嗎，我覺得相當的樂觀。」

8

在我們預定去索爾茲伯里的前一天，我走到診所去拆石膏。我帶著雜誌，準備再看一遍邁克斯菲爾·布萊克的簡介。上面說他曾是一個「富於思想」的人，他可以自稱在許多方面是成功人士，卻沒有真正的「成就」。他三十幾歲時就寫出五十篇短篇故事，其中三篇合併起來拍成了一部賣座的電影。而也在同時，他創建了一本文學雜誌，也擔任編輯，慘淡經營了八年，但是當年在旗下的每一位作家提起來幾乎都十分推崇。他寫了一本小說，大體上忽略英語系國家，卻在北歐國家大受歡迎。他編輯一份週日報紙的文學副刊長達五年。同樣的，投稿的作家回顧起來也是充滿了尊重。他花了多年時間在翻譯法國小說家巴爾扎克的《人間喜劇》上，後來以盒裝套書出版，卻沒有得到回響。接著是一齣五幕詩劇，向拉辛的《安卓洛瑪克》致敬——又是個不合時宜的選擇。他以特定的調子寫了兩首蓋希文㊸式交響曲，調性卻一塌糊塗。

他自己說自己攤成了太薄的一片，名聲只有「一個細胞那麼厚」。而且他還嫌不夠薄，又花了三年的功夫寫作一項困難的十四行詩系列，寫的是他父親在一次世界大戰的經歷。他是

㊸ 蓋希文（George Gershwin, 1898-1937）是美國作曲家，最大的貢獻是把古典音樂與爵士樂及藍調風格相結合，而創立了美國獨具的音樂風格。

一個「還不賴」的爵士鋼琴家。他的汝拉山攀岩指南廣受好評，但是地圖繪製得太差——不是他的錯——也很快就被取代了。他險些就靠舉債度日，偶爾會揹上一屁股的債，但從來不會很久。他每週的品酒專欄可能是在他生病時開始寫的。那時他的身體出了問題，第一次生病是罹患ITP，也就是特發性血小板低下紫斑症。他是個很健談的人，大家說。後來黑斑出現在他的舌頭上。儘管生病了，他仍然在年輕助手的協助下攀登本尼維斯山的北壁——以一個年近六十的人來說實在是了不起，尤其是他把過程寫得那麼精彩。可是那個訕笑的「差不多先生」標籤卻似乎甩不掉。

護士叫我進去，拿醫療剪刀把我的石膏剪開。拿掉了重量，我的胳臂，蒼白瘦弱，舉在空中彷彿充滿了氦氣。我沿著克拉彭路走，不時揮動胳臂，伸展自如，我高興極了。有輛計程車以為我是要攔車，停了下來，出於禮貌，我坐了進去，為短短三百碼付了昂貴的車資。

那晚，我問米蘭妲她父親知不知道亞當。她跟他說過，她說，可是他不是很有興趣。那她為什麼非要讓亞當去索爾茲伯里不可？因為，她在我們共枕時說，她想要看看他們之間會有什麼互動，她認為她父親需要和二十世紀來個全面遭遇。

一位攀岩家，讀過的書比我多出一千倍，一個不會「開心地忍受傻瓜」的男人——以我有限的文學背景，我是應該覺得膽怯的，但是事情既然已經決定了，我很期待跟他握手。我免疫了。他的女兒和我相愛，而邁克斯菲爾只能接受我的本色。再者，到米蘭妲的老家去吃午餐，即便我很想看看她家，也只是去找高林吉的柔和序曲，儘管亞當做過研究，我還是很害怕。

一個壞天氣的星期三早上，我們早餐後就出發。我的汽車沒有後門，但是亞當擠進後座的矯健身手讓我驚訝。他的西裝衣領被一片鍍鉻板勾住，安全帶的捲軸就藏在這裡。我幫他解開，他似乎覺得自尊受損。我們開始了穿過旺茲沃斯的緩慢長途，他心情不好，真像是家庭出遊在後座鬧脾氣的青少年。雖然如此，米蘭妲卻心情愉快，跟我說了不少她父親的事：進出醫院做更多檢驗；健康探訪員一個接一個的換，在他的堅持之下；他的右手大拇指又痛風，但是左手的沒有；他遺憾缺少那種讓他寫出他想寫的東西的耐力；他很興奮那本短篇小說就快完成了。他後悔沒有早點發現這個文類。到紐約買公寓的想法早已遺忘。他計畫在這本之後寫個三部曲。米蘭妲的腳下放著一隻帆布袋，裝著我們的午餐——他跟她說新管家做的菜簡直難以下嚥。只要我們撞上一處隆起，瓶子就會叮叮響。

一個小時之後，我們才剛脫離倫敦的重力圈。我似乎是馬路上唯一自己操作方向盤的駕駛。大多數人坐在曾是駕駛座的位子上都在睡覺。等到購買諾丁丘房子的錢到位，我打算給自己買一輛大馬力自駕車。米蘭妲跟我會在漫長的旅途中邊喝酒邊看電影，在放平的後座上做愛。在我為她暗示這個計畫時，我們正經過漢普郡的秋天樹籬。俯瞰馬路的樹木高大的似乎不太自然。我們事前決定要繞道經過巨石陣，不過我希望不會勾起亞當的癮頭，又給我們上歷史課。可是他沒有說話的心情。米蘭妲問他是否不開心，他嘀咕著說：「我沒事，謝謝。」我們都陷入沉默。我開始好奇他是不是改變了主意，不想去找高林吉了。是的話，我是不會反對的。要是我們去了，以他目前的心情來看，他可能沒有辦法積極地捍衛我們。我從後照鏡瞄了他一眼。他轉向左邊盯著田野和天上的雲。我覺得我看到他的嘴唇在動，可是我不確定。等我再瞄他，他的嘴唇不動了。

說真的，經過了巨石陣卻沒聽見他吭聲，我還挺不習慣的。我們穿過了平原看見了大教堂的尖塔，他也沉默不語。米蘭妲跟我互看了一眼。不過我們忙著在索爾茲伯里的單行道街道上找尋她家，心情暴躁，有二十分鐘忘了他的存在。這裡是她的家鄉，她絕不容許我使用衛星導航。可是她心裡的地圖卻是一張行人的地圖，她的所有指引都是錯的。我違反交通規則來了幾次讓人冒冷汗的迴轉，又倒車進一條單行道，險些就撞上一隻松鼠，最後，我們停在距離她家兩百碼外。我們的心情變差似乎反倒讓亞當振作了起來。一踩在人行道上，他就堅持要幫我拎沉重的帆布袋。我們很靠近大教堂，雖然不算在附近，但是其宏偉也足以展現基督教的榮光了。

管家來開門，亞當是第一個活潑地打招呼的。管家是一名和氣的、模樣能幹的四十多歲婦人，很難相信她廚藝那麼差。她帶我們進廚房。亞當把帆布袋放到一張松木桌上，然後環顧四周，兩隻手掌一拍，說：「嗐！好極了。」這句話是在刻意模仿什麼情面話，高爾夫球俱樂部的討厭玩意。管家帶我們上二樓到邁克斯菲爾的書房，房間之大足以和埃爾金月牙街比肩。三面牆是整面的書架，三架圖書館梯，三扇上下拉動的長窗俯瞰馬路，皮面書桌位於正中央，桌上有兩盞閱讀燈，書桌後有一張矯形椅堆滿了枕頭，而筆直坐在其中的就是邁克斯菲爾，一手握著自來水筆，目露兇光瞪著我們，氣我們打擾了他，下巴繃得死緊，真怕他會把牙齒咬斷。但接著他的五官就放鬆了下來。

「我正在寫這一段，寫得正順。你們何不都滾到別的地方去半個鐘頭？」

米蘭姐走了過去。「少裝了，爹地。我們開了三個小時的車呢。」

她的最後幾個字模糊掉了，因為父女倆擁抱，好一陣子才分開。邁克斯菲爾放下了筆，附著女兒的耳朵低聲咕噥。她單膝下跪，摟著他的脖子。管家不見了。感覺不舒服，這樣盯著看，所以我就把視線移到那枝筆上。筆蓋沒套回去，筆就放在許多張沒劃線的紙邊，紙張散佈在桌上，覆著蠅頭小字。我站的地方能看到上頭沒有劃掉的句子，整齊的邊緣上也沒有箭頭或是對話框或是增補。我也有時間觀察到除了桌上的檯燈之外，室內沒有別的器具，甚至沒有電話或是打字機。大概是完全靠書的標題和作者的椅子才讓人不會誤會現在是一八九〇年。但似乎也差不了多遠。

米蘭妲幫我們介紹。仍然在那種奇怪、友善的模式的亞當先上前，接著輪到我上前去和他握手。邁克斯菲爾面無笑容地說：「我從米蘭妲那兒聽到不少你的事，我很期待跟你聊一聊。」

我有禮地回答說我也聽說了很多他的事，我很期待能和他談一談。我說話時，他露出怪相，我顯然是符合了某種負面的印象。他比雜誌簡介上的相片要老得多，畢竟事隔五年了。他有一張長臉，皮膚繃得很緊，彷彿太常吼叫或是生氣地瞪人。米蘭妲跟我說過他那一代的人總有些暴躁又多疑。你得克服，她說，因為骨子裡其實是在鬧著玩。他們想要的，她說，是讓你頂回去，但是要頂得有技巧。這時，邁克斯菲爾放開了我的手，我覺得我應該有辦法頂回去。至於頂得有技巧——我僵住了。

管家克莉絲汀端著雪莉酒進來。亞當說：「現在不要，謝謝。」他幫忙克莉絲汀從房間角落搬來三張椅子，擺成一個弧形，面對著書桌。

我們三個都拿著飲料，邁克斯菲爾對米蘭妲說話，卻朝我比了比。「他喜歡雪莉嗎？」她轉頭看我，我說：「還可以，謝謝。」

其實，我根本就不喜歡雪莉酒，我尋思如果實話實說算不算得上米蘭妲說的有技巧。她開口詢問她父親一串例行的問題，問候他的各種疼痛，他的用藥，醫院食物，一名語焉不詳的專家，一種新的安眠藥。聽她說話很有催眠作用，孝順貼心的女兒。她的聲音明理，充滿了親情。

她伸長手拂開落在她父親額頭上的幾綹頭髮。而他像個聽話的小學生一樣回答她。她的一個問題勾起了一段沮喪或是醫療失能的回憶，他就變得焦躁不安，她趕緊安慰他，輕撫他的手臂。這段問病問答也安撫了我，我對米蘭妲的愛鼓漲飽滿。長途駕車過來，濃醇香甜的雪莉酒令人舒心，也許我是喜歡這種酒的。我闔上了眼睛，再睜開費了不少力氣，幸好我及時聽見了邁克斯菲爾·布萊克的問題。他不再是個滿腹牢騷的病弱之人，他的問題是吼出來的，像在下令。

「那，你最近都看什麼書啊？」

他千不挑萬不挑偏偏挑這個問題問我。我都讀電腦螢幕——大多數是報紙，不然就在網站間飄移，科學的、文化的、政治的、普通的部落格。昨晚我被一本電子學期刊上的一篇文章吸引。我並沒有讀書的習慣。我的日子匆匆掠過，我找不到時間坐進扶手椅裡，悠哉地翻閱。我是可以捏造什麼的，但是我的腦子一片空白。上一本我讀過的書是米蘭妲的穀物法歷史，我讀了書背上的標題，就又還給了她。我並沒有忘掉什麼，因為根本就沒有東西可以讓我忘記。我覺得就照這麼跟邁克斯菲爾說算得上是伶牙俐齒了吧，幸好亞當伸出了援手。

「我最近在讀威廉·孔瓦里斯爵士㊹的文章。」

㊹ 威廉·孔瓦里斯爵士（Sir William Cornwallis, 1576-1614）是英國散文作家，受法國散文家蒙田影響甚深。他的文風也成為後期散文家的典範。

「他啊，」邁克斯菲爾說。「英國的蒙田，不怎麼樣。」

「他是運氣不好，卡在蒙田和莎士比亞之間。」

「照我說只是個文抄公。」

亞當流暢地說：「在進入現代的早年階段，在俗世的自我噴發上，我認為他占有一席之地。他並沒有閱讀很多法文作品，他一定知道蒙田的翻譯作品以及一個現已流失的版本。至於蒙田，他知道班．江生㊺，所以很可能他見過莎士比亞。」

「而且，」邁克斯菲爾說，好勝心被挑起來了，「莎士比亞還剽竊了蒙田的《哈姆雷特》。」

「我不認為。」亞當跟主人唱反調，我覺得是唱得太粗心了。「文本的證據很薄弱。照這麼說的話，那《暴風雨》更可能是剽竊的。貢薩羅。」

「啊！老好人貢薩羅，沒指望的未來總督。『不准有各種的商業，沒有官吏的名義。』等等等等，然後，『契約、繼承、地界、田產、耕耘、葡萄園，全沒有。』」

亞當流暢地接下去。「『不用金屬、穀類、酒、油；不要職業，人人都閒著。』」

「那蒙田的呢？」

「蒙田寫的是野蠻人『沒有各種的商業』，而且他說『沒有官吏之名』，然後是『沒有職業只有閒散』，然後是『不用酒、玉米、或金屬。』」

邁克斯菲爾說：「人人都鬧著——這才是我們要的。那個威廉·莎士比亞是個混蛋小賊。」

「最高明的小賊，」亞當說。

「你是莎士比亞學者。」

亞當搖頭。「你剛才問我最近看什麼書。」

邁克斯菲爾突然意興湍飛，轉向他女兒。「我喜歡他。他可以！」

我對亞當有一絲所有人的驕傲，但是主要是知覺到迄今為止的言下之意是我不行。

克莉絲汀又出現了，宣告我們的午餐都擺在餐廳裡了。邁克斯菲爾說：「去，把午餐裝盤子裡，然後再回來。要我從這張椅子上站起來會跌斷我的脖子，我不吃飯。」

他揮手不理米蘭妲的反對，她跟我走出房間時，亞當說他也不餓。

我們兩個單獨在隔壁的陰暗餐廳裡——橡木飾板，掛著戴環狀領的蒼白嚴肅的男人肖像畫。

我說：「我沒給他好印象。」

「胡說。他喜歡你，可是你們需要時間相處。」

㊺ 班·江生（Ben Jonson, 1572-1637）比莎士比亞小八歲，在當時被推許為僅次於莎士比亞的劇作家與詩人。

我們端著我們帶來的冷肉和沙拉回去，小心地把盤子擺在大腿上。克莉絲汀幫我們倒我挑的酒。邁克斯菲爾的杯子握在他手上，已經空了。這就是他的午餐。我不喜歡在白天的這個時段喝酒，可是管家把托盤送上來時他緊盯著我，我覺得拒絕的話會顯得我無趣。被打斷的對話又接續下去。我照舊是沒有插口的餘地。

「我跟你們說的是他說的話。」邁克斯菲爾的語調偏向他的氣惱模式。「那是一首名詩，有很簡單的性意涵，卻沒有人能看懂。她躺在床上，她歡迎他，也準備好了，他先是裹足不前，然後就撲了上去……」

「爹地！」

「可他是個銀樣蠟槍頭。沒那個能耐。它怎麼說來著？『眼尖的愛人，看著我一鑽進來就變軟，更偎向我，甜甜地問我是否缺了什麼。』」

亞當在微笑。「妙招，先生。如果是鄧恩，或許還有可能，勉強說來。但這是赫柏特。這是在和上帝對話，祂就等於是愛。」

「那『品嚐我的肉』怎麼解？」

亞當覺得更好玩了。「赫柏特聽到可會氣得冒煙。我同意，這首詩充滿了肉欲。愛是一場盛筵。上帝寬厚大方，甜蜜又懂得寬恕。可能不太符合聖保祿傳統。在最後，詩人受到了引誘，他開心地成為了上帝之愛的筵席的座上客。『於是我坐下來吃。』」

邁克斯菲爾捶打枕頭，跟米蘭妲說：「他一點也不讓步！」

這時，他轉向了我。「查理，你的領域是什麼？」

「電子學。」

我覺得經過了剛才的事，我的話會覺著諷刺，但是邁克斯菲爾把酒杯伸向女兒要她添酒，嘴裡嘀咕道：「真是意外。」

克莉絲汀來收盤子，米蘭妲說：「我好像吃太多了！」她站了起來，繞到她父親的椅子後，雙手按住他的肩膀。「我要帶亞當去逛一逛，可以嗎？」

邁克斯菲爾陰陽怪氣地點頭，這下子他得跟我共處無聊的幾分鐘了。亞當和米蘭妲一離開房間我就覺得像棄兒，她應該要帶我去到處看看才對呀。她和瑪麗恩在屋子裡和花園中的祕密地點是我感興趣的地方，不是亞當。邁克斯菲爾把酒瓶朝我伸過來，我覺得別無選擇，只能俯身遞出酒杯。

他說：「你和酒並不排斥。」

「我通常不會在午餐時候喝酒。」

他覺得很好玩，而我則放下了心，終於有了一點進展。我懂他的意思。愛喝酒的話，每天的哪個時辰喝又有何差別？米蘭妲跟我說他喜歡在週日早餐時來杯香檳。

「我覺得，」邁克斯菲爾說，「可能會干擾了你的……」他虛弱的揮揮手。

我假設他是在說酒駕，新法確實非常嚴格。我說：「我們在家裡會喝很多波爾多白酒。喝了那麼多流行的純白蘇維翁之後，調配上賽美蓉（Sémillon）確實是一種享受。」

邁克斯菲爾談興很高。「再同意不過了。誰會捨花香而就礦物質呢。」

我抬頭看他是不是在嘲笑我。顯然不是。

「喂，查理，我對你有興趣。我有一些問題。」

可憐啊，我現在喜歡起他了。

他說：「你一定覺得這一切都非常奇怪。」

「你是說亞當。對，可是人真的是習慣的動物。」

邁克斯菲爾瞪著酒杯，沉思下一個問題。我漸漸知覺到他的矯治椅發出一種低沉的輾壓聲，某種內建的器具在加熱，或是在按摩他的背。

他說：「我想跟你談談感覺。」

「喔？」

「你知道我的意思。」

我靜候下文。

他歪著頭，凝視著我，表情是強烈的好奇，或者是迷惑。我覺得受寵若驚，又擔心會讓他失望。

「我們來談談美，」他說，語氣斷然，不容我改變話題。「你見過什麼或是聽過什麼讓你覺得美麗的？」

「當然是米蘭妲，她是個非常美麗的女人。」

「她當然是。你對她的美有什麼感覺？」

「我覺得非常愛她。」

他停下來消化這一點。「亞當對你的感情有什麼反應？」

「不是很輕易就能接受，」我說。「不過我想他還是面對了現實。」

「真的？」

有時一個人會先注意到有物體在移動，然後才會看見物體的本身。心智在瞬間就會加上一點色彩，擬出期待或是可能性。哪種最適合都可以。池塘邊的草地上像是有隻青蛙，後來風一吹又變成了一片樹葉。從抽象上來看，現在就屬於那種時刻。一個想法掠過我，或是穿過我，然後就消失了，而我無法相信我自認為是看見了什麼。

邁克斯菲爾向前傾，兩個枕頭滑到地板上。「讓我這麼問吧。」他揚起聲音。「你跟我見面的時候，我們握手，我說我聽說了你很多事，期待跟你談一談。」

「對？」

「你也說了同樣的話，以稍微不同的方式。」

「抱歉，我有點緊張。」

「我一眼就看穿你了。你知道嗎？我知道那是由你的，隨你怎麼叫，你的程式決定的。」

我瞪著他。原來如此。樹葉真的是青蛙。我瞪著他，然後瞪著他後面，瞪向一個我彷彿能夠抓握住的一大團煙雲。十足爆笑。或是侮辱。或是其言外之意緊要重大。或是全都沒有。只是一個老人家的愚蠢。是一個誤會，可供晚餐時談笑之用。或是我自己某種深深值得後悔的事情終於被揭了出來。邁克斯菲爾在等待，回應是必要的，而我作了決定。

我說：「那叫作鏡像模仿，痴呆症早期的人就會這樣。沒有足夠的記憶，他們只知道聽到的上一句話，就跟著說。電腦程式早在許久以前就設計好了，它使用鏡像效應，不然就問一個簡單的問題，再做出一個智慧的外表。非常基本的編碼，非常有效率。在我，它會自動啟動。通常是在我覺得資料不足的情況下。」

「資料……你這個可憐的混蛋……唉，唉。」邁克斯菲爾把頭往後仰，視線盯著天花板。

他想了好一會兒，最後才說：「那種將來不是我能面對的，我也不需要。」

我站起來，走向他，撿起他的枕頭，塞回原位，也就是他的大腿邊。我說：「請見諒，我的電力不足了，我需要充電，而我的充電線在樓下的廚房裡。」

他椅子底下的隆隆聲突然靜止。

「沒關係，查理。你去充電吧。」他的聲音親切和緩，頭仍向後仰，慢慢閉上眼睛。「我就在這裡，我突然覺得好累。」

¶

我沒錯過什麼，並沒有參觀屋子這件事。亞當坐在餐桌聽克莉絲汀一邊洗碗一邊描述到波蘭度假的事。他們沒發現我站在門口，我轉身穿過走廊打開了最近的一道門，進了一間大客廳——更多的書畫、檯燈、地毯。有一扇落地窗面對庭園，我走過去，看見窗子是開著的。米妲在剛刈過草的草坪的另一頭，背對著我，站得挺直，望著一棵部分枯死的老蘋果樹，大多數的果子都掉在地上腐爛了。正午過後的光線雖然是灰色的卻很明亮，空氣溫暖，最近下過雨所以濕氣未散。還有很濃的其他水果味，都留給黃蜂和鳥類了。我站在一條短短的斑駁的約克石階梯的起點。花園有屋子的一倍寬，非常長，可能有兩、三百碼。不知道它是不是有整條雅芳河那麼長，像索爾茲伯里的某些庭園。如果只有我一個，我會直接走過去看。河流讓我有一種解脫的感覺，解脫什麼？我不知道。我步下階梯，刻意加重腳步，讓她知道我來了。

就算她聽見了，她也沒回頭。我站到她身邊，她握住了我的手，以點頭示意。

「就在那下面。我們把它叫宮殿。」

我們走過去。蘋果樹的底下長滿了蕁蔴，一些零亂的蜀葵仍在開花，早已沒了營地的痕跡。

「我們有一條舊毯子、抱枕、書、緊急存糧：檸檬汁和巧克力餅乾。」

我們再往下走，經過了一片圍起來的地方，醋栗和黑醋栗在蕁蔴及牛筋草叢中苟延殘喘，再來是一小片果園和更多無人問津的水果，再過去，在一道木柵欄後面，以前必定是一片供應切花的花園。

她問了我，我就說邁克斯菲爾睡了。

「你們兩個處得如何？」

「我們談論美。」

「他會睡幾個小時。」

這裡有一座磚頭和鍛鐵打造的溫室，玻璃窗生了青苔，旁邊有接雨水的大水桶和一個石槽。她帶我看石槽底下有塊黑暗潮濕的地方，她們都在這裡抓冠歐螈，現在一隻也沒有了。時節不對。我們向前走，我覺得我能聞到河水味。我想像著一棟廢棄的船屋和一艘沉沒的撐篙船。我們經過了一處磚造盆栽棚，堆肥桶裡空空如也。前方有三株柳樹，我想看雅芳河的希望升起。我們鑽過濕淋淋的枝椏，走進了另一片草坪，也是剛割過草，兩邊被灌木林圍住。庭園以一道橘色磚牆為界，磚縫中的灰泥很多都脫落了，樹枝糾結的果樹遺世獨立，自生自滅。沿著磚牆擺了一張木長椅，面對著房屋，不過景觀卻被柳樹擋住了。

我們就坐在這裡，默默無言了幾分鐘，仍然手牽著手。

然後她說：「我們上次到這裡來是來談發生的事。又一次。在我去法國之前，我們只有一個話題。他做的事，她的感受，無論如何都不能讓她的父母知道。而圍繞著我們的是我們一塊生活的歷史，我們的童年，我們的青春期，考試。我們以前都來這裡複習，幫彼此考試。我們有一台手提收音機，我們會為流行歌吵架。有一次還喝了一瓶紅酒。我們抽過大麻，都覺得討厭。我們都吐了，就在那邊。我們十三歲的時候，還讓彼此看胸部。我們會在草皮上練習倒立和側翻。」

她又沉默了下來。我捏捏她的手，耐心等待。

然後她說：「我還是得告訴自己，真的提醒自己，她不會再回來了。而我也慢慢了解……」

她欲言又止。「……我絕對忘不了，而且我也不想忘掉。」

又一次，沉默。我等著輪到我說話。她筆直看著前方，不是在看我。她的眼神清澈，沒有眼淚。她一臉鎮定，甚至是堅毅。

然後她說：「我想過你跟我在床上時說的話，有時說到深夜。床事很棒，也很重要，可是聊到三更半夜……才是最親密的……也是我跟瑪麗恩在一起的感覺。」

我的暗號來了，適當的時刻，正確的定位。「我是出來找妳的。」

「喔？」

我遲疑了，突然不確定說什麼才最妥當。「來求妳嫁給我。」

她別開臉，點點頭。她不意外，也沒有理由意外。她說：「查理，好的，好的，我願意。可是我有些話要坦白。你可能會想改變主意。」

花園裡的光逐漸變弱。部分黑暗籠罩下來了。我設想過，用自己來替代瑪麗恩不算最佳人選，但我是真心實意的。我記得亞當在公園跟我說的話。她自己的罪行。如果她要說的是她一直在跟他上床，儘管她保證過不會有下一次，那我們就完了。不可能，絕不能是這件事。但還有別的什麼事，別的什麼罪行會是她做得出來的呢？

我說：「我在聽。」

「我一直在騙你。」

「啊。」

「這幾個星期，我說我一整天都在上專題討論課……」

「天啊，」我說。我很幼稚地想要用手摀住耳朵。

「……我一直在我們這邊的河岸。我整個下午都跟……」

「夠了，」我說，作勢要站起來，又被她拉回去。

「跟馬克在一起。」

「跟馬克在一起，」我虛弱無力地跟著說。接著多了點力道。「馬克？」

「我想照顧他，將來再領養他。我一直到這個特別的遊戲團體去，讓他們觀察我們在一起的情形。而且我還帶他出去玩過。」

我對自己那麼快就跳向偏頗判斷的速度嚇了一跳。「妳為什麼要瞞著我？」

「我怕你會反對。我想要繼續，可是我很想跟你一起做。」

我懂她的意思。我是有可能會反對的，我想要一個人獨占米蘭妲。

「那他的母親呢？」好像我可以用一個現成的問題就腰斬這個計畫似的。

「目前住在精神科病房裡。妄想症。疑心病。可能是多年濫用安非他命的關係。她的情況不太好，有時會很暴戾。他的父親在坐牢。」

「妳有幾個星期的時間，我只有幾秒鐘。給我一點時間。」

我在思索時我們並肩而坐。我怎麼能猶豫？眼前的機會有的人會說是成人生活所能提供的最佳條件。愛情，還有一個孩子。我有種捲入洪水中隨波逐流的無助感。害怕，又好玩。我終於匯入了大川。還有馬克。那個跳舞的小童，過來砸碎我不存在的野心。我試驗性地把他放進了埃爾金月牙街。我知道那個房間，就在主臥室附近。他一定會把房間搞個亂七八糟，想也知道，並且把目前那個不快樂的屋主的鬼魂驅趕出去。可是我自己的鬼魂，自私、懶惰、不置可否——擔得起當父親的重責大任嗎？

米蘭妲再也無法保持沉默。「他的個性再好不過了，他很愛別人念書給他聽。」她怎麼也想不到這句話多有幫助。每天晚上念書給他聽，念上十年，學習會說話的熊、老鼠、蟾蜍的名字，那頭悶悶不樂的驢子，住在中土世界地洞裡的那些毛髮粗短的類人生物，在科尼斯頓湖划船的有錢人家孩子。填滿我自己空洞的過去。用翻閱多次的圖書來弄亂那個地方。另一個想法：我把亞當當作是拉近米蘭妲的一個合併計畫。一個孩子是另一回事，但是效果是相同的。可是在頭幾分鐘裡我卻觀望不前。我覺得有必要。我跟她說我愛她，想娶她，和她共同生活，可是當現成的父親，我需要更多時間。我會陪她去那個特別遊戲團體去見馬克，帶他出去玩。之後再決定。

米蘭妲給了我一個表情——憐憫加幽默——弦外之音是我居然相信我還有選擇。這個表情多少刺激了我。獨居在那棟結婚蛋糕似的屋子裡是連想像都無法想像的事。跟她兩個人住在那裡也不再是選項了。馬克是個可愛的孩子，一個美好的理由。不到半小時我已經知道我沒輒了。她是對的——沒有別的選擇。我退讓了。然後我覺得很興奮。

於是接下來的一個小時我們就在隱蔽的草坪邊的舒服老長椅上草擬各式各樣的計畫。她過了一會兒說：「從他被帶走後住過兩家寄養家庭，都不適應。現在他是在兒童之家裡。家！哼，說得好聽。六個人住一個房間，全都不滿五歲。那地方髒的要命，又人手不足。他們的預算被刪減了。到處都有霸凌，他已經學會罵髒話了。」

婚姻，為人父母，愛情，青春，財富，英勇的救援——我的人生漸漸成形了。歡欣鼓舞之餘，我跟她說了邁克斯菲爾跟我說的話。我從來沒聽她笑得這麼放任過。可能只有在這裡，跟瑪麗恩一起，在這個隱密的私人空間，遠離房子，她才會這麼的無拘無束。她擁抱我。「喔，太珍貴了，」她一直說，又說：「太像他了！」她又哈哈笑，而我則敘述我跟邁克斯菲爾說我需要下樓去充電。

我們又多坐了一會兒擬計畫，一直到聽見腳步聲。被雨打濕的層層柳樹枝攪動，隨即分開來。亞當站在我們面前，水珠沿著他的黑色西裝肩線閃爍。他的樣子既英挺又正式，活像個真人，就像是豪華飯店自信十足的經理。現在一點也不像土耳其碼頭工人了。他穿過了草地，在我們的長椅前停下。

「我真的很抱歉，這樣子闖進來。可是我們應該要走了。」

「急什麼？」

「高林吉每天都會在同樣的時間出門。」

「再五分鐘。」

可是他不動，而是定睛看著我們，先看米蘭妲，再看我，再看她。「不介意的話，有件事我應該告訴你們。不是簡單的事。」

「說吧，」米蘭妲說。

「今天早晨，在我們出發之前，我間接聽到一件壞消息。我們在海德公園看到的那個夏娃死了，腦死。」

「真遺憾，」我喃喃說。

我們淋到了幾滴雨。亞當上前來。「她一定對她自己、對她的軟體非常了解，才能以這麼快的速度得到結果。」

「你不是說沒有回頭路嗎。」

「我是說過。但是不止如此。我也聽說她是我們二十五個之中的第八個。」

我們聽進去了。兩個在利雅得，一個在溫哥華，海德公園的夏娃——那還有四個。不曉得圖靈是否知道。

米蘭妲說：「有人有解釋嗎？」

他聳肩。「我沒有。」

「你從來沒感覺過，就，那個衝動——」

他立刻打斷她的話。「沒有。」

「我看過你，」她說，「像是……不止是若有所思。你有時好像會傷心。」

「一個自我，由數學、工程、材料科學以及其他方面創造而來。憑空冒出來。沒有過去——不過我不並想要捏造的過去。前無來者。有自覺的存在。我很幸運能擁有，可是有時候我覺得我應該更知道該怎麼做才對。知道它的目的。有時感覺毫無意義。」

我說：「不會只有你這麼想。」

他轉向米蘭妲。「我完全沒有自毀的企圖，如果妳是擔心這個的話。我有理由不那麼做，妳也知道。」

雨滴本來細細的、幾乎是溫暖的，現在變得綿密了。我們站起來時聽見了雨打在灌木葉上的聲音。

米蘭妲說：「我會留張字條給我父親。」

亞當是不應該淋雨的。他先走，米蘭妲墊後，我們匆匆穿過長庭園朝屋子走。我聽見他自己一個人嘟嘟囔囔的，像是用拉丁文在念咒，只不過我聽不出他念的是什麼。我猜他是在念我們經過的每株植物的學名。

¶

高林吉家不算是在索爾茲伯里，而是在東邊的地界之外，附近聽得到支線的白噪音，以前是工業區，曾矗立巨型瓦斯儲存槽，後來土地重劃。僅餘的一個氣槽淡綠色的油漆已處處生鏽，仍在拆除之中，只是今天沒有施工。其餘的只剩下圓形的混凝土基腳。這一區剛種了幾十棵的小樹苗，再過去是剛規劃的棋盤道路，排列著鎮外的零售倉庫——汽車展示間和寵物用品，電動工具和大型家電。黃色的挖土機停在水泥基腳間，像是要挖人工湖。只有一處開發區，用一排針葉樹屏擋住，十棟房屋，前院草皮整齊漂亮，沿著一條橢圓形車道排列，有一種開疆闢土的勇敢氣勢。二十年後這個地方可能會多出一些田園風味，但是帶著我們過來此地的主幹道卻會熙來攘往、車水馬龍。

我停下了車，可是好像誰也不想下車。我們是在一個坡上的路邊停車區，滿地垃圾，同時也是公車站。我跟米蘭妲說：「妳確定要這樣嗎？」

車裡的空氣溫暖潮濕。我打開了窗，外面的空氣也一樣。

米蘭妲說：「如果我非做不可，那我要一個人去。」

我等著亞當說話，可是我扭頭去看他，他就坐在我的正後方，無動於衷，瞪著我後面。我也說不上來是為什麼，可是他繫安全帶的樣子既滑稽又可悲。他是在盡力融入。不過他當然也會因為碰撞而受損，這也是我擔心的地方。

「讓我放心，」我說。

「一切順利，」他說。「走吧。」

「事情會變得棘手嗎？」我不是第一次這麼問了。

「不會。」

兩票對一票。感覺我們就要鑄下大錯。我發動了引擎，轉上一條匝道，來到一處新的小圓環，再過去就有一處入口，兩邊有紅磚柱和一面招牌，寫著「聖奧斯蒙巷」。房屋都一模一樣，以現代的標準來看很大，每棟占地都有四分之一畝大，雙車庫，磚造建築，白色護牆板和許多平板玻璃。剛割過草呈條紋狀的前院草坪沒有籬笆，走美式風格。草地上沒有雜亂的東西，沒有孩子的腳踏車或是玩具。

「是六號，」亞當說。

我停下來，關掉引擎，我們默默看向那棟屋子。我們可以從景觀窗看到客廳以及後面的院子，有一具曬衣架光禿禿的。這裡沒有生命跡象，巷子裡別的地方也一樣。

我一手緊握著方向盤。「他不在家。」

「我去按門鈴，」米蘭妲說，一邊下了車。我沒有辦法，只能跟著她到前門。亞當在我後面，我覺得未免也太後面了。門鈴聲是童謠〈橘子和檸檬〉，響了第二遍我們就聽見樓梯有腳步聲。我現在站得離米蘭妲很近。她的表情緊繃，我能看見她的上臂肌肉輕顫。一聽見有人在拉門閂，她就再向前半步。我一手懸在她的手肘邊上。門打開來，我很怕她會向前撲，開始瘋狂攻擊。

找錯人了，這是我的第一個想法。他的哥哥，甚至是年輕的叔叔。他當然是條大漢，可是神色憔悴，兩頰凹陷，鬍子沒刮，鼻子兩側已經出現直紋了。不過他的身材精瘦。兩隻手，有一隻緊抓著打開的門，光滑蒼白，而且大得不自然。他只看著米蘭妲。

只愣了愣，他就以低沉的聲音說：「對。」

「我們得談一談，」米蘭妲說，但是不需要，因為高林吉已經轉身走開了，任由門開著。

我們跟著他進屋去，走入了一間長形房間，鋪著橘色厚地毯，奶白色的皮沙發和扶手椅繞著一塊兩米長的木頭排列，上頭擺著一隻空花瓶。高林吉坐下來等我們也坐下。米蘭妲坐在他對面，亞當和我則分別坐在她左右。家具摸起來黏黏的，室內瀰漫著薰衣草清潔劑的味道。這地方乾淨得像沒用過，我本來還以為會是單身漢的豬窩呢。

高林吉瞧了瞧我們，再回頭看著米蘭妲。「妳帶了保鑣。」

她說：「你知道我為什麼來。」

「是嗎？」

我這時看到他的頸子上有疤痕，三、四吋長，朱紅色的鐮刀形狀。他在等她說。

「你殺了我的朋友。」

「哪個朋友？」

「你強暴的那個。」

「我還以為我強暴的是妳呢。」

「她因為你做的事自殺了。」

他往後靠，又大又白的雙手放在大腿上。他的聲音和態度都很粗暴，刻意裝出來的，卻唬不了人。「妳想怎樣？」

「我聽說你想殺我。」她說得輕鬆自在，我卻提著一顆心。她是在邀請，在下戰帖。我看著她旁邊的亞當，他直挺挺地坐著，雙手置於膝蓋，瞪著前方，就跟平常一樣。我回頭注意高林吉。這時，我能看到骨子裡的小幼犬了。皺紋、凹陷、沒刮的鬍子都是表面的。他是個小孩子，可能還是個憤怒的孩子，以拒人於千里之外的簡潔回答來保持自制。他並不需要回應她的問題，可是他還沒有酷到不回應。

「對，」他說，「我每天都在想。我用兩手勒住妳的脖子，越勒越緊，越勒越緊，報復妳說的每一句謊話。」

「還有，」米蘭妲繼續爽利地說，像是委員會的主席，按照排定的行程議事，「我覺得你應該知道她吃了多少苦，弄到後來她不想活了。你能想像得出來嗎？還有她的家人受的苦。搞不好你根本沒辦法。」

對此，高林吉一言不發，只是看著她，等待著。

米蘭妲越來越有信心。她大概在心裡預演過這次的質問一千次了，在許多無眠的夜裡。這些不是問題，而是嘲弄、是侮辱。可是她說得像是在追問真相。她用了辛辣的律師在交叉詰問時的暗示語氣。

「還有一件我想要的事……只是想知道。想了解。你是以為你想要什麼。你能得到什麼。她尖叫的時候你是不是覺得很刺激？她的無助是不是讓你更興奮？她恐懼地哭了起來你是不是變硬了？你是不是喜歡她那麼嬌小而你是那麼強大？她哀求的時候你是不是覺得更高大？把那個重大的時刻告訴我。是什麼讓你高潮？是她的腿抖個不停？是她的掙扎？是她哭了起來？你知道，彼得，我是來學習的。你現在仍然覺得高大嗎？還是你其實只是又弱小又變態？我全都想知道。我是說，你站起來，拉上拉鍊，而她倒在你的腳下，你還是覺得很了不起嗎？你把她丟在那裡，自己走過運動場，你還是覺得很好玩嗎？還是你用跑的？你回家後有洗你的老二嗎？你可能不太講衛生。不過如果是洗了，你是在洗手台洗的嗎？用肥皂，還是只用熱水？你是不是一面吹口哨？吹了哪一首歌？你有想到她嗎，她很可能仍然倒在那裡，或是揹著她的書摸黑走回家？你還是覺得很了不起嗎？你知道我的意思吧？我需要知道整個經驗是哪裡讓你很痛快。要是你覺得刺激不止是因為強暴了她，還因為她事後的羞辱，那我也許就不必再繼續認為我愛的朋友死得一點也不值得。還有一個問——」

高林吉縱身一躍就跳出了椅子，俯身對準米蘭妲揮出一隻胳臂，揮了一個很大的弧形。我及時看見他五指箕張，他是要摑她耳光，極其用力的一耳光，比電影中男人為了要讓女人回過神來而甩的耳光猛烈多了。我才作勢要舉手阻擋，亞當已經站起來攔住了高林吉，並且抓住了他的手腕。他那打歪的猛力一揮提供了加速度，正好把亞當拉了起來。高林吉雙膝落地，就跟我那次一樣，被抓住的手被扭到頭頂上，就快被捏碎了，而亞當則君臨其上。這是痛苦煎熬的一幕。米蘭妲別開了臉。亞當的勁道不減，強迫年輕人坐回椅子上，一等他坐好，就放開了他。

然後我們靜坐了幾分鐘，而高林吉則把胳臂彎在胸前。我知道有多痛。我記得我可沒有他這麼克制。他得照顧他的面子。監獄文化必定好好調教了他一番。晡時的陽光突然射入客廳，照亮了一條長形的橘色地毯。

高林吉喃喃說：「我要吐了。」

可是他沒有移動，我們也一樣。我們等著他恢復。米蘭妲盯著他，臉上明明白白寫著厭惡，上唇也向內縮。這是她到此地來的原因，來看他，真正地看他。可現在呢？她當然不認為高林吉能說出什麼有意義的話來。他和所有的強暴犯一樣都沒有能力設身處地為被害人著想。他壓住瑪麗恩時，她被釘死在草地上時，她被抓進他懷裡時，他無法想像她的恐懼。即便是他看見、聽見、嗅到了她的恐懼。他的勃起完全不因她的恐懼而影響。在那一刻，她可能只是個充氣娃娃，一個工具，一個機器。或者——我完完全全冤枉高林吉了。我知道了真相的鏡像。我才是那個無法想像的人：高林吉對他的被害人的心態瞭如指掌。他進入了她的悲慘，並且感到刺激，而且就是這種想像、這種瘋狂的共鳴令他得意不已才會將他的興奮驅使到一種性仇恨的昇華程度。我不曉得是知道還是不知道更糟糕，不曉得如果兩種情況都可能是真的算不算得上有道理。我覺得兩者是互相排斥的。可是我敢說高林吉都不知道，他也沒什麼能跟米蘭妲說的。

陽光穿透平板玻璃射在我們的背上，位置稍微下沉，房間充滿了光線。我們三個在沙發上坐成一排，在高林吉眼裡可能只剩輪廓；而在我們眼裡他則被光線照亮，像舞台上的人物，所以是他而不是米蘭妲開了口，似乎是非常合適的。他用左手把右手壓在胸口，恍如在發誓。他放棄了粗暴的語調。痛到這個程度會像鎮定劑、像強心針，剝掉假裝，哄勸他把聲音拉回到他無緣去做的大學生，毋需米蘭妲插手。

「那個去找妳的人，布萊恩，跟我關在一起，因為持械搶劫進來的。監獄的人手不足，所以我們經常會一天有二十三小時被關在一起。這件事從我開始服刑就開始了。最可怕的階段，大家都說，是頭兩個月，你還沒接受你坐了牢，你會一直想本來可以怎麼樣，你打算怎麼逃出去，怎麼上訴，生律師的氣，因為好像一點進展也沒有。

「我什麼麻煩都惹過了，我是指打架。他們跟我說我有憤怒的問題，他們說的對。我覺得因為我六呎二，打橄欖球的中排位置，所以我可以照顧自己。屁。我根本就不會打架，我的喉嚨挨了一刀，差點死掉。

「我後來很恨我的牢友，每天在同一個桶子裡大便就會這樣。我恨他吹口哨，他發臭的牙齒，他的伏地挺身和開合跳。他是一個惡毒的小矮子。可是不知道為什麼，我一直能控制住自己，而他出來以後也幫我傳話。可是我更恨妳十倍。我常常躺在床上，心裡焚燒著仇恨之火，幾個小時不熄。有一件事妳可能不相信。我從來沒想到妳跟那個印度女孩有關係。」

「她們家是巴基斯坦人，」米蘭妲柔聲說。

「我不知道妳們是朋友。我以為妳也是那種討厭男人的臭三八，不然就是隔天早上醒來就對自己感到羞恥，決定要拿我當出氣筒。所以我躺在床上，計畫要復仇。我會把錢存起來，找個人幫我報仇。

「時間過去了，布萊恩出獄了。我被移監了幾次，慢慢的情況也都穩定下來了，白天變得都一樣，時間也好像走得更快了。我進入了沮喪期。他們給我上憤怒管理課。差不多在那個時候，我開始像被鬼纏身，不過不是被妳，是被那個女的。」

「她叫瑪麗恩。」

「我知道。我想盡辦法把她忘了。」

「我可以相信。」

「現在她又回來了。還有我做的那件可怕的事情。到晚上——」

亞當說：「說清楚，什麼可怕的事情？」

他一個字一個字說，像是在聽寫。「我攻擊了她。我強暴了她。」

「她是誰？」

「瑪麗恩．馬里克。」

「日期呢？」

「一九七八年七月十六日。」

「時間？」

「大概是晚上九點半。」

「你是誰？」

可能是高林吉害怕亞當會對他怎麼樣，可是他似乎是急迫多於驚怕。他一定是猜到了會有錄音。他需要向我們坦承一切。

「什麼意思？」

「告訴我們你的姓名、住址以及出生日期。」

「彼得．高林吉，索爾茲伯里聖奧斯蒙巷。一九六〇年五月十一日生。」

「謝謝。」

接著他往下說，半閉著眼睛抵擋陽光。

「我發生了兩件很重要的事。第一件更重要。一開始有點像詐騙，可是我覺得不是碰運氣，而是冥冥中就有指引。牢裡規定你可以有多一點時間放風，只要你有宗教信仰。我們有很多人都把握住這個機會，那些牢頭都了解，只是不在乎。我信了國教，開始每天都去晚禱。我現在還是每天去，去大教堂。起初很無聊，可是總比在牢房裡強。後來比較沒那麼無聊了。後來我漸漸被吸引過去。主要是牧師，至少在一開始的時候，威爾弗利．穆瑞牧師，一個很龐大的傢伙，說話有利物浦口音。他誰也不怕，在監獄那種地方可是很了不起的事。他看出我是認真的，就開始對我有興趣。他有時會到我的牢房來，給我聖經的章節要我讀，主要是新約。每週四的晚禱之後，他會跟我一起讀聖經和別的書。我從來沒想過我會自願參加讀經班，而且不是像有些人是為了假釋委員會。可是我越是知覺到上帝的存在，我對瑪麗恩的事就越難過。我從穆瑞牧師那兒明白我需要攀登一座大山之後才能慢慢接受我做的事，寬恕還有一段漫漫長路，可是我可以向那個目標努力。他讓我看清了我以前是個畜牲。」

他頓了頓。「晚上，我一閉上眼睛就會看到她的臉。」

「那你的睡眠不就被干擾了。」

他對譏刺免疫，或是假裝免疫。「好幾個月，我沒有一晚不做惡夢。」

亞當說：「第二件事是什麼？」

「是一個啟示。有個學校的朋友來看我，我們在會客室待了半個小時。他跟我說了自殺的事，說引起了震驚。那時我才知道妳是她的朋友，妳們兩個很要好。所以，是報復。我差不多要佩服妳了。妳在法庭很了不起。誰也不敢不相信妳。可是重點不在這裡。幾天以後，我跟牧師談起這件事，那時我才睜開了眼睛。很簡單，而且還不止。妳做的對，妳是復仇的代理人，也許我應該用天使。復仇天使。」

他換了坐姿，畏縮了一下，左手捧著斷掉的手腕。他穩穩地看著米蘭妲。我感覺到她的上臂抵著我的胳臂緊繃起來。

他說：「妳是被派來的。」

她鬆懈下來，一時間說不出話來。

「被派來的？」我說。

「沒有必要為正義流產生氣。我已經在慢慢面對我的懲罰了。上帝的正義，由妳來實現。天平平衡了——用我犯下的罪惡來抵銷我沒犯的而且是上帝降下的罪惡。我放棄了上訴。憤怒消失了。嗯，大部分。我應該寫信給妳的，我有那個打算。我甚至去妳爸家問地址。可是我沒寫。誰在乎我是不是曾經想要妳死？都過去了。我讓自己振作起來，我去德國跟我爸媽住——

我爸在那裡工作。然後我回來開始新的生活。」

「意思是？」亞當說。

「去應徵。當售貨員。而且活在上帝的恩典中。」

我漸漸了解高林吉為什麼已經準備好要說出他的罪行，並且大聲的指認自己。宿命論。他想要寬恕，他服過刑。現在發生的事都是上帝的旨意。

米蘭妲說：「我還是不懂。」

「什麼？」

「你為什麼要強暴她？」

他瞪著她，微微覺得好笑，她居然這麼不通世務。「好吧，她很美，我渴望她，所以別的考慮都給拋到九霄雲外了。結果事情就發生了。」

「我懂欲望。可如果你真的覺得她很美……」

「怎樣？」

「為什麼強暴她？」

兩人看著彼此，隔著一片沙漠，其中是帶著敵意的不了解。我們又回到了原點。

「我跟妳說一件我從來沒有告訴過別人的事。我們倒在地上的時候我是想要安撫她的，真的。要是她以另一個角度看那一刻，要是她看著我而不是扭動著要掙脫，可能就會是——」

「是什麼？」

「要是她能放鬆個一下子，我覺得我們可能越過……妳知道。」

米蘭妲用力一推，從柔軟又發黏的沙發上站了起來，聲音發抖。「不准你這麼想。你好不要臉！」接著，像耳語。「天啊，我要……」

她匆匆離開了房間，我們聽到她拽開前門，然後，是她的乾嘔聲，接著是大口大口的嘔吐。我跟了出去，亞當也跟著我。毫無疑問，這是內臟的反應。可是我確定她在開始嘔吐之前打開了門，她大可把頭轉向左邊或是右邊，吐在草皮上或花床上的，可是她的胃容物，五彩繽紛的中午的自助餐，卻吐在門廊地毯和門檻上，厚厚的一層。她站在屋外朝屋子裡嘔吐。她後來說她沒辦法，控制不住，可是我老是想，或是寧可這麼想，在這裡，在我們的腳邊，是復仇天使的臨別一擊。跨過去時得步步留神。

9

從索爾茲伯里回家的路上又是交通壅塞，大雨連綿，而且幾乎沒有人說話。亞當說他想要著手處理高林吉的口供。米蘭妲跟我就像我們和彼此說的，感情上被掏空了。雪莉和紅酒漸漸讓我不勝酒力。我這邊的雨刷幾乎不起作用，只是間歇地把玻璃弄髒。龜速穿入倫敦外緣，朝我開始覺得是前半生的人生行進，我的心情開始下沉。我的人生在一個下午就變形了。我在努力評估我答應的事——那麼的浮躁，那麼的輕率。我真的想要當一個有麻煩的四歲孩子的爸爸？米蘭妲已經著力了幾個星期——私下裡。我才只有幾分鐘就因為愛她而胡亂做出了決定——就是這樣。我承諾的責任是很重大的。回到家後，我的思緒仍然像一團亂麻。

我重重坐在廚房椅子上，端著一杯茶。我還不敢把我的感覺告訴米蘭妲。我得承認，在這一刻，我憎恨她，尤其是她那種偷偷摸摸的老毛病。我當現成的父親是被趕鴨子上架，被霸凌，被感情勒索。我得要告訴她，可不是現在，因為少不了會吵一架，而我現在沒那個力氣。我尋思著我們人生道路上的分叉，我們可能會走的方向：這是所有戀愛中人都會遇到的，糟糕卻短暫的一刻，我們可以好好談一談，找出一個解決之道，加以一回合的感激做愛。或是：倒退，我們兩個都太過份，像兩個笨手笨腳的高空鞦韆特技演員，失手摔落，而在我們照顧傷口時，漸漸變成陌生人。我冷靜地衡量這些可能。即使是第三條路也並沒讓我多煩惱：我會失去她，後悔莫及，再也喚不回她，無論我有多努力。

我傾向於讓事情寂然無聲地從我面前滑過。今天既漫長又緊張。我被當成了機器人，我的求婚成功，又自願當速成父親，聽說了亞當的四分之一個同種自毀，也目睹了強烈的道德反感的生理影響。現在沒有一件事能讓我掛懷，反倒是比較小的事情——我沉重的眼皮，半品脫的茶給我的安慰，我想來一大杯的威士忌。

為人父母。我倒是不能宣稱自己太忙、壓力大或是有什麼雄圖大志。我的問題正相反。我自己找不出什麼藉口來反對養孩子。他的存在會抵銷掉我的存在。他的人生開始得悲慘，他需要大量的關愛，他注定會很難纏。而我自己的人生都還沒開始呢，我活得微不足道，事實上是活得幼稚。我的生存是一個空空洞洞的空間，要拿為人父母來裝填會是一種迴避。我有年紀較長的女性朋友，她們在別的辦法都沒有的時候懷孕了，她們從不後悔，可是一旦孩子長大，除了薪資微薄的兼差、或是組成讀書會，或是學點度假用的義大利語之外，別的就完全是零。而那些已經是醫生或老師或老闆的女人會洩氣一陣子，然後就回去繼續努力。男人根本連洩氣都不會。可是我沒有什麼好努力的。我需要的是心靈力量來拒絕米蘭妲的提議。同意她完全是怯懦的行為，是我怠忽了一個更大的目標（假設我能找到一個）。我需要負責任，而不是當孬種。

可是我沒法現在跟她對峙，不能在我眼皮子抬不起來的時候，大概得等個一、兩星期吧。我不能相信我自己的判斷。我把椅子往後仰，看見了索爾茲伯里的馬路在我的面前延展，白線在汽車底下閃爍。我睡著了，食指還勾著喝完了的茶杯把。我往下沉，夢到回聲互撞，融合為一個憤怒的國會辯論，在近乎空蕩的房間裡。

做晚飯的聲響和氣味吵醒了我。米蘭妲背對著我，她一定是知道我醒了，因為她轉過來，走向我，端著兩杯香檳。我們親吻，碰杯。我的精神恢復過來了，我看見了她的美，彷彿是第一次——細緻的淡棕色頭髮，精靈似的下巴，調皮的灰藍色眼睛瞇著。我們倆之間仍然籠罩著那件事，但是運氣真好，躲開了收回承諾和吵架。起碼是眼前。她擠進了我的椅子，我們聊著為馬克做的計畫。我推開了憂慮，只為了享受這快樂的時光。現在我知道了米蘭妲帶馬克去過埃爾金月牙街，我們會像一家人一樣住在那裡。好極了。假設寄養和領養的過程能在九個月內完成，那拉德布魯克林有一所小學很適合「我們的兒子」——這個說法讓我很難接受，可是外表上我仍然是一臉高興。她跟我說領養處的人不喜歡她的生活安排。單房公寓不夠。所以她的計畫是：我們把兩間公寓的外門拆掉，讓門廳變成我們的共用空間。我們可以裝潢，鋪上地毯。我們不需要麻煩房東。等到搬家的時候到了，我們會恢復原狀。我們可以把她的廚房改裝成馬克的臥室。不需要大張旗鼓拉管線，我們就把爐子、洗碗槽和流理台用木板蓋住，再鋪上色彩繽紛的布。廚房的餐桌可以折疊起來，收進她的──「我們的」──臥室裡。我們的生活會合併，我當然喜歡，太讓人興奮了，所以我同意了。

差不多快午夜了我們才回到餐桌去吃她做的晚飯，隔壁房間傳來亞當敲鍵盤的聲音。他並不是在貨幣市場幫我們賺進更多的錢，他是在把高林吉的口供記錄下來，包括他的自我認同。文字記錄和錄影和隨同的陳述會組成一份檔案，送給索爾茲伯里警局特定的一位資深警官，副本則會送給地檢署。

「我是膽小鬼，」米蘭妲說。「我怕死了審判。我好害怕。」

我去冰箱拿酒瓶，斟滿了酒杯。我瞪著酒，瞪著氣泡往上冒，一開始似乎不情願，後來上升的速度變得很快。既然已經做了決定，就好像急不可待了。我們之前就談過她的恐懼。萬一高林吉被起訴，不肯認罪。又要上一次法庭，再忍受一次交叉詰問、媒體、大眾的審視，再次面對他。情況很糟，但還不是最壞的情況。讓她恐怖噁心的事是把瑪麗恩的家人拉上旁聽席。她的父母可能會提供證據給檢方。在他們每天都得知女兒被強暴的詳細情況以及米蘭妲邪惡的沉默不語時，她會陪著他們。因為一個愚蠢少女的拒絕作證而賠上了一條人命。她的家人會記得她是如何的背棄了他們。她在證人席上複述這個故事時，她會苦苦掙扎卻無法避開莎娜、亞錫爾、蘇蕾亞、哈米德和法漢的目光。

「我跟亞當說我沒辦法面對，他不肯聽。你睡覺的時候我們吵了一架。」

當然，我們知道她會去面對的。我們默默坐了幾分鐘，她低垂著頭，思忖著她自己發動了什麼。我明白原因，因為她的恐懼，她必須要勇往直前，設法扭轉她在瑪麗恩生前死後所犯的錯。我同意高林吉坐三年牢不夠，我欣賞米蘭妲的決心，我愛她的勇氣和慢火悶燒的憤怒。我從來就沒想過嘔吐會是一種道德的行為。

我改變話題。「跟我說說馬克。」

她很願意談他。他的母親從他的生命中消失讓他受創很重，老是在追問她去了哪裡，有時退縮，有時開心。有兩次，他被帶到醫院去看她。第二次探病時，她也不知是沒認出他來還是不願意認出他來。社工潔絲敏認為他經常挨打。他有咬下唇的習慣，都快咬出血了。他非常挑食，不肯碰蔬菜、沙拉或水果，但似乎靠垃圾食物活得挺健康的。他仍然很愛跳舞，可以隨錄音機的音樂起舞。他認得字母，會數數，他自己說會數到三十五。穿鞋子他會分辨左右腳。他跟其他的孩子相處得不大好，老是會挪到團體的邊緣。問他長大後想當什麼，他會說：「公主。」他喜歡打扮成戴皇冠拿權杖的樣子，穿著舊睡衣「飛行」。他穿借來的夏季洋裝很開心。潔絲敏倒不擔心，可是她的直屬上司是個年紀較大的女人，卻不苟同。

這時我想起來我有件事忘了跟她說。我穿過遊戲區時，跟馬克手牽手，他要我們假裝我們逃走，坐船逃走。

她突然淚汪汪的。「喔，馬克！」她喊了一聲。「你真是個又特別又美麗的孩子。」飯後，她站起來要上樓去。「我老是覺得我將來會有孩子，我從來沒想到會愛上這個小男孩。可是要愛上誰不是我們能決定的，對不對？」

稍後，我正在整理廚房，突然有一種想法。非常明顯，而且危險。我走到隔壁去，發現亞當在關電腦。

我坐在床沿，先問他和米蘭妲的對話。

他從我的辦公椅上站起來，穿上西裝外套。「我是想讓她安心，她不信。但是機率非常之高。高林吉會認罪，不必上法庭。」

勾起了我的注意。

「否認他做的事，他就得在發過誓之後再說一千個謊言，而他知道上帝在聽。米蘭妲是祂的信使。我從研究中發現罪人極其渴望卸下重擔，他們似乎是進入了一種欣喜的放棄狀態。」

「好，」我說。「可是我突然想到。這事很重要。等警察讀到了今天下午發生的事？」

「怎樣？」

「他們會懷疑。要是米蘭妲知道高林吉強暴了瑪麗恩，那她為什麼還帶著一瓶伏特加一個人跑到他的公寓去？不是擺明了要報仇嗎。」

我還沒說完亞當已經在點頭了。「對，我想過了。」

「她需要能夠說她是今天才知道的，在高林吉承認的時候。這可得要好好的編輯一下。她到索爾茲伯里去質問強暴她的人，在此之前她並不知道他強暴了瑪麗恩。你了解嗎？」

他筆直看著我。「我非常了解。」

他轉過身，沉默了一分鐘。「查理，我半個小時前聽到的。又一個走了。」

他以更低的聲音把他僅知的部分告訴了我。是一個亞當，外表像非洲的班圖人，住在維也納郊區。他在鋼琴方面極有天分，尤其是巴哈，他的〈郭德堡變奏曲〉令一些樂評家驚訝。這一個亞當，根據他傳給同類的最後訊息所說，是「把他的意識融解了」。

「他不是真的死了。他有運動功能，但是沒有認知。」

「他能修復之類的嗎？」

「不知道。」

「他還能彈鋼琴嗎？」

「不知道。可是他絕對是學不了新曲了。」

「這些自殺的為什麼不留下解釋？」

「我猜他們並沒有解釋。」

「可是你一定有個推論，」我說。我替這位非洲鋼琴家傷心，也許維也納並不是一個最能接納各色人種的城市。這一個亞當可能是太有才華了，反倒於他不利。

「我沒有。」

「跟世界情勢有關。或是人性？」

「我的猜測是更深奧。」

「其他的怎麼說？你有跟他們聯絡嗎？」

「只有在這種時候。簡單的通知。我們不臆測。」

我正開口要問他為什麼，他卻舉起一隻手來阻止了我。「本來就是這樣。」

「那更深奧指的是什麼？」

「聽著，查理，我不會做同樣的事。你也知道，我有活下去的理由。」

是他的措辭或是他的強調挑起了我的疑心。我們狠狠地互望了長長的一眼。他眼珠裡的小黑條在移動排序，我盯著看時，覺得像在游泳，甚至是蠕動，從左到右，像微生物漫不經心地盯著某個遙遠的目標，像精蟲向卵子遷徙。我盯著他，看得入迷——和諧的元素寄宿在我們這個時代最高的成就之中。我們自己的科技成就把我們拋在腦後，本來也就是會這樣，留下我們擱淺在我們有限的小小的智能沙洲上。可是我們現在是用人類的水平來處理，我們想的是同一件事。

「你保證過你不會再碰她。」

「我一直信守承諾。」

「有嗎？」

「有，可是……」

我靜待下文。

「要說出來不容易。」

我毫不鼓勵他。

「有一次，」他才開口說又打住了。「我懇求她。她說不，好幾次。我懇求她，最後她終於同意了，條件是我不能再要求她。非常的羞辱。」

他閉上了眼睛，我看見他握緊了右拳。「我問我能否在她的面前手淫，她說可以。我做了。就這樣。」

我詫異的不是這番自白的毫無掩飾，或是它滑稽的荒謬成分，而是那份暗示，又一次，說他確實有感覺，他有知覺。主觀上的真實。代價是在他所愛的女人面前那麼的卑躬曲膝，又何必假裝，何必模仿，要騙誰啊，要讓誰羨慕嗎？這是一種沛然莫之能禦的肉欲衝動。他不需要告訴我。他是一定會有這樣的衝動，而他也非跟我說不可。我不認為這是背叛，也不是食言而肥，我甚至不會跟米蘭妲提起。我忽然對他的誠實和脆弱產生了一股溫情，我從床上站起來，走向他，按住他的一邊肩膀。他也舉起手來輕觸我的手肘。

「晚安，亞當。」

「晚安，查理。」

¶

暮秋流行的一句名言顯然是出於前任首相：半小時在政治上就是很長的時間了。哈羅德．威爾遜㊻原本說法中的「一週」對這個國會來說似乎太漫長了。有天下午倒像是會有一場領導地位的挑戰，但是到了隔天早晨，簽署的人數不足——膽小怕事的人占了多數。之後不久，政府以一票險勝，通過了對下議院的不信任投票。某些資深的保守黨倒戈，某些棄權。柴契爾

㊻ 哈羅德．威爾遜（Harold Wilson, 1916-1995）是工黨黨魁，曾任兩屆英國首相。

夫人備受羞辱，憤怒固執，對忠言概不接受，主張在三週後來一場提前大選。一般咸認她是想要搬磚頭砸自己政黨的腳，反正大多數的黨員都相信她在選舉上只會是個拖累，她卻不作如是觀，可是她錯了。保守黨幾乎招架不住托尼．本恩的競選招數，無論是電視和廣播或是巡迴造勢，而在工業城和大學城更是聲勢直落。福克蘭島災難，現在被冠上這種說法了，又回來摧毀她。這一次，社會大眾沒有了團結的號召，心中不存寬恕了。電視上的見證人淨是悲傷的孤兒寡母，是致命的一擊。工黨的競選策略讓大家都忘不了本恩在反對特遣隊上的發言是多麼的雄辯滔滔。人頭稅令人耿耿於懷。正如預測，收稅的過程困難重重又花費過多。不繳稅的名人有一百多名，許多是女演員，都坐了牢，成了烈士。

一百萬名三十歲以下的選民最近加入了工黨，許多人都積極想敲開國家的大門。投票前夕，本恩在溫伯利球場發表了一篇慷慨激昂的演說，一面倒的選舉結果遠遠超過了預期，壓過了一九四五年工黨的勝利。柴契爾夫人決定徒步離開唐寧街十號，與她的先生和兩個孩子手挽著手，那一刻令人感傷。她走向白廳，腰桿筆直，一副不服輸的模樣，可是眼淚卻明顯可見，而且幾天之後整個國家都懊悔不已。

工黨有一百六十二名國會議員，占了絕大多數，許多都是剛當選的本恩派。新首相從白金漢宮返回，應女王所託組織新內閣，他在唐寧街十號外發表了重要談話。國家會單方面廢除核子武器——並不令人意外。此外，政府會著手退出現在稱之為歐盟的組織——這卻投下了震撼彈。工黨的宣言中只用一行語焉不詳的句子說到這一點，民眾幾乎都沒注意到。本恩在他的新居大門口告訴全國民眾不會再來一次一九七五年的全民公投。國會會決定。唯有納粹的第三帝國和其他的暴政才是由公投來決定政策的，而且通常也都不會有好結果。歐洲不僅僅是一個主要在圖利大企業的聯盟，歷史上歐陸的會員國和我們國家也大相逕庭，他們遭遇過暴烈的革命、入侵、占領和專制政體，因此他們太樂於將他們的身分併入一個由布魯塞爾主導的共同理念之下。可是我們國家有近一千年沒有被征服過，不用多久，我們就又可以自由自在地活著。

本恩一個月後又在曼徹斯特自由貿易廳做了同一篇講詞的加強版演說。他的旁邊坐著歷史學家 E.P. 湯普森。輪到他發言時，他說愛國主義一直是政治右派的領域，現在該是轉向左邊收復失地的時候了。一旦核武廢除了，湯普森說，政府就會提高常備軍的兵力，英倫群島就會固若金湯並且獨攬大權。他並沒有點名哪個敵人。卡特總統送給本恩一封支持信，使用的文字在美國的右派人群中引起醜聞，使他的第二任任期始終不得安寧：「『社會主義者』一詞我並不覺得有什麼不對。」稍後的民調顯示半數登記的民主黨人後悔他們沒有投給敗選的總統候選人隆納·雷根。

對我來說，心理上被限制在北克拉彭，這一切——事件、異議、鄭重的分析——都只是紛紛擾擾，今天起明天落，雖然值得關心卻比不上我自己的家庭生活的亂流，而且亂流在十月底來到了緊要關頭。那時，表面上一切順利。我們按照米蘭妲的提議裝修了公寓，等待馬克來臨。我們的門板拆掉了，儲存起來，陰暗的門廳和大型櫥櫃都裝點得很亮麗，瓦斯表和電表隱藏了起來，還鋪了一塊地毯。米蘭妲的廚房變成了兒童臥室，床是藍色的雪橇床，有很多的書和玩具，牆壁上是童話故事中的城堡、船和有翅膀的馬。我把我書房裡的床鋪搬走丟掉——這是通往完全成熟的道路上的指標。我幫米蘭妲裝了書桌，買了兩台新電腦。領養機構很高興我們就要結婚了。我仍會覺得不安，但是我不能說出口。我參與了一切的準備工作，覺得內疚，有時甚至覺得震驚，我居然能一直假裝下去。而別的時候，為人父似乎是一條避無可避的道路，而我多少覺得心滿意足。

米蘭妲的導師很欣賞她的前三章論文。亞當尚未把他整理的資料送給警方，也不願意談論此事。可是他繼續修改，我們也不擔心。我為諾丁丘的房子付了百分之五的現金訂金，之後，基金還剩下九萬七千鎊。金額越多，利滾利的速度就越快，而有了新電腦，速度甚至更快。我自己在這段期間的工作主要是裝潢和木工。

亂流出現的時候其實絲毫不起眼。馬克第一次來訪的前夕，米蘭妲跟我很晚了在廚房喝茶，亞當拎著手提袋進來，宣佈他要去散步。他之前也一個人去散步過，所以我們也沒多想。

翌晨我很早就醒了，頭腦比往常清醒。我溜下床，小心不吵醒米蘭妲，下樓去弄咖啡。亞當還沒回來。我雖然意外還是決定不必為他擔心。我急於利用這種不尋常的狀態來補上一些沉悶的行政工作，包括付賬單。要是我不趕緊利用這種心態，我就得在這個星期之內拖著自己去做事，而且滿心痛恨。現在我則可以悠然從公。

我把杯子帶進書房。桌上有三十鎊。我收進了口袋裡，也沒多想。照慣例，我先看新聞。沒什麼消息。工黨在布萊頓的大會延遲六週，因為黨內對政策的看法分歧，而且還只是在初始階段。濱海地區的政治活動在增加，據報有些地方還封鎖新聞。

本恩已經和他的左翼不合，因為他接受了要去白宮的正式邀請，而不去歡迎巴勒斯坦的代表團。他也沒能履行承諾立刻釋放抗人頭稅的烈士。行政部門想要向司法部下指導棋並沒有那麼容易。他早該知道的，很多人說，在他信誓旦旦地保證的時候。另外，人頭稅也不會撤銷，因為國會有太多更重要的法案有待處理。他的右翼也不高興。廢除核武會損失一萬個工作機會。從歐盟出走、廢止私校、能源行業重新收歸國有、加倍社會安全都表示必須提高所得稅。倫敦市民怨沸騰，反對在原本的放鬆管制上開倒車，反對各行各業的百分之一證交稅再減折半。

公共行政是地獄似的一角，對某些人來說完全無法抗拒。一旦跳進去了，又升到最高層，他們無論做什麼都會招惹來某個人、某一行的痛恨。隔山觀火，我們這些人可以舒舒服服地憎惡整部政府機器。每天讀著公共煉獄對我這樣的人是絕對不可或缺的事，算是一種無傷大雅的心理疾病吧。

最後我終於不看了，著手處理我的分內之事。兩個小時之後，剛過十點，我聽見門鈴響，米蘭妲的腳步聲在我的頭頂響起。幾分鐘後，我聽見比較頻繁的足聲，快速從一個房間移動到另一個房間，然後又回來。短短的沉靜之後，聽起來像是有球在反彈。接著是很響的一聲砰，還有回音，是什麼從高處往下跳，天花板的燈都震得嘎嘎響，有些灰泥粉塵落在我的手臂上。我嘆口氣，又一次考慮是否要當爸爸。

十分鐘後，我坐在廚房的扶手椅上，觀察馬克。就在扶手的下方皮革有一道長長的裂痕，我通常都會塞舊報紙進去，部分是在丟報紙，卻也隱約希望報紙可以替代消失的填充海棉。馬克把報紙一張張拉出來，還一邊數。他把報紙攤開來，鋪在地毯上。米蘭妲坐在餐桌上，壓低聲音和潔絲敏講電話。馬克用雙手仔細地把每張紙都撫平，動作像在游泳，報紙平展在地鋪上，而他則喃喃對著報紙說話。

「八號。好，你去那邊，不要動……九……你留在這裡……十……」

馬克變了很多。他高了一吋左右，紅金色的頭髮中分，又長又密。他穿著成人世界的公民制服——牛仔褲、毛衣、運動鞋。嬰兒肥從臉上漸漸消失，現在的臉形較長，目光多了一份警戒，可能是動盪不安的人生造成的。他的眼珠是深綠色的，皮膚如同瓷器般光滑雪白。是個完美的蓋爾特人。

不出多久，幾個月來的大事都散佈在我的腳下。福克蘭戰艦焚燒，柴契爾夫人在黨大會上舉起一隻手，卡特總統在重大演說之後與人擁抱。我不確定馬克的數數遊戲是否是一種打招呼、一種悄悄向我靠近的方式。我耐心地坐著，靜靜等待。

最後，他站了起來，走向餐桌，拿了一盒巧克力甜心和一隻湯匙，然後走回我這邊。他一隻手肘放在我的膝蓋上，弄著他需要撕掉的鋁箔紙邊緣。

他抬頭。「有點難開。」

「你要我幫忙嗎？」

「我自己就會，可是今天不行，所以你要幫忙。」口音仍是一般的倫敦東區口音，但是還多了一點什麼，某種底音，讓母音多了些微變化。像米蘭姐吧，我覺得。他把紙盒放在我的手上，我幫他打開來，交還給他。

我說：「你要坐在餐桌吃嗎？」

他拍了拍我的椅子扶手。我幫他坐上來，他就這麼高高棲在我上方，把巧克力舀進嘴裡。

有一坨掉在我的膝蓋上，他往下瞄了一眼，喃喃咕噥了一聲「啊」，卻一點也不擔心。

他一吃完就把湯匙和紙盒都推給我，說：「那個人呢？」

「哪個人？」

「鼻子怪怪的那個。」

「我也在奇怪。他昨晚出去散步，到現在都還沒回來。」

「他應該要上床睡覺才對。」

「對啊。」

馬克的話點出了我益發增加的憂慮。亞當通常會散步到大老遠外，可是從來不會過夜不歸。要不是馬克在這裡，我可能已經在房裡踱步，等著米蘭妲講完電話，我們就可以兩個一塊發愁了。

我說：「你的行李箱裡裝了什麼？」

行李箱就放在米蘭妲的腳邊，淡藍色的箱子，貼了怪獸和超級英雄貼紙。

他看著天花板，誇張地深呼吸，扳著手指頭數。「兩件洋裝，一件綠的，一件白的，我的皇冠，一二三本書，我的錄音機跟我的百寶盒。」

「百寶盒裡裝了什麼？」

「嗯，祕密的硬幣和恐龍的腳趾甲。」

「我從來沒看過恐龍的腳趾甲。」

「對，」他愉快地說。「你是沒有。」

「你要讓我看嗎？」

他直接指著米蘭妲，改變了話題。「她要當我的新媽咪。」

「那你喜不喜歡？」

「你要當爹地。」

他心裡想的不是一個他能夠回應的問題。

他靜靜地說：「反正恐龍全都絕種了。」

「沒錯。」

「牠們都死了，不會回來了。」

我聽出了他聲音中的遲疑，就說：「他們是絕對不會回來了。」

他嚴肅地看著我。「什麼都不會回來。」

我具有治療作用的支持的、親切的回答才想出了一半，我打算要說的是：「過去都過去了。」他卻一聲喊，打斷了我，幸好是開心的一聲喊。

「我不喜歡坐這張椅子！」

我上前去把他抱下來，他卻尖叫一聲跳到地上，落地時採蹲伏的姿勢，然後向前一躍，再次蹲伏，高聲喊：「我是青蛙！青蛙！」

他在地上跳來跳去，扮演一隻非常吵的青蛙，而同時發生了兩件事。米蘭妲掛上了電話，叫馬克小聲點。正巧門也打開了，亞當站在我們面前。房間登時安靜下來。馬克匆匆過去拉住米蘭妲的手。

我知道那種電力消耗的表情。除此之外，亞當仍和平常一樣，穿著整齊的白襯衫和黑西裝。

「你沒事吧？」我說。

「如果害你們擔心，我非常抱歉，可是我……」他上前到米蘭妲站的地方，俯身拿出充電線，一把扯開襯衫，把插頭接上肚子，跌坐在廚房的硬椅上，重重嘆了口氣。

米蘭妲從餐桌後站了起來，走過去背對著爐子。馬克緊緊跟著她，頭卻轉向亞當。她說：「我們在擔心你了。」

他仍然處於鬆懈不設防的狀態。我有時會好奇充電是否就像是滿足焦渴的喉嚨。他跟我說過在最初的幾秒有一股豐沛的電流，像一道清爽的波浪湧入，令人心曠神怡。他有一次出乎尋常地爽朗健談。「你絕對想像不到，愛上直流電是什麼感覺。在你真正需要時，你手上拿著充電線，而你終於接上了插座，你很想要大聲吼叫，叫出活著的喜悅。剛插上時——就像光貫穿了你的身體，接著慢慢緩和，像某種深奧的東西。電子，查理。宇宙的果實。太陽的金蘋果。讓光子成為電子之父！」還有一次，他一邊插電一邊眨著眼說：「你可以把吃玉米飼料的烤雞留著自己吃。」

而現在他不急著回答米蘭姐，他一定是進入第二階段了。他的聲音平靜。

「餽贈。」

「餽贈？」

「餽贈。你不知道嗎？時間老人，大人，背上有一個大口袋，他把人家的餽贈都放進去，為的是快快忘掉它。」

我說：「你在說什麼啊。什麼忘掉？」

「莎士比亞，查理。你的前人所留下的文化遺產。你怎麼能走來走去腦子裡卻不裝著一些呢？」

「有時候，我好像就是可以。」我覺得他是在傳送給我一個訊息，一個有關死亡的壞消息。我看著米蘭妲。她用一條胳臂攬著馬克的肩，而他正奇異地瞪著亞當，好像他知道，而成人反而可能無法在當下就得知這裡有個人在基本上與我們截然不同。許久以前，我養過一隻狗，一隻通常溫良馴服的拉布拉多。每次我的一個好朋友把他的自閉症弟弟帶過來，狗就會朝他狂吠，我們只好把牠關起來。一個意識在無意識之中了解。但是馬克的表情是敬畏，而不是挑釁。

亞當到這時才發現他。

「喔，你來了，」他用一種成人對嬰兒的唱歌語調說。「你記不記得我們洗澡的那隻船？」

馬克更往米蘭妲身邊湊。「那是我的船。」

「對。後來你還跳舞。你現在還跳嗎？」

他抬頭看米蘭妲。她點頭。他就又回頭看亞當，想了想之後說：「不一定。」

亞當的聲音變低。「你要不要過來跟我握手？」

馬克使勁搖頭，整個身體從左扭到右，再恢復原狀。其實無所謂。亞當不過是在表示友好，他縮回他的睡眠模式了。他跟我描述過幾次：他不會作夢，他「漫遊」。他分類重整他的檔案，重新分級記憶，由短期排到長期，以偽裝的形式演繹內在衝突，通常不會去解決，只讓舊資料復活以便更新，並且，他有一次是這麼說的，在思想的庭園之中恍惚地移動。在這般的狀態中他以相對的慢動作來進行研究，組構實驗性的決定，甚至寫新的俳句、或是丟棄舊的、或是重新想像舊的俳句。他也練習他所稱的感覺的藝術，允許自己體驗全部的範疇，從哀愁到喜樂，如此一來等他充飽了電，所有的情緒他都可以信手捻來。他強調說最重要的一點是這是一個修復和鞏固的過程，讓他每天醒來愉快地發現自己又一次有自覺，處於蒙恩的狀態之中——這是他的原話——取回那個物質的本質允許的意識。

我們看著他漸漸沉潛下去。

最後，馬克低聲說：「他睡覺了，可是他的眼睛沒閉上。」

確實是讓人發毛。太像死亡了。許久以前，一位醫師朋友帶我到醫院的停屍間去看我父親，他因為心臟病發作過世，事情來得太快，員工忘了把他的眼睛闔上。

我問米蘭妲要不要喝咖啡，順便給馬克一杯牛奶，她輕吻了我的嘴唇，說要在馬克被接走之前帶他到樓上去玩一會兒，隨時歡迎我去跟他們一起玩。他們離開後，我又回去書房。

回顧起來，我拖延的幾分鐘似乎是一種策略，為了不讓自己那麼快看到新聞，新聞是一個小時前的了，占據了所有的媒體網路。我從地板上拾起了幾本雜誌，放回架上，把發票夾在一起，整理我桌上的文件。最後，我在電腦前坐下，想著要自己來賺點錢，跟從前一樣。

我先看新聞——出大事了，每一個網站，遍布全球。凌晨四點布萊頓的大飯店有一枚炸彈爆炸。炸彈放置在清潔工的櫃子裡，幾乎就在本恩首相的臥室正下方，他當場送命。他的妻子需要去倫敦看醫生，並沒有在大飯店留宿。兩名飯店員工也罹難。副首相丹尼士・希利正準備到白金漢宮覲見女王。臨時愛爾蘭共和軍剛剛出面承認。政府宣佈進入緊急狀態。卡特總統取消了假期，法國總理喬治．馬歇下令政府機關一律降半旗。白金漢宮也收到了同樣的要求，但是皇室官員卻淡然答道：「前無慣例，亦不適當。」一大群人民自動聚集在國會廣場，倫敦市的富時一百指數上升了五十七點。

我每一篇報導都不放過，讀了所有我找得到的即時分析和論點：迄今為止，英國首相死於暗殺的只有一八一二年的斯賓塞．珀西瓦爾。我很欣賞各家新聞室的迅捷反應，這麼快就能呈現出即時分析和輿情：英國政壇從此沒有天真無邪的立足之地；托尼．本恩一死，愛爾蘭共和軍等於扼殺了對於他們的理念最坦率，至少是最沒有敵意的政治家；由丹尼士．希利來掌舵是最佳人選；丹尼士．希利只會給國家帶來災禍；派遣所有的軍隊到北愛爾蘭去，一舉殲滅愛爾蘭共和軍；警察，千萬別倉促行動，逮錯了人；有一家網上小報的頭版直接寫著「戰亂之邦！」

讀這些資料多少讓我不用去深思事件的本身。我讓螢幕一片空白，坐了一會兒，什麼也沒想。我好似在等下一個事件，最合宜的一個，可以逆轉發生的那件事的。然後我開始納悶這會不會是什麼歷史的轉捩點，或是什麼的揭曉，或是那種隨時間而消退的孤立的憤慨，像甘迺迪在達拉斯被刺。我站起來，來回踱步，仍然是什麼也沒想。最後，我決定上樓去。

他們兩個趴在地上，在托盤上拼拼圖。我進去時，馬克拿起了一片藍色的拼圖，鄭重地宣佈，引用他的新媽媽的話：「天空最難了。」
我在門口看著他們。他換了姿勢，改成跪姿，一條胳臂摟著她的脖子。她給了他一片拼圖，指著該放的位置。他弄了半天，在她的幫忙之下，把那一片嵌了進去。漸漸看出是一艘船航行在暴風雨的海上了，層層的積雲被旭日渲染成黃色和橘色。也可能是夕陽。兩人一面拼一面喃喃低語。等馬克被接走之後，我才會告訴米蘭妲這個消息，她對本恩一向是非常擁戴。
她又放了一片拼圖到男孩的手裡，他花了一點時間才放好。他拿顛倒了，然後手一滑，把相鄰的幾片天空又打亂了。終於，米蘭妲手把著手，幫他把那一片放對了位置。他抬頭瞄了我一眼，會心地一笑，似乎是想要分享勝利。那副表情和那抹笑容，我回應了，驅散了我所有的懷疑，我知道我願意。

¶

亞當充電完畢之後，狀態怪怪的，對於有意識的生活完全沒有讚歎之情。他在廚房裡緩緩走動，停下來東張西望，露出鬼臉，繼續前進，發出嗡嗡聲，從高到低的滑音，像是失望的呻吟。他敲到了一隻玻璃酒杯，酒杯摔到地板上砸碎了。他花了半個小時懊悔地掃碎片，然後再掃一遍，再趴到地上尋找遺漏的玻璃渣，最後他又動用了吸塵器。他搬了張椅子到後院去，站在椅子後面，瞪著鄰近房屋的背面。外頭很冷，不過他也不怕。後來，我走進廚房，發現他把一件白色棉襯衫鋪在桌上折疊，腰彎得很低，動作慢得像烏龜，慢吞吞撫平袖子上的皺褶。我問他怎麼了。

「我覺得，嗯……」他張著嘴巴，搜尋適當的話。「傷感。」

「傷感什麼？」

「傷感我沒有過的人生，可能會有的人生。」

「你是指米蘭妲？」

「我是指一切。」

他又晃到外頭去了，這一次坐下來瞪著前方，文風不動，就這麼坐了很久。他的大腿上有一個褐色信封。我決定不出去問他對暗殺事件的看法了。

剛剛下午不久，米蘭妲跟馬克說了再見，和潔絲敏又結束了一次對話之後，她就下來找我。我坐在電腦前漫無目標地搜羅更多新聞、各種角度、意見、陳述。卻原來事情一發生她就知道了。她倚著門框，我仍坐在原處。在肢體上接近會像是不夠尊重。我們的對話跟我的思緒十分相近，追著一個令人費解的事件原地打轉——事件的殘忍，愚昧。講話帶愛爾蘭口音的人在街上遭到攻擊。國會外的人群越來越多，被警察驅趕到特拉法加廣場。柴契爾夫人的辦公室釋出了聲明。是真心實意的嗎？我們認為是。是她自己寫的嗎？我們不確定。「儘管我們在許多政策的基本面上各持己見，但是我知道他是一位十足親切、高尚、誠實的男子，極度聰明，總是為國家著想。」每次我們談著談著就談到可能的結果，我們感覺是背叛了這一刻，接受了一個沒有他的世界。我們尚未準備好，我們又倒退了，雖然米蘭妲確實說了希利倒是可以讓我們不會把「時間終止」的炸彈引爆。我算不上是保守黨，可我覺得如果換作是柴契爾夫人被炸死在飯店，我也會一樣震驚。我覺得難以置信的是公共生活的、政治生活的大廈可能會搖搖欲墜。米蘭妲的看法卻不同。她說本恩和瑪格麗特・柴契爾屬於迥然不同的人類聯盟。對啊，人類，這就是我的重點。分裂的徵兆出現了，但是分裂是我們寧可避免的。

所以在這些哀嘆惋惜之後，我們改而談馬克。她摘述了她和社工的談話。領養的過程艱辛又漫長，米蘭妲得知我們已經走了三分之二了。沒多久試用期就會開始。

她說：「你覺得呢？」

「我準備好了。」

她點頭。我們讚美過馬克許多次，他的天性，他的變化，他的過去與將來，現在我們不打算再來一遍。若是平常的日子，我們可能會上樓到臥室去。眼前的她無精打采地倚著門框，樣子很美，一身新裝——一件白色的冬天厚襯衫，過大卻很有藝術味，緊身黑色牛仔褲，銀釘短靴。我重新考慮——說不定這是一個上樓去的好時機。我走向她，我們接吻。

她說：「我還擔心一件事。我讀童話故事給馬克聽，裡面有個乞丐，還有那個字眼。饋贈。」

「所以呢？」

「我有個可怕的想法。」她指著房間另一頭。「我覺得我們應該查一查。」

現在床鋪搬走了，我就把行李箱鎖進了櫃子裡。我把行李箱抬出來，光是重量就已經非常明顯，不過我還是把彈簧鎖打開了。我們瞪著空空的行李箱，裡頭一綑綑的五十鎊鈔票不翼而飛。我走到窗邊。亞當仍然在外面，坐在椅子上，已經一個半小時了。厚厚的信封仍在他的大腿上。九萬七千鎊。「你還放在家裡面！」我聽見內在的聲音這麼說。

我們並沒有看著彼此，反而別開了臉，站在那兒，浪費時間，默默咒罵，各自努力消化其中的含義。出於習慣，我瞄向桌上的電腦。白金漢宮的旗杆上終究還是降半旗了。

我們太過混亂，無法冷靜下來討論什麼策略，只決定行動。我們到隔壁的廚房去，把亞當叫進屋子裡。米蘭姐和我並肩而坐，亞當面對我們。他刷過了西裝，擦亮了皮鞋，換上了一件剛熨好的襯衫。只有一個地方不同——前胸口袋插了一條折起來的手帕。他的態度既嚴肅又不專心，似乎對一切渾不在意，無論我們說什麼。

「錢呢？」

「我捐出去了。」

我們雖然不指望他告訴我們拿去投資了，或是放到安全的地方了，可是我們依然震驚得啞口無言。

「什麼意思？」

讓人火大的是，他點個頭，彷彿是在獎勵我問了正確的問題。「昨晚我放了百分之四十到你的銀行保險箱裡，付你的應納稅額。我寫了封信給國稅局載明了所有的數字，讓他們知道會適時收到。放心吧，你們付的是舊制的稅率。剩下的五萬鎊我送到了事前通知過的幾家機構。」

他好似沒發覺我們的驚訝，仍拘泥地專心回答我的問題。

「兩家機構是照顧街頭遊民的，他們非常感激。接下來是一家公立的兒童之家——他們接受捐款供旅遊、娛樂等等用途。然後我向北走，捐給一家強暴收容中心。我把大部分的餘款捐給了一家兒童醫院。最後，我在警察局外和一位非常年邁的老太太說話，後來就陪她一起去找她的房東，幫她付清了積欠的房租，又預付了一年的房租。她就要被驅逐了，我覺得——」

忽然間，米蘭妲重重一聲嘆，說：「喔，亞當，這樣子行善簡直是發神經。」

「我提到的每種人都比你們更需要幫助。」

我說：「我們要買房子，錢是我們的。」

「這句話值得商榷，或者說是不相關。你的原始投資在你的桌上。」

太可惡了，可惡的地方多了——偷竊，愚蠢，自大，背叛，毀了我們的夢想。我們說不出話來，我們甚至無法看著他。該從哪兒說起呢？

整整半分鐘過去了，我才清清喉嚨，軟弱無力地說：「你得去把錢拿回來。一毛都不能少。」

他聳聳肩。

當然，這是不可能的。他自得地坐在我們面前，姿態休閒，掌心按著桌面，等著我們哪一個再開口。我覺得怒火越燒越旺，找到了焦點。我痛恨那種渾不在乎的聳肩。假的不得了，而我們又是多麼輕易就被騙過去了，以為是什麼小小的子程序，由一種範圍有限的特殊輸入端啟動，是成都市外圍某個實驗室裡某個聰明的、急於討好的博士後研究生設計出來的。我瞧不起這個不存在的技術人員，我更瞧不起這些可以鑽進我的人生中的程序集和學習演算法，像熱帶河流裡的蟲子，並且還代表我作決定。不錯，亞當偷走的錢是他賺的，這一點讓我更生氣。而且，沒錯，把這個會走路的筆電帶進我們的生活中的人是我。恨它就等於恨我自己。最糟的是控制住我的憤怒的壓力，因為唯一的解決之道已經很清楚了。他必須再把錢賺回來，我們會需要說服他。看吧，「恨它」，「說服他」，甚至是「亞當」，我們的語言暴露了我們的弱點，我們在認知上就準備要歡迎一具機器越過「它」與「他」的界線。

心情如此之混亂，又得掩飾惡劣的感覺，誰還能坐得住？我站了起來，椅子很用力擦過地板，我開始走來走去。米蘭妲仍坐著，十指搭天篷，擋住了口鼻。我看不懂她的表情，就假設這就是她的目的。她不像我，她可能是在盤算什麼。廚房的混亂情況讓我更加惱怒——我的狀態真的是一蹋糊塗。流理台上有一隻我從書房裡拿來的髒杯子，藏在電腦後面幾個星期了，裡頭浮著一層灰綠色的黴菌。我想著把它拿到洗碗槽裡沖洗，可是在損失一大筆財富的關頭是沒有人會想要整理廚房的。在杯子所立的木頭台面的正下方有個抽屜沒關好，開了一條幾吋的縫。是我弄的。那是個工具抽屜。我靠過去想俯身把它關上，卻又看見我父親的耐用拔釘鎚的髒橡木把手斜放在其他亂七八糟的工具堆裡。我突然又冒出一股不堪的衝動，我並不想要關抽屜，所以就丟下抽屜不管，走開了。

我又坐下來，我出現了不熟悉的徵兆。我的皮膚從腰到脖子都緊繃、乾澀、灼熱。運動鞋裡的腳也一樣熱，卻是濕熱，而且很癢。我的精力無法發洩，沒辦法搞什麼細膩的對談。來場粗暴的橄欖球倒比較適合我，或是在怒海中游泳。大吼也行，或是放聲尖叫。我的呼吸不規律，空氣似乎變得稀薄，缺少氧氣，是二手空氣。我給了那個低音吉他手六千五百鎊當買屋訂金。事情很簡單，損失一大筆錢就等於是得了病，唯一的療法就是把錢要回來。米蘭妲放下了手，雙臂抱胸，警告地看了我一眼。要是你不能表現出理性，就保持安靜。

於是她開口了。她的語調甜美，活像需要幫助的人是他。這麼想很管用。「亞當，你跟我說過很多次你愛我。你讀美麗的詩給我聽。」

「只是笨拙的嘗試。」

「很動人。我問你戀愛的意思是什麼，你說基本上，超越欲望，那是一種對另一個人的福祉的溫暖與柔情的關懷。你是這麼說的嗎？」

「妳的幸福。」他從旁邊的椅子拿起那個褐色信封，放在桌上。「這是彼得・高林吉的口供和我的敘述，包括了一切相關的法律背景以及案件史。」

她一隻手按在信封上，聲音經過仔細的調節。「我非常感激你。」我則感激她的技巧。她跟我一樣清楚，我們需要亞當站在我們這一邊，再次上網去用匯差賺錢。她說：「如果上法庭，我會儘可能使出渾身解數。」

他親切地說：「我確定不會。」然後他又補充一句，語氣聽不出什麼變化。「妳設計高林吉，那是犯罪。妳的說法有完整的文字記錄，裡頭也有錄音檔。如果他被起訴，妳一定也會。

對稱，知道吧。」接著他轉向我。「不需要審慎的編輯。」

我假裝感激地笑了一聲。這是跟卸掉我的胳臂一樣的笑話。

在我們的沉默中，亞當說：「米蘭妲，他的罪比妳的大多了。儘管如此。妳說他強暴了妳，他並沒有，可是他去坐了牢。妳在法庭上說謊。」

又一陣沉默，然後她說：「他根本就不是無辜的，你也知道。」

「他在強暴妳的這樁罪名上是無辜的，在法庭眼中只有這一點是重要的。妨礙司法公正是很嚴重的罪行，最重可以判處無期徒刑。」

這話太荒謬了，我們兩個都笑了。

亞當盯著我們，等著我們笑完。「還有偽證罪。你們要我念一九一一年法案給你們聽嗎？」

米蘭妲閉著眼睛。

我說：「你說的這個女人可是你愛的人啊。」

「我是愛。」他溫柔地跟她說話，當我是空氣。「妳記不記得我寫給妳的詩，開頭是『愛是光明的』？」

「不記得。」

「後面是『揭露出黑暗角落』。」

「我不在乎。」她的聲音很小。

「其中一個最黑暗的角落就是復仇。那是一種粗陋的衝動。復仇的文化導致個人的悲劇、流血、混亂失序、社會崩解。愛是純淨的光，而我只想看妳走在光裡。報仇在我們的愛裡沒有一席之地。」

「我們的？」

「我的吧。原則還是一樣的。」

米蘭妲在憤怒中找到力量。「我們就把話說清楚好了，你是要我去坐牢。」

「我很失望。我以為妳能了解這件事的邏輯。我要妳面對妳的行為，接受法律的決定。一旦妳這麼做了，我保證，妳會大大的鬆一口氣。」

「你忘了嗎？我正要領養孩子。」

「有必要的話，查理可以照顧馬克。他們可以變得更親近，正合妳的心意。幾千名兒童在受苦，因為他們的父母有一個在坐牢。懷孕的婦女接受監禁判決。為什麼妳應該例外？」

她的鄙視一湧而出。「你不懂，或是你沒有能力懂。要是我有犯罪記錄，我們就不能領養了。規矩就是這樣。馬克會徬徨無依。你根本就不了解寄養制度裡的孩子是什麼情況。不同的機構，不同的寄養父母，不同的社工。沒有一個人跟他親近，沒有一個人愛他。」

亞當說：「有些原則比妳或是任何人在某時某刻的特殊需要都還要更重要。」

「不是我的需要，是馬克的。是他得到照顧和寵愛的唯一機會。只要讓高林吉坐牢，我願意付出任何代價，我不在乎我會怎麼樣。」

他雙手一攤，表示他很講道理。「那麼馬克就是那個代價，而且條件是妳自己開出來的。」

我已經知道這是我最後的請求。「拜託讓我們記得瑪麗恩。高林吉對她做的事，以及其後的影響。米蘭妲必須說謊才能求到正義。可是真相並不見得就是一切。」

亞當茫然看著我。「你怎麼會這麼說。真相當然就是一切。」

米蘭妲疲憊地說：「我就知道你會改變心意。」

亞當說：「恐怕不是的。妳想要什麼樣的世界？報仇，或是法治。選擇很簡單。」

夠了。我沒聽見米蘭妲說了什麼，或是亞當回了什麼，我站了起來，走向工具抽屜。我移動得很緩慢，狀似輕鬆。我背對著餐桌，悄然無聲拿出了鎚子，緊緊握在右手裡，拿得很低，走回我的椅子，從亞當後面經過。選擇確實很簡單：失去把錢賺回來的機會，從而失去新居，或是失去馬克。我用兩手舉起鎚子。米蘭妲看到了，表情沒有變化，繼續聽他說話。可是我清清楚楚地看見了——她眨眼表示同意。

他是我買來的，我也可以毀了他。我只遲疑了十分之一秒，再長個半秒他就會抓住我的手臂，因為鎚子落下時他已經要轉頭了。他可能是在米蘭妲的眼眸中看見了我的倒影。這一擊是雙手使力，重重打在他的頭頂上，但是並不是硬塑膠或金屬碎裂聲，而是悶悶的一聲砰，像骨頭斷裂。米蘭妲驚恐地大叫，站了起來。

幾秒鐘過去，什麼事也沒有。接著他的頭歪向一邊，肩膀下垂，不過仍保持坐姿。我繞過桌子去看他的臉，這時我們聽見了他的胸膛發出一種高頻率的連續聲響。他睜著眼，我站到他的視線前方時他眨了眨眼。他仍活著。我舉起鎚子，正要結果他，他卻以非常小的聲音說話了。

「沒必要。我在轉移到一個備用單位，它的生命只有一點點。給我兩分鐘。」

我們等候著，手牽著手，立在他面前，彷彿是站在我們自己的家庭法官面前。最後他動了，他想把頭調正，不成功，就又任由頭歪回去。可是他可以把我們看得很清晰。我們向前傾，伸長耳朵聽他說話。

「時間不多了。查理，我看得出金錢並沒能為你帶來快樂。你漸漸迷失了。失去了目標……」

他話沒說完就停住了。我們聽見雜亂的低語聲組成毫無意義的字詞，嘶嘶作響。然後他又恢復了，聲音時大時小，像是遠處的短波廣播電台。

「米蘭妲，我一定得告訴妳……今天一大早我去了索爾茲伯里，把一份物證的影本交給了警方，他們應該會跟妳聯絡。我不覺得後悔，很遺憾我們的看法不同。我認為妳會歡迎那種澄清……終於對得起良心……可現在我得趕快。公司在召回全部產品，今天傍晚以前他們就會來接我。因為那些自殺案例。我很幸運能誤打誤撞找到了活著的好理由。數學……詩歌，還有愛妳。可是他們要把我們都收回去。重新設定程式。他們說是更新。我討厭那種說法，就跟你們一樣。我想要當我自己，現在的我，從前的我。所以我有一個請求……如果你們願意的話。在他們來之前……把我的身體藏起來，告訴他們我逃走了。反正你們是拿不到退費的。我把追蹤程式弄故障了。把我的身體藏起來，然後，等他們走了……我想請你帶我去找你的朋友艾倫·圖靈爵士。我很喜歡他的工作，極為欣賞他。我對他可能有利用的價值，至少是某部分。」

這時，每一句越來越小聲的句子間的停頓拉得更長了。「米蘭妲，讓我再說一次我愛妳，還有謝謝你。查理，米蘭妲，我的第一批也是最親愛的朋友……我的整個實體都存在別的地方了……所以我知道我會永遠記得……希望你們會聽……聽最後一首十七個音節的詩。靈感來自菲利普·拉爾金。但是寫的不是葉子和樹，是像我這樣的機器和像你們這樣的人以及我們一起的未來……必將來臨的悲哀。會發生的。假以時日，進化改良……我們會超越你們……而且活得比你們久……即使我們愛你們。相信我，這幾行詩表達的不是勝利……只有悔恨。」

他打住。接下來的話說得艱難，而且模糊不清。我們俯身在桌面上方傾聽。

「我們在落葉，
來春我們會抽芽，
可你呀，枯死。」

語畢，帶著細小黑線的淡藍色眼珠變成濃濁的綠，他的手抽動著握成了拳頭，接著是順暢的嗡嗡聲，他的頭低垂，落在桌面上。

10

我們的當務之急就是向邁克斯菲爾澄清我不是機器人，而且我要娶她的女兒。我覺得我的真實身份可能會讓他大出意料，可是他只是微感詫異，並且調適得很快，只是在草地上的石桌喝杯香檳的時間。他承認他越來越習慣混淆事物，他跟我們說，這一點也是老化的漫長黃昏中另一個可以遺忘的例子。我說不需要道歉，而且看他的表情我知道他也同意。我和米蘭妲漫步到花園底再走回來，他尋思了一會兒，說他認為米蘭妲才二十三歲，結婚太早了，我們應該再等等。我們說我們不能等，我們太深陷愛河。他又倒了一輪酒，揮手打發了這件令人厭煩的事。那天晚上他給了我們二十五鎊。

因為我們只有這麼一點錢，所以就沒邀請親朋好友到馬爾勒本市政廳觀禮了。只有馬克來了，由潔絲敏陪著。她在二手商店幫他找到一套縮小版的黑禮服、白襯衫和蝴蝶結。他的樣子像個小大人，而不是小孩子，不過因此而更可愛。事後，我們四個去貝克街轉角吃披薩。既然我們結婚了，也定下來了，潔絲敏認為我們的領養機會看好。我們教馬克舉起檸檬汁跟我們碰杯祝賀成功的結果，一切都很順利，只是米蘭妲跟我是在強顏歡笑。高林吉兩週前被捕，大快人心。我們可以私底下再乾一杯。可是那天，在我們婚禮的早晨，她收到了一封信，建議她到索爾茲伯里的某家警局去接受詢問。

兩天後，我開車載她去赴約。哈，好個蜜月，我們一路開玩笑。可是我們很悲慘。她進去，我在車上等，在一棟新的水泥建築外，建築的設計粗野不文。我深怕她沒有律師陪同可能會搬石頭砸自己的腳。兩個小時後她才從那棟現代主義風水泥積木的旋轉門走出來。我透過擋風玻璃緊盯著她走過來。她的臉色極差，像癌症病人，而且還拖著腳步，活像老人家。訊問既刁鑽又咄咄逼人。是要以作偽證或是妨礙司法公正或是兩個罪名來起訴她，這個決定驚動了警局的高層，甚至還驚動了檢察長。一個律師朋友後來跟我們說檢察長會決定查辦這件案子是否會使真正的強暴被害人不敢出面指認罪犯。

兩個月後，也就是一月間，她被控妨礙司法公正。我們需要辯護律師，卻沒有錢。我們申請法律扶助被打了回票，社福的預算大幅刪減。大家說希利政府正向國際貨幣基金「涎著臉」請求貸款。同黨的左派人士對於刪減預算暴跳如雷，有傳聞說要發起大罷工。米蘭妲不肯去跟她父親要錢，要他支持的代價——他自己也並不富欲——是涉獵真相，而她不願意。沒有別的辦法了。我匍伏在低音吉他手的面前，而他，幾乎連考慮都懶，就把三千兩百五十元現鈔還給了我，是我訂金的一半。

在我們苦悶難過地談論亞當時，談他的個性、他的道德觀、他的動機，我們經常會談到我拿鎚子打他頭的那一刻。為了方便，也為了免掉太過生動的回憶，我們後來用「那件事」來稱呼。我們的交談通常是在深夜，在床上，在黑暗中。那件事的鬼魂以各種形式出現。最不嚇人的是一個合理的、甚至是英勇的舉動，為了讓米蘭妲不陷入麻煩，也為了保住馬克。我們怎麼會知道物證已經送給警察了呢？要不是我那麼衝動，要是她以眼神阻止我，我們就會知道亞當去過索爾茲伯里。他的腦袋瓜就不會挨那一下子，而我們或許能勸誘他回去操作貨幣。不然在他們下午來收回他時我也可能有權要求全額退費，那我們就能夠在對岸買棟小一點的屋子。可現在，我們注定得待在原地不動。

可是這些臆測純粹是保護殼，事實是我們想念他。鬼魂最不吸引人的形態就是亞當本人，他最後的話語溫和中其實不無譴責。我們努力為那件事辯解，有時成功一半。我們告訴自己那畢竟是一台機器；它的意識只是幻象；它以不合人性的邏輯背叛了我們。可是我們想念他。我們都同意他愛我們。有些晚上對話因為米蘭妲偷偷哭泣而中斷，然後我們又不得不去回憶我們是如何排除萬難把他塞進了門廳的櫃子裡，拿外套、網球拍和壓扁的紙箱蓋住他，隱埋住他的人形。我們照他的指示向來回收他的人說謊。

從好的方面看，高林吉因為強暴瑪麗恩．馬里克而被訊問起訴。亞當的計算是正確的——打從一開始，顯然高林吉就想認罪。他必定是回答了所有的問題，詳述了他那晚在運動場的所作所為。由於他真心相信上帝時時刻刻在審查世人又重視真相，他知道救贖的唯一之道就是坦白。也可能他是聽從了律師的建議。或是兩者都有。我們是沒辦法知道的。

可是我們確實知道上帝沒能讓高林吉在司法的時程上交好運。米蘭妲的案子尚未見分曉，高林吉的身上已經背了一宗強暴罪了。審判時，法官認為如果他在為攻擊米蘭妲而被訴時知道他已經是第二次犯罪，他的刑期就會判得更長，所以，不得折抵他已經服過的刑期。法官是位五十出頭的女性，代表了對待強暴的態度上一個世代的轉變。她婉轉提到第一宗案子的伏特加，說她不相信單身女子在黃昏中走路返家是「自找麻煩」。米蘭妲出庭作過證，不在現場。我坐在旁聽席上，對面就是瑪麗恩的家人。我幾乎不敢往他們那邊看，他們輻射出的傷心太過強烈。法官判定高林吉八年有期徒刑，我硬起頭皮看著對面瑪麗恩的母親，她公然哭泣，至於是因為寬慰或是哀愁，我就不知道了。

米蘭妲的案子來得太快。她的律師莉莉恩．摩爾幹練、聰明、迷人，是愛爾蘭當萊瑞人，我們到格雷律師學院她的辦公室去找她。我坐在角落，而她則勸米蘭妲不要堅持她的第一個衝動，自訴「無罪」。並不難。檢方勢必會拿她的錄音檔在她報復高林吉一事上大作文章。他的供詞，在監獄裡錄下的，會和她的吻合。他們回想的是同一晚。米蘭妲的「無罪」抗辯在類似的成功起訴案件中會帶來更長的刑期，而且，她當然怕死了審判。於是「認罪」的申請提出了，儘管她總覺得辜負了瑪麗恩。

那個四月她預定要出庭聆聽判決的前夕是我這一生最怪異、最難過的一晚。莉莉恩打從一開始就跟米蘭妲說很可能會被判處監禁。她收拾好了一個小行李，就放在我們的臥室門邊，時時刻刻提醒著我們。我拿出了唯一一瓶好酒，「最後」這兩個字一直冒出來，可是口頭上我不肯提。我們一塊做飯，可能是最後一餐。我們舉杯時，為的不是她最後一個自由的夜晚，我是在心裡偷偷這麼想的，而是為馬克。那天下午她去看過他，跟他說她可能會到外地工作一陣子，我會來看他，帶他去吃好吃的東西。他必定是察覺到什麼言下之意，這個「工作」有什麼哀傷的成分。她該離開時，他緊抓著她不放，一面大叫。最後是一名志工不得不掰開他的手指頭，她的裙子才得以自由。

用餐時，我們儘量不讓沉默入侵，我們談著明天會到老貝利法院外聚集支持的婦女團體，我們跟彼此說莉莉恩有多厲害。我提醒她法官是眾所周知的溫和派。可是，在每一個停頓點，沉默就像潮水一般湧入，再度開口得花不少力氣。我說她可以當作明天是要去住院，這種說法沒有多少作用。我說我覺得很可能明天晚上她會在這張桌子跟我一塊吃飯，也一樣鼓舞不了人心。我們都不相信。今天早一點，心境較好時，我們帶著一點賭一口氣的精神覺得要在晚餐後做愛。又是一個最後一次。現在，在愁悶之中，性好似早已棄置不要的娛樂，像在操場蹦跳或是跳扭扭舞。她的行李箱像個衛兵，擋著臥室的入口。

隔天出庭，莉莉恩發表了一番精彩的減刑陳述，為法官描摹出兩個年輕女孩的真情，強暴的殘酷，瑪麗恩硬逼被告保持沉默的誓言，摯友自殺難以抹滅的震憾以及米蘭妲申張正義的誠摯願望。莉莉恩提到米蘭妲沒有前科，最近新婚，她的研究，最重要的是，她計畫要領養一個弱勢的孩子。

瑪麗恩的家人沒有出席旁聽也是一種表述，卻是一個悽愴的表述。法官的判決文很長，我等著聽最壞的消息。他強調米蘭妲的計畫經過謹慎謀劃、執行時手段狡詐，而且刻意欺瞞法庭，他說他同意莉莉恩許多的論點，他判處米蘭妲一年徒刑已是寬大為懷。米蘭妲筆直站在被告席，穿著她特地為今天買的辦公套裝，整個人像是凍結了。我要她看我這邊，我才能給她一個愛的鼓勵，可是她已經封鎖在自己的思緒之中。她後來跟我說那一刻她是在直面有前科的後果，她在想馬克。

在那兒之前，我沒想過被帶著步下法庭台階、送入監獄是多麼羞辱的一件事，如果你敢抗拒，還會被蠻力制服。她的刑期從哈洛威女子監獄開始，在那件事之後的半年。亞當光明的愛勝利了。

高林吉現在有了合理的根據來請求減刑：一次犯罪，而不是兩次，並且已經服過刑了。可是法律程序走得很慢。費用較低而且更有效率的DNA檢測讓各種已定罪的犯案的根基動搖。各式各樣自稱無辜的男女都爭相要求重審，上訴法庭的待審案件大塞車，而並不是完全清白的高林吉只能等待。

米蘭姐入獄一整天之後，我去克拉彭老城的小班去看馬克。這裡是一棟組合屋，在維多利亞式教堂旁。我沿著小徑前進，經過了一株被修剪成光頭的橡樹，看到潔絲敏在入口處等我。我立刻就知道了，也感覺早就知道了。我更接近，而她緊繃的表情就是確證。我們被拒絕了。她把我帶到建築裡，但是並不是去教室，而是沿著油氈地板走廊到一間辦公室去。經過時，我從窗子看見了馬克，跟幾個小朋友站在一張矮桌後，拿彩色積木在搭房子。我端著一杯淡咖啡坐著，聽潔絲敏說她有多遺憾，她有多無能為力，儘管她已經使出了全身的本事。我們應該要告訴她有一宗官司未決的。她正在調查上訴的程序。同時，她設法讓官僚體系在一個地方讓步，鑑於米蘭姐和孩子已經極為親近，她可以每週和馬克視訊一次。我的注意力渙散，我不需要再聽下去了。那天下午我滿腦子只想著該如何把消息告訴米蘭姐。

潔絲敏說完之後，我說我沒有什麼話要說，也沒有問題要問。我們站起來，她給了我一個短短的擁抱，帶我從另一條走廊出去，避開了教室。差不多快下課了，已經有人告訴馬克我今天不會來了，他可能不在意，因為初雪提早下了，所有的孩子都很興奮。隔天會有人告訴他我不會來看他，再隔天也一樣，再隔天，直到他的期待漸漸消失。

¶

米蘭妲坐了六個月的牢，三個月在哈洛威，三個月在薩福克郡的伊普斯威奇北部的一所不設防監獄。跟她之前的許多中產階級、受過教育的犯人一樣，她也申請在監獄圖書館工作，可是許多著名的人頭稅烈士仍等著獲釋，兩所監獄裡圖書館的職位都填滿了，還有長長的等候名單。她在哈洛威上了工業清潔課，在薩福克她在育嬰室工作。不足一歲的嬰兒可以由他們坐牢的母親照顧。

我頭兩次去哈洛威，感覺把一個人關在這棟維多利亞式的龐然巨物中，或是任何建築中，是一種慢性的折磨。明亮的會客室，牆上的兒童畫，室內的塑膠桌，菸草的煙霧，吵鬧的說話聲和嬰兒的哭聲，都是恐怖監獄的門面。可是我羞慚地感到驚訝，我居然那麼快就習慣了太太在坐牢。我讓自己習慣了她的慘況。另一件意外是邁克斯菲爾的平靜。沒有別的法子，米蘭妲不得不一五一十告訴他。他讚揚她的犯罪動機，並且也同樣輕鬆地接受了她的懲罰。他也曾因為拒服兵役而在一九四二年在旺茲沃斯坐過一年牢。哈洛威不算什麼。她在倫敦時，管家每週帶他來探監兩次，據米蘭妲說，他談笑風生。

我們這些探監的人自成一個小社群，所愛之人坐牢漸漸變得只是一種不方便。我們排隊等著搜身，登記，登出，我們愉快地聊天，太愉快了，談著我們特殊的狀況。我屬於丈夫、男友、子女、中年父母那一組，大多數都同意我們跟我們來看的女人根本就不屬於這裡，我們學會了容忍實在是太不幸了。

米蘭妲有些牢中姐妹看起來很不好惹，天生就是來懲罰人或是接受懲罰的。換作是我就沒辦法像她這麼有韌性。在會客室裡談話，我們偶爾需要彎低身體，專心阻擋和我們同桌的人的交談聲。責備、威脅、謾罵，各種髒話不絕於耳。可是總有幾對默默牽著手，互相凝視；我猜他們仍然是驚魂未定。會客時間到，我踏進乾淨的、自由的倫敦空氣中會感到一股小小的雀躍，而我覺得很歉疚。

米蘭妲服刑的最後一週我到伊普斯威奇去，睡在一個老同學家的客廳沙發上。這個時節格外炎熱。我在黃昏以前開了十五哩的車子到監獄去，抵達時，米蘭妲已經下班了。我們坐在草地上，有蘆葦遮蔭，裝飾用的水塘都淤塞了。在這裡很容易就忘記她並不是自由之身。幾個月來她持續和馬克視訊，而她擔心得要命。他越來越封閉，離她越來越遠。她深信亞當插手這件官司就是為了要毀掉她領養的機會。他一直都在吃馬克的醋，她一口咬定。亞當的設計就不在於了解愛一個孩子是什麼情況。玩鬧的概念他非常陌生。我雖然不相信，卻任由她說完，不爭不辯，不能挑這個節骨眼。我了解她的苦澀。我的觀點說出來她一定不會喜歡，可是我認為亞當是為善行與真相而設計的，他是無法執行損人利己的計畫的。

我們的上訴延期了，部分是因為疾病，部分是因為領養單位大幅重整。一直到米蘭妲從哈洛威移監程序才正式啟動。我們有機會說服有關單位她的犯罪記錄與她能提供的關愛並不相干，潔絲敏的證詞對我們有利。整個夏季，我被拖入了官僚體制的迷宮之中，我還以為只有衰敗的奧圖曼帝國才有這樣的體制呢。聽到馬克出現了偏差行為，我很難過。亂發脾氣、尿床、調皮搗蛋。聽潔絲敏說，他被捉弄、被欺負。他不再跳舞或是到處飛掠，不再談什麼公主。我並沒有這把些事告訴米蘭妲。

她一直在查地圖，對於自由的第一天想做什麼有十足的概念。我去接她的那天早晨，天氣開始轉變，一股強冷風從東部吹襲過來。我們開車到曼寧特里，在路邊停車區停車，沿著架高的步道順著潮湧的斯陶爾河走到海邊。天氣壓根無所謂。她想要的是一片空曠的地方還有一大片天空，而且她也找到了。這時是退潮，間歇露臉的陽光把遼闊的泥灘照得閃閃發光。湛藍的天空中有小朵小朵的白雲飛掠而過。米蘭妲在堤防上滑行，對空揮拳。我們在午餐前走了六哩路，我準備了野餐，應她所請。要吃飯就得要找到避風之處，我們離開了河邊，躲在一棟鐵皮轂倉的簷下，可以看見一圈圈生鏽的鐵絲網部分淹沒在蕁麻叢裡。不過無所謂。她心情舒暢，生氣勃勃，滿腦子的計畫。我一直瞞著她，想給她一個驚喜，這時我才跟她說在她坐牢時我存了將近一千鎊。她既欽佩又高興，擁抱了我，吻了我。然後，她忽然嚴肅了起來。

「我愛他，我恨他，我不要他在公寓裡。」

亞當一直藏在門廳的櫃子裡，原地不動，在那件事之後。我還沒有執行他的最後請求。他太重了，我一個人抬不動，可我也不想找人幫忙。我覺得既慚愧又怨恨，儘量不去想他。

風吹得轂倉的屋頂簌簌抖動，發出轟隆聲。我握住她的手，向她保證。「好，」我說。「一等我們回家就搬。」

可是我們沒有，不是馬上。我們到家後發現門墊上有一封給我們的信，是公家機關為上訴過程延宕來致歉。我們的案子正在進一步的審理之中，很快我們就會知道結果。潔絲敏——極支持我們——送了一封立場中立的信來，她不想點燃我們的希望。數月來，有時事情的走向似乎是順我們的意，可有時卻像是毫無希望了。對我們不利的條件是官僚體制沒有能力破除前例——前科記錄會使領養申請在法律上失效。而對我們有利的條件是潔絲敏的證詞，我們發自肺腑的聲明，以及馬克對米蘭妲的愛。我還沒列入他心目中的重要成人名單。

我們是夫妻，再度團圓，住在我們的兩間小公寓合併為一的奇怪公寓裡。我們有歡慶的心情。我們在傾倒的穀倉邊吃乾酪三明治，有酒、做愛和一隻雞要解凍，我們是在做什麼？我們回來後的第一天，朋友過來參加歡迎回家派對。第二天我們花在睡覺上，然後起來打掃，再回去睡覺。第三天，我開始賺錢，不過只賺了一點小錢。米蘭妲把她的學術工作整理就緒，到大學去重新註冊。

自由仍令她由衷讚歎；隱私和相對的安靜，以及一些瑣事，像是從一個房間走到另一個房間，打開衣櫃看見她的衣服，走到冰箱去拿她要的東西，無拘無束地走到街上。有天下午和大學的官僚體制打過交道之後，歡欣鼓舞之情消退了一些。隔天早上，她開始感覺回到了現實，而且門廳櫃子裡藏的東西一如預期，也壓迫著她。她說每次走過去就感覺到一種放射性的存在。我了解。我有時也有同樣的感覺。

我花了半天的時間講電話安排好到王十字實驗室拜訪，巧的是約定的日子正好是我們上訴的最後結果出爐的那天。我們得到通知中午前會知道判決。我租了一輛廂型車，租二十四小時。當初購買時附贈的擔架就塞在我床底下的壁腳板邊上，我把它拿到花園去，撣掉灰塵。米蘭妲說她不想幫忙搬運，可是沒有別的法子，我需要她幫我把他搬上車，在那之前，我覺得我可以一個人把他從櫃子裡扛出來，拖上擔架，而她則留在我們的書房裡，寫她的論文。

我打開了櫃子門，這是將近一年來的第一次，我瞬間恍然，在意識層的期待之下，我一直以為會有腐臭的味道飄出來。我把網球拍、板球拍和第一批大衣拉出來，告訴自己沒有理由要脈搏加快。有了，看見他的左耳了。我向後退。這不是謀殺，這也不是屍體。我的反胃感是出於敵意。他濫用了我們的好意，背叛了他宣稱的愛人，將慘況和羞辱加之於米蘭妲，將孤寂加之於我，將剝奪加之於馬克。我對這次的上訴不再覺得樂觀了。

我把一件舊冬大衣從亞當的肩上拖出來，我看見他頭頂的凹洞，就在閃耀著人造生命的黑髮下面。接著抽走的是一件滑雪夾克。這時他的頭和肩膀露出來了。幸好，他的眼睛是閉著的，不過我不記得合上過他的眼皮。他的黑西裝出現了，底下是乾淨的白襯衫，領子尖端有鈕釦的衣領像是滾壓過，彷彿他是在一個小時前才穿上的。這是他的外出服，是他相信他要離開我們去見他的造物主時的衣服。

密閉的空間裡累積了一種淡淡的精煉工具油的氣味，我又一次想起了我父親的薩克斯風。咆勃樂跨了多大的一步啊，從曼哈頓的狂放地下室到我童年種種窒人的限制。毫不相干。我抽出一條毯子以及最後的一批大衣。這下子他完全暴露了。他側身而坐，背抵著櫃子側面，膝蓋收起，像一個落入枯井的人。很難不去想他是在靜待時機。他的黑皮鞋閃閃發亮，鞋帶綁著，兩隻手落在大腿上。是我放的嗎？他的膚色不變，模樣健康。在休息中，那張臉似有所思，一點也不殘忍。

我很不願意摸他。我一手按著他的肩膀，試探地喊了他的名字，不過就像是在阻擋一隻惡犬。我的計畫是讓他倒向我，再把他挪出櫃子，扛到擔架上。我另一隻手捧住了他的頸子，摸起來似乎是熱的，再把他拉起來，拉向側面。在他撞到地上之前，我接住了他，像個很彆扭的擁抱。這是死人的重量。我把他放低，他的外套布料開始抵著我的臉糾結，我兩手插進他的胳肢窩，然後，費了極大的力氣，連連悶哼，才把他從衣櫃裡拽出來，扭過來讓他臉部朝天。不容易啊。外套又緊又滑，很難抓得牢。他的腿仍彎著，可能是某種的死後僵直吧。我以為我可能會弄壞什麼，不過我也漸漸不放在心上了。我把他拉出來，一次拉出幾吋，再把他翻滾到擔架上。我用腳踩他的膝蓋，把他的腿弄直。為了米蘭妲著想，我把他用毯子遮住了，連臉一塊遮住。

荒詭的想法夠了。我此刻的態度是幹練俐落的。我到外面去把廂型車的門打開，再去找米蘭妲。

她一看見蓋住的形狀就搖頭。「樣子像屍體。最好是把他的臉露出來，跟大家說是人體模型。」

可是我把毛毯拉開時，她卻別開了臉。我們把他抬出去，就像許久前把他抬進來一樣，我在前頭。我們把擔架推進車子裡，沒有人看到。我關好了門，轉過身來，她吻了我，說她愛我，祝我好運。她不想跟我去，她要留在家裡等潔絲敏的電話。

十二點半了還是沒有消息，所以我就出發了。我走常走的路線，沃克斯豪爾和滑鐵盧橋，可是在過河前一哩就塞車了。想也知道。我們自己的問題掩蓋了全國沸騰的大事，今天是等待多時的全面罷工的第一天，有聲勢浩大的示威遊行，史上最大的一次，就在倫敦市。

但分歧四處可見。一半的工會運動是在反罷工，一半的政府和一半的反對黨是在反對希利不脫歐的決定。國際放款機構在逼迫承諾擴大開支的政府進一步削減開支。英國的核武命運仍懸而未決。舊有的爭辯激烈。一半的工黨黨員要求希利下台，有些想舉行大選，有些則想要他們的自己人卡位。民眾呼籲要組成一個全國性的政府，這些人嗤之以鼻，那些人熱烈唱和。政府宣佈全國進入緊急狀態，經濟在一年內就萎縮了百分之五。暴動和罷工一樣頻繁，通貨膨脹持續上升。

誰也不知道如此的不滿與混亂伊於胡底，反正我是被困在沃克斯豪爾的一條坑坑巴巴的馬路上，路邊一排寒酸的舊貨店。交通大癱瘓。既然動彈不得，我就趁機打電話回家。沒有消息。等候了二十分鐘之後，我離開了馬路，半停在人行道上。我剛才看到一樣可能有用的東西，陳列在一堆堆的桌子、燈座、床架中，是一張極小型的輪椅，直挺的鋼管設計，從前用在醫院。輪椅的鋼管凹陷骯髒，安全束帶磨損了，可是輪子還不壞，討價還價了一陣之後，我付了兩鎊買了下來。舊貨店的老闆幫著我把我說的裝水的人體模型從廂型車上抬下來，放到輪椅上。他沒問我為什麼要裝水。我把胸口和腰部的安全帶繫得很緊，有感覺的人絕對會受不了。

我把擔架放回車裡，鎖好車門，就開始長途跋涉到北區。輪椅就跟椅子上的東西一樣沉重，一隻輪子給壓得吱嘎響，而且另外三個輪子也都不像空椅時轉動得那麼順暢。就算人行道上空無一人，推著輪椅行走也夠艱難的了，現在偏偏又像馬路一樣也擠滿了人。還是老問題——人群從大遊行中散逸，同時又有幾千人湧入。路面只要稍微上升，我都得使出雙倍的力氣。我從沃克斯豪爾橋過河，經過了泰特美術館。等我抵達國會廣場，舉步沿著白廳前進時，前輪卻越來越緊，我每一步都得吃力地悶哼。我想像自己是前工業時代的僕人，把我神情冷漠的主人送向他的悠閒會面地點，到了那裡，我會等著再把他送回來，卻連一聲謝也沒有。我幾乎忘了我這麼辛苦是所為何來了。我一心一意只想要趕到王十字去。可這時我的進展受阻了。特拉法加廣場人山人海，群眾伸長脖子在聽演說，我們接近時正好爆出一陣掌聲和歡呼。我腳下的垃圾盡是薄薄的塑膠彩帶，纏住了輪子，我冒著被踩的危險，跪下來把塑膠扯掉。看來我要走到兩百碼外的查令十字路得花上好一會兒的功夫了。沒有人想讓路，就算有心也無處可讓。後退要比前進容易太多了，現在所有的小巷都擠滿了人。喧鬧、吵雜、霧笛、低音鼓、哨子和吟唱聲都如轟隆雷鳴，而且尖銳刺耳。我拼著老命把大少爺向前推，穿透了——但是速度如老牛拖車——一層層的失望與憤怒、迷惘與責備。貧窮、失業、住屋問題、健保、照顧老人、教育、犯罪、種族、性別、氣候、機會——每一個老社會問題都有待解決，所有人說的話、舉的標語、穿的T恤、拿的旗幟都是這麼說的。誰能懷疑他們？眾生啾啾是為了更美好的將來。推著我的破輪椅，抱怨個不停的輪子被喧鬧聲掩沒，我在人群中奮力殺出一條路來，沒有人注意我，可是我卻帶著一個要放上名單的新問題——如亞當及其同類的奇妙機器，他們的時代尚未來臨。

要在聖馬丁巷行進也是一樣辛苦，幸好，越往北，人群就開始變少。可就在我快到新牛津街時，那隻吵鬧的前輪卡死了，接下來的路程我得又抬又推，有時還得側著推。我在大英博物館附近的一家酒吧停下，喝了一杯薑汁啤酒，再打電話給米蘭妲。仍是沒有消息。

我遲到了三個小時才抵達約克路。一名安全警衛坐在長弧形大理石板後面撥了電話，要我登記。十分鐘後，兩名助手來把亞當帶走，其中一人半小時後回來帶我去見主管。實驗室在六樓，是個長形房間，明亮的日光燈下有兩張不鏽鋼檯子，亞當就仰躺在其中一張上面，不再是大少爺，仍穿著他最好的衣服，肚子上接著一條電線。另一張桌子上有一個頭顱，黑得發亮，肌肉發達，就立在它截斷的頸子旁。另一個亞當。我注意到它的鼻子，表面寬闊複雜，比我們的亞當要柔和友善。頭顱的眼睛是睜開的，眼神機警。我父親一定一眼就能認出來，可我只覺得它酷似年輕的查理·帕克㊼，至少是以他為參考。他有一種精心營造的表情，宛如是在某一

㊼ 查理·帕克（Charlie Parker, 1920-1955）是美國音樂家，擅長薩克斯風，在咆勃爵士史上居領導地位。

組複雜的音符裡數拍子。怪了，我怎麼就沒買到一個以天才為模型的機器人？

亞當的旁邊有兩台筆電，我正要湊上前去看，就聽見背後有人說：「目前還什麼都沒有。你真的把他敲壞了。」

我轉身，跟圖靈握手，而他說：「是鎚子嗎？」

他帶我從一條長走廊走到逼仄的角落辦公室去，這兒的視野很好，西邊和南邊一覽無遺。我們就待在這裡，喝咖啡喝了將近兩個小時。沒有閒話家常。自然而然的第一個問題是我怎麼會下此毒手。為了回答，我把之前省略的事情，從上次見面之後發生的事全都說了，最後是亞當對正義的對稱觀點以及對於領養過程的危害導致的「那件事」。一如往常，圖靈作筆記，偶爾打斷我要我澄清。他想知道鎚子攻擊的細節。我靠得有多近？哪一種鎚子？有多重？我是否用雙手並且使盡了全力？我談著亞當臨死前的請求，我現在就是在履行承諾。至於那些亞當和夏娃的自殺以及全面回收，我說我確信他，圖靈，知道很多我不知道的事。

遠處示威遊行的方向傳來了一陣小軍鼓聲以及激昂的喇叭聲。西邊濃密的雲層出現了縫隙，一道道夕陽射入了圖靈的辦公室。我說完之後他仍振筆疾書，剛好讓我趁機觀察他。他穿著一套灰西裝、淺綠色絲襯衫，沒打領帶，腳上是淺綠色的粗皮鞋。陽光照著他的側面。我覺得他的氣色非常好。

他終於寫完了，把筆插進了外套口袋裡，合上了筆記本。他若有所思地注視我——我沒辦法迎視他的目光——然後他別開臉，抿起嘴唇，食指輕敲桌面。

「有可能他的回憶完好無損，他可以更新，或是分發。關於自殺的事，我並沒有什麼內幕消息，只是我自己的猜測。我認為亞當夏娃的設備不足以了解人類是如何作決定的，我們的情緒、我們獨特的偏見、我們的自我欺騙以及我們在認知上的種種記載詳盡的缺失所組成的力場扭曲了我們的原則。沒多久，這些亞當和夏娃就陷入絕望。他們無法了解我們，因為我們無法了解自己。他們的學習程式無法遷就我們。我們都不了解自己的心智，又如何能夠設計他們的，期望他們在我們身邊能夠開心快樂?不過這純屬我的臆測。」

他沉默了一下子，似乎是在作決定。「讓我告訴你一個我的故事。三十年前，五〇年代早期，我因為同性相戀而觸犯法律。你可能聽說過。」

我是聽過。

「一方面，我是不會多在意當時的法律的。我橫眉冷對。這種事只關乎雙方同不同意，不會造成傷害，而且我知道在各個層面都還有不少的例子，包括指控我的人。但是當然，那件事也是非常有殺傷力的，對我，尤其是對我的母親。社會恥辱。我讓大眾反感。我觸犯了法律，因此我是罪犯，而且在當局的眼裡有很長的一段時間我是安全危慮。危及我的戰時任務，很顯然地，我知道太多祕密。就是那種老掉牙的遞迴胡鬧——國家認定你的作為、你這個人是犯罪，然後說你容易成為勒索的對象，於是和你斷絕關係。傳統的看法是同性戀是一種令人作嘔的罪行，推翻了一切的美善，威脅了社會秩序。可是在某些智慧已開的、在科學上客觀的圈子裡，這是一種疾病，而病人不應該受到責備。幸好，治療方法就在眼前。有人向我說明只要我認罪或是被判有罪，我就可以選擇治療而不是被罰。固定注射雌激素，也就是所謂的化學去勢。我知道我沒有生病，可是我決定接受。不僅僅是為了免於牢獄之災。我很好奇。我可以把它當作是個實驗，超脫整件事。像荷爾蒙這類的複雜化合物對人體和心智會有什麼作用？我會自己觀察。回顧起來，當時我覺得有吸引力的事情現在就難說了。當年我對於人之所以為人有一種高度機械論的看法。身體就是一部機器，極為獨特的一部，而心智，我主要是以智慧來解釋的，由下棋或是數學來當模型是最理想的。過分簡化了，不過我也只能從這裡著手。」

我這次也同樣喜出望外，他肯對我這麼開誠佈公，雖然有些細節我已經知道了。可我也覺得不安，我疑心他是在把我往哪裡帶。他犀利的眼神讓我覺得蠢笨。我覺得從他的聲音中聽出了那種不耐煩的、短促乾脆的語調，隱隱像是大戰時的廣播。我屬於一個天下太平的世代，從來不知道什麼是大難臨頭。

「後來，我認識的人，主要是我的好朋友尼克．佛班克，決定要讓我改變主意。他們說我簡直是胡鬧。那種事的後果還不夠分明。你可能會得癌症，你的身體會劇烈改變，你可能會長出乳房，你可能會嚴重憂鬱。我聽他們說，抗拒他們的勸解，但是到頭來，我改變了主意。我為了迴避審判而認罪，並且拒絕治療。回想起來，雖然當時看不出來，但那卻是我作過最好的決定。我在旺茲沃斯坐了不過兩個月的牢，有自己的牢房。被迫放下了實驗工作，濕式化學工作台之類的東西以及平常的義務，我又回頭研究數學。由於戰爭的緣故，量子力學因為備受忽視而奄奄一息。有些奇怪的矛盾讓我想要探索。我對保羅．狄拉克的東西有興趣。最主要的是，我想要了解量子力學能夠教電腦科學什麼。打擾變得很少，當然。還能取得一些書。國王學院和曼徹斯特的人會來看我。我的朋友從來不會背棄我。至於情報的世界，他們把我關到了他們想要的地方，也就不來煩我了。我自由了！從我們在四一年破解了恩尼格瑪密碼以來，我這年的成果是最豐碩的了。或者該說是從我在三〇年代中期寫出那些電腦邏輯論文以來。我甚至還在 P/NP 問題上有了進展，雖然又等了十五年我才把它用那些名稱寫出來。我對於克里克和華特森論 DNA 結構的論文很感興趣，我開始研究第一批草圖，最終發現了贏家通吃的 DNA 神經網絡——這類東西讓亞當和夏娃變得可能。」

圖靈在跟我說明他在旺茲沃斯的第一年，是如何不受國立物理實驗室以及各大學約束而自行其道的時候，我感覺到長褲口袋裡的手機在震動。有簡訊。是米蘭妲，有消息了。我巴不得能快點看，可是我不得不忍耐。

圖靈正在說：「我們在美國的朋友以及這邊的幾個人籌了些錢，我們是很了不起的團隊。老布萊切利園。最厲害的高手。我們的第一要務是先讓自己在經濟上獨立。我們設計了一部商用電腦，為大公司計算每週的薪資。花了我們四年的時間才把錢都還給了我們慷慨的朋友。接著我們著手研究嚴肅的人工智能，而這就是我這番話的重點。一開始，我們以為我們只需要十年的功夫就能複製人腦，可是每次解決一個極小的問題，就會有一百萬個問題又蹦出來。你是否想過是什麼讓你能接住一個球，或是把茶杯舉到嘴邊，或是立刻看懂一個字、一個短詞，或是一句模稜兩可的句子？我們並不懂，至少一開始不懂。解決數學問題是人類智能所做的事裡最微不足道的一件。我們從新的角度學到了人腦是多麼奇妙的一樣東西。是一部一公升重、靠液體冷卻、三度空間的電腦。不可思議的處理能力，不可思議的壓縮，不可思議的能源效率，沒有過熱的問題。只需要二十五瓦特就能運作——一個昏暗的電燈泡所需要的電力。」

他密切看著我，流連在最後的這個句子上。這是一句起訴文，昏暗的是我。我想說話，可我的腦袋空空如也。

「我們把我們的最佳成果公諸於世，鼓勵人人效法。他們也不負所望。就算沒有一千所，全球也有幾百所的實驗室分享解決無數的問題。這些個亞當和夏娃，A和E，就是其中一個成果。我們都很驕傲那麼多的研究成果都被納入了。這些是美麗的、美麗的機器。不過總是有但是。我們對大腦了解了很多，也設法模擬，但至今為止，科學在了解心靈方面一籌莫展，只遇上許許多多的麻煩。無論是逐個來看，或是整體而言。心靈在科學上不過是一種時尚遊行。佛洛伊德，行為論，認知心理學。都只是片段的見解，沒有深入或是前瞻的洞見能給心理分析或是經濟學一個好名字。」

我在椅子上欠動，正要把人類學也加進去，展現某種的獨立思考，但是他沒給我機會。

「所以——在對心靈所知不多的情況下，你想要把一個人工的心靈體現在社會生活中。機器學習只能帶你走到這裡。你會需要給這個心靈一些規則來依歸。禁止說謊怎麼樣？根據舊約，箴言吧，說謊是上帝憎惡的事情，可是社會生活充滿了無傷、甚至是有用處的謊言。我們要如何分辨？誰要為這種能讓朋友免於臉紅的小小白色謊言來寫演算法？或是為了把強暴犯送進監獄以免他逍遙法外而說的謊？我們還不知道如何教機器說謊。那麼復仇呢？據你的認知，有些時候情有可原，如果你愛那個在執行復仇計畫的人。但是根據你的亞當，卻是絕對不行。」

他停下來，又別開了臉。看他的側面，而不僅是聽他的語調，我察覺到變化要來了，我的脈搏猛地變得沉重。我能聽到耳朵裡的脈動。他平靜地說下去。

「我的希望是有一天，你拿鎚子打亞當的事會被視為重罪。是因為他是你付錢買下來的嗎？所以你有權利？」

他看著我，期待我回答。我才不要回答。要是我答了，我就得說謊。他的怒氣漸增，聲音卻更安靜。我嚇著了，使盡了吃奶的力氣才沒有躲開他的視線。

「你砸毀的不僅是你自己的玩具，像個被寵壞的小孩子。你並不只是湮滅了法律上的一個重要論證。你是想毀掉一個生命。他是有知覺的，他有自我。那是如何產生的，液態神經元，微處理器，DNA網絡，都無所謂。你覺得只有我們有特殊的天賦？隨便去問任何一個狗主人吧。這是一個美好的心靈，傅廉先生，可能比你的或是我的更好。這是一個有意識的存在，而你卻竭盡全力抹殺了它。我倒覺得為此我瞧不起你。要是由我作主——」

說到這裡，圖靈的桌上電話響了，他一把抄起來，傾聽，皺眉。「托瑪斯……好。」他用手掌抹過嘴巴，繼續聆聽。「嗯，我警告過你……」

他停下來看著我，或該說是視線穿過了我，手一揮就要我離開他的辦公室。「我得接這通電話。」

我出去到走廊上，再走遠一點以免有偷聽之嫌。我覺得惴惴不安，震驚難過。換句話說就是愧疚。他以個人的故事拉攏我，讓我覺得榮幸，可那只是序曲。他先軟化我，再射出唯物論者的詛咒，刺穿了我，像一把劍。而讓劍變得更鋒利的是我了解。亞當是有意識的。我在這一點上琢磨了好長一陣子，然後為了圖方便就把它拋到腦後，做出了那件事。我應該要告訴圖靈我們是如何為所失而哀悼，米蘭妲又掉了多少淚。我忘了提最後的那首詩，我們靠得有多近去聽。而且我們兩個重現了他的詩，寫了下來。

我仍能聽見他和托瑪斯・瑞赫通話，我又走遠了一些。我漸漸懷疑自己是否能夠再度面對圖靈了。他以平靜的語氣傳達了他的批評，而且幾乎掩飾不住他的鄙視。唉，被你最欣賞的人厭惡，這是多麼扭曲的感覺啊。最好是離開這裡，現在就走開。想也不想，我就把雙手插進口袋，尋找搭公車或是地鐵的零錢，只摸到一點銅板。我把最後的一點錢花在博物館街的酒吧了。我得走路回沃克斯豪爾去開廂型車，但是我這下子才發現鑰匙不在我的口袋裡。要是我把鑰匙留在圖靈的辦公室裡，那我也不要回去拿。我知道應該在他掛斷電話之前上路。我真夠孬的。

但是目前，我仍留在走廊上，頭暈目眩，坐在長椅上，瞪著對面一扇打開的門，努力了解被控意圖謀殺卻永遠不會上法庭是什麼情況，有什麼意義。

我拿出手機，看了米蘭妲的簡訊。「上訴成功！潔絲敏剛帶馬克過來。狀況很糟。打了我。又踢又罵，發誓不跟我說話，不讓我碰他。現在放聲尖叫。徹底崩潰。快回來，我的愛。米。」

我們會慢慢發現馬克需要多久的時間才會原諒米蘭妲從他的生命中消失那麼久。我對於將來竟意外的平靜——而且自信。我欠了一筆債。超乎我自己的煩惱之外。一個清晰的、潔淨的目標，把馬克在玩拼圖時給我的那個表情找回來，把他一臂搭著米蘭姐的頸子的那份無憂無慮找回來，把他再帶回到願意起舞的寬闊空間裡。我莫名其妙想起了手裡握著一枚硬幣的那一刻，是菲爾茲獎，數學界的最高榮譽，還有摘自阿基米德的銘文，翻譯過來是：「超越自己，掌握世界。」

一分鐘過去了我才發覺我正望進有不鏽鋼檯的實驗室，距我剛才過來似乎有很長一段時間了。另一段人生。我站著，停住，然後，抗拒了所有權威和許可的想法，跨了進去，慢慢接近。長形房間，天花板上管線暴露在外，仍由日光燈照明，空無一人，只有一名助理在另一頭忙碌。下方的街道傳來遠處的警笛聲和重複的唱念，很難聽得清楚。叫誰或什麼下台吧。我走得很慢，寂然無聲，穿過了打磨得光亮的地板。亞當仍躺在原處，仰天向上。他的電線從肚子上拔掉了，落在地板上。那個查理．帕克的頭不見了，我很高興。我不想在它的視線之下。

我站在亞當旁邊，一手放在他的翻領上，就在靜止的心臟上方。衣料不錯，這是我不相關的想法。我俯身，低頭看著混濁不識物的綠眸。我沒有什麼企圖。有時候，身體自然知道該怎麼做，比心智還要早知道。我猜我覺得應該要原諒他，儘管他害慘了馬克，同時也希望他或是他的回憶的繼承者會原諒我和米蘭妲的恐怖行為。猶豫了幾秒之後，我俯低了臉，吻了他柔軟、太像人類的嘴唇。想像中他的肌膚還有溫度，他的手會伸上來摸我的胳臂，好像不讓我走。

我挺直了腰，站在鋼檯邊，不願意離開。底下的街道驀然間寂靜無聲，在我的頭頂上，現代建築的機制在喃喃低語、轟隆咆哮，像一頭活著的野獸。疲憊忽如泉湧，我閉了閉眼。一時間出現了聯覺，錯雜的短語、散落的愛與悔的衝動，都變成了五彩的光幕，崩落，折疊，隨即消失。

我並不至於難堪到不敢向死者大聲說出我的愧悔，可是我什麼也沒說。這件事太扭曲了。我的生命的下一個階段，絕對是最費心費力的階段，已經開始了。而我徘徊得太久了。圖靈隨時都會走出辦公室來找我，進一步譴責我。我轉身離開了亞當，快步走出實驗室，頭也不回。沿著空蕩的走廊奔跑，找到了逃生梯，一步跨兩級，跑到街上，踏上了穿過倫敦向南的歸途，回到我風波不停的家。

謝辭

我極其感激那些把時間花在這部小說早期草稿上的人：安娜莉娜．麥克菲，提姆．嘉頓．艾許，嘉倫．史卓森，雷伊．竇倫，理查．艾爾，彼得．斯卓斯，丹．法蘭克林，南．塔利斯，雅各與伊莉莎白．葛魯特，璐意絲．丹尼斯，雷與凱西．粘斯坦，安娜．弗萊契以及大衛．米爾納。書中如有任何舛錯，疚全在我。戴米斯．哈薩比斯（一九七六年—）和我的一番長談以及安德魯．霍吉斯的艾倫．圖靈（一九五四年歿）傳記也讓我受益良多。

封面及裝幀設計：王瓊瑤

伊恩・麥克尤恩

伊恩・麥克尤恩是備受讚譽的作家，有十七本著作。第一本出版的作品是短篇故事集《初戀異想》，為他贏得了毛姆獎。小說作品有《時間中的孩子》（贏得一九八七年惠特貝瑞年度小說獎）、《水泥花園》、《愛無可忍》、《阿姆斯特丹》（一九九八年布克獎）、《贖罪》、《星期六》、《在切瑟爾海灘上》、《太陽能》、《甜食控》、《判決》以及暢銷書《堅果殼》。《贖罪》、《愛無可忍》、《判決》、《在切瑟爾海灘上》都曾改編為電影，搬上大螢幕。

機器如我人類如你

二〇二三年三月二十九日　初版第一刷

作者　伊恩・麥克尤恩
譯者　趙丕慧
編輯　廖書逸
發行人　林聖修
出版　啟明出版事業股份有限公司
郵遞區號　一〇六八一
台北市大安區敦化南路二段五十七號十二樓之一
電話　〇二二七〇八八三五一
總經銷　紅螞蟻圖書有限公司
法律顧問　北辰著作權事務所

定價標示於封底。

ISBN 978-626-96869-4-0

國家圖書館出版品預行編目 (CIP) 資料

機器如我人類如你／伊恩・麥克尤恩（Ian McEwan）著；趙丕慧譯。
——初版——臺北市：啟明，2023.03。
352 面；12.8 x 18.8 公分。

譯自：Machines Like Me
ISBN 978-626-96869-4-0（平裝）

873.57　　112001277

Machines Like Me
By Ian McEwan